【臺灣現當代作家
研究資料彙編】100

王　拓

國立台灣文學館
出版

部長序

　　「臺灣現當代作家研究資料彙編」是臺灣文學研究一場極富意義的文學接力，計畫至今已來到第七階段，累積的豐碩成果至今正好匯聚百冊。欣見國立臺灣文學館今年再次推出十部作家研究成果，包括：翁鬧、孟瑤、楊念慈、施明正、劉大任、許達然、楊青矗、敻虹、張曉風和王拓。謹以此套叢書，向長期致力於臺灣文學創作的文學家們致敬。

　　文學是一個國家的靈魂，反映出一個民族最深刻的心靈史。回顧臺灣史，文學家一直是引領社會思潮前進的先鋒，是開創語言無限可能的拓荒者，創造出每一個時代的時代精神。「臺灣現當代作家研究資料彙編」透過回顧作家的生平經歷、尋訪作家與文友互動及參與文學社團的軌跡、閱讀其作品並且整理歷來研究者的諸多評述，讓我們能與作家的生命路徑同行，由此更認識他們所創造的文學世界。越深入認識臺灣文學開創出的獨特風采，我們對這塊土地的情感也會更加踏實，臺灣文化的創發與新生才更活潑光燦。

　　「臺灣現當代作家研究資料彙編」計畫推動至今已歷時八年，感謝這一路走來勤謹任事的執行團隊及諸多專家學者的戮力協助，替臺灣文學的作家研究奠定厚實根基。在此向讀者推介這一套兼具深度與廣度的臺灣文學工作書，讓我們藉由創作、閱讀和研究，一同點亮臺灣文學的璀璨光芒。

文化部部長　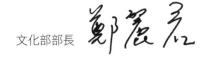

館長序

在眾人引頸期盼中，「臺灣現當代作家研究資料彙編計畫」第七階段成果終於出爐，把一年來辛勤耕耘的果實呈現在讀者面前。此次所編纂的作家研究資料彙編，包含翁鬧、孟瑤、楊念慈、施明正、劉大任、許達然、楊青矗、敻虹、張曉風、王拓等十位作家。如同以往，在作家的族群身分、創作文類、性別比例各方面，均力求兼顧平衡；而別具意義的是，這十位作家的加入，讓「臺灣現當代作家研究資料彙編計畫」，匯聚累積共計百冊，為這份耗時良久的龐大學術工程，締造了全新的歷史紀錄。

從 1894 年出生的賴和，到 1945 年世代的王拓，這 51 年間，臺灣的歷史跌宕起伏，卻在在滋養著出生、成長於這塊土地上的文學青年、知識分子。而諸多來自對岸的戰後移民作家，大概也從來沒有想過，有一天，他們的書寫創作是在臺灣這塊土地發光發熱。事實證明，作家研究資料彙編的出版，不僅重新點燃了許多前輩作家的熱情，使其生命軌跡與文學路徑得到更為精緻細膩的梳理，某些已然淡出文學舞臺的作家與作品，也因而再次閃現光芒。另一方面，對於關心臺灣文學發展的學者專家，乃至一般讀者來說，這套巨著猶如開啟一扇窗扉，足以眺望那遼闊無際的文學美景，讓我們翻轉過去既有的印象和認知，得以嘗試用較為活潑、多元的角度來解讀作品。

在李瑞騰前館長的擘畫、其後歷任館長的大力支持下，自 2010 年起步的「臺灣現當代作家研究資料彙編計畫」，至今已持續推動八年。走過如

此漫長的時光，臺文館所挹注的人力、物力等資源之龐大，自是不難想像。而我們之所以對作家研究投以如此關注，最根本的緣由乃是因為作家與作品，實為當代社會的縮影與靈魂的核心，伴隨著文本所累積的研究論述及文獻史料，則不僅是厚實文學發展的根基，更是深化人文思想的依據。本叢書既是對近百年來臺灣新文學的驗收及盤點，也是擴展並深化臺灣文學研究的嶄新契機，體現了臺灣文學研究總體成果中最優質精緻的部分，並對未來的研究指向與路徑，提出嶄新而適切的指引。

　　在此，特別感謝承辦單位臺灣文學發展基金會所組成的工作團隊，以及參與其事的專家、學者；更謝謝長期以來始終孜孜不倦、埋首於文學創作的前輩作家們。初冬時節，我們懷抱欣喜之情，向讀者推介此一深具實用價值的全方位臺灣現當代文學工具書，並期待未來有更多人，善用這套鉅著進行閱讀研究，從而加入這一場綿長而優美的臺灣文學接力賽。

國立臺灣文學館館長　廖振富

編序

◎封德屏

緣起

1995 年 10 月 25 日，在臺灣師範大學教育大樓的 201 室，一場以「面對臺灣文學」為題的座談會，在座諸位學者分別就臺灣文學的定義、發展、研究，以及文學史的寫法等，提出宏文高論，而時任國家圖書館編纂張錦郎的「臺灣文學需要什麼樣的工具書」，輕鬆幽默的言詞，鞭辟入裡的思維，更贏得在座者的共鳴。

張先生以一個圖書館工作人員自謙，認真專業地為臺灣這幾十年來究竟出版了多少有關臺灣文學的工具書，做地毯式的調查和多方面的訪問。同時條理分明地針對研究者、學生，列出了十項工具書的類型，哪些是現在亟需的，哪些是現在就可以做的，哪些是未來一步一步累積可以達成的，分別做了專業的建議及討論。

當時的文建會二處科長游淑靜，參與了整個座談會，會後她劍及履及的開始了文學工具書的委託工作，從 1996 年的《臺灣文學年鑑》起始，一年一本的編下去，一直到現在，保存延續了臺灣文學發展的基本樣貌。接著是《中華民國作家作品目錄》的新編，《臺灣文壇大事紀要》的續編，補助國家圖書館「當代文學史料影像全文系統」的建置，這些工具書、資料庫的接續完成，至少在當時對臺灣文學的研究，做到一些輔助的功能。

2003 年 10 月，籌備多年的「臺灣文學館」正式開幕運轉。同年五月《文訊》改隸「財團法人台灣文學發展基金會」，為了發揮更大的動能，開

始更積極、更有效率地將過去累積至今持續在做的文學史料整理出來，讓豐厚的文藝資源與更多人共享。

於是再次的請教張錦郎先生，張先生認為文學書目、作家作品目錄、文學年鑑、文學辭典皆已完成或正在進行，現在重點應該放在有關「臺灣現當代作家評論資料目錄」的編輯工作上。

很幸運的，這個計畫的發想得到當時臺灣文學館林瑞明館長的支持，於是緊鑼密鼓的展開一切準備工作：籌組編輯團隊、召開顧問會議、擬定工作手冊、撰寫計畫書等等。

張錦郎先生花了許多時間編訂工作手冊，每一位作家的評論資料目錄分為：

（一）生平資料：可分作者自述，旁人論述及訪談，文學獎的紀錄。

（二）作品評論資料：可分作品綜論，單行本作品評論，其他作品（包括單篇作品）評論，與其他作家比較等。

此外，對重要評論加以摘要解說，譬如專書、專輯、學術會議論文集或學位論文等，凡臺灣以外地區之報刊及出版社，於書名或報刊後加註，如中國大陸、香港、新加坡等。此外，資料蒐集範圍除臺灣外，也兼及中國大陸、香港、新加坡、日本、韓國及歐美等地資料，除利用國內蒐集管道外，同時委託當地學者或研究者，擔任資料蒐集工作。

清楚記得，時任顧問的學者專家們，都十分高興這個專案的啟動，但確定收錄哪些作家名單時，也有不同的思考及看法。經過充分的討論後，終於取得基本的共識：除以一般的「文學成就」為觀察及考量作家的標準外，並以研究的迫切性與資料獲得之難易度為綜合考量。譬如說，在第一階段時，作家的選擇除文學成就外，先考量迫切性及研究性，迫切性是指已故又是日治時期臺籍作家為優先，研究性是指作品已出土或已譯成中文為優先。若是作品不少而評論少，或作品評論皆少，可暫時不考慮。此外，還要稍微顧及文類的均衡等等。基本的共識達成後，顧問群共同挑選出 310 位作家，從鄭坤五、賴和、陳虛谷以降，一直到吳錦發、陳黎、蘇

偉貞，共分三個階段進行。

　　「臺灣現當代作家評論資料目錄」專案計畫，自 2004 年 4 月開始，至 2009 年 10 月結束，分三個階段歷時五年六個月，共發現、搜尋、記錄了十餘萬筆作家評論資料。共經歷了三位專職研究助理，近三十位兼任研究助理。這些研究助理從開始熟悉體例，到學習如何尋找資料，是一條漫長卻實用的學習過程。

接續

　　「臺灣現當代作家評論資料目錄」的專案完成，當代重要作家的研究，更可以在這個基礎上，開出亮麗的花朵。於是就有了「臺灣現當代作家研究資料彙編暨資料庫建置計畫」的誕生。為了便於查詢與應用，資料庫的完成勢在必行，而除了資料庫的建置外，這個計畫再從 310 位作家中精選 50 位，每人彙編一本研究資料，內容有作家圖片集，包括生平重要影像、文學活動照片、手稿及文物，小傳、作品目錄及提要、文學年表。另外每本書分別聘請一位最適當的學者或研究者負責編選，除了負責撰寫八千至一萬字的作家研究綜述外，再從龐雜的評論資料中挑選具有代表性的評論文章，平均 12～14 萬字，最後再附該作家的評論資料目錄，以期完整呈現該作家的生平、創作、研究概況，其歷史地位與影響。

　　第一部分除資料庫的建置外，50 位作家 50 本資料彙編（平均頁數 400 ～500 頁），分三個階段完成，自 2010 年 3 月開始至 2013 年 12 月，共費時 3 年 9 個月。因為內容充實，體例完整，各界反應俱佳，第二部分的 50 位作家，接著在 2014 年元月展開，第一階段至第三階段共出版了 40 本，此次第四階段計畫出版 10 本，預計在 2017 年 12 月完成。

成果

　　雖然過程是如此艱辛，如此一言難盡，可是終究看到豐美的成果。每位編選者雖然忙碌，但面對自己負責的作家資料彙編，卻是一貫地認真堅

持。他們每人必須面對上千或數百筆作家評論資料,挑選重要或關鍵性的評論文章,全面閱讀,然後依照編選原則,挑選評論文章。助理們此時不僅提供老師們所需要的支援,統計字數,最重要的是得找到各篇選文作者,取得同意轉載的授權。在起初進度流程初估時,我們錯估了此項工作的難度,因為許多評論文章,發表至今已有數十年的光景,部分作者行蹤難查,還得輾轉透過出版社、學校、服務單位,尋得蛛絲馬跡,再鍥而不捨地追蹤。有了前面的血淚教訓,日後關於授權方面,我們更是如臨深淵、如履薄冰,希望不要重蹈覆轍,在面對授權作業時更是戰戰兢兢,不敢懈怠。

除了挑選評論文章煞費苦心外,每個作家生平重要照片,我們也是採高標準的方式去蒐集,過世作家家屬、友人、研究者或是當初出版著作的出版社,都是我們徵詢的對象。認真誠懇而禮貌的態度,讓我們獲得許多從未出土的資料及照片,也贏得了許多珍貴的友誼。許多作家都協助提供照片手稿等相關資料,已不在世的作家,其家屬及友人在編輯過程中,也給予我們許多協助及鼓勵,藉由這個機會,與他們一起回憶、欣賞他們親人或父祖、前輩,可敬可愛的文學人生。此外,還有許多作家及研究者,熱心地幫忙我們尋找難以聯繫的授權者,辨識因年代久遠而難以記錄年代、地點、事件的作家照片,釐清文學年表資料及作家作品的版本問題,我們從他們身上學習到更多史料研究可貴的精神及經驗。

但如何在規定的時間內,完成每個階段資料彙編的編輯出版工作,對工作小組來說,確實是一大考驗。每一冊的主編老師,都是目前國內現當代臺灣文學教學及研究的重要人物,因此都十分忙碌。每一本的責任編輯,必須在這一年的時間內,與他們所負責資料彙編的主角——傳主及主編老師,共生共榮。從作家作品的收集及整理開始,必須要掌握該作家所有出版的作品,以及盡量收集不同出版社的版本;整理作家年表,除了作家、研究者已撰述好的年表外,也必須再從訪談、自傳、評論目錄,從作品出版等線索,再作比對及增刪。再來就是緊盯每位把「研究綜述」放在

所有進度最後一關的主編們，每隔一段時間提醒他們，或順便把新增的評論目錄寄給他們（每隔一段時間就有新的相關論文或學位論文出現），讓他們隨時與他們所主編的這本書，產生聯想，希望有助於「研究綜述」撰寫的進度。

在每個艱辛漫長的歲月中，因等待、因其他人力無法抗拒的因素，衍伸出來的問題，層出不窮，更有許多是始料未及的。譬如，每本書的選文，主編老師本來已經選好了，也經過授權了，為了抓緊時間，負責編輯的助理們甚至連順序、頁碼都排好了，就等主編老師的大作了，這時主編突然發現有新的文章、新的資料產生：再增加兩三篇選文吧！為了達到更好更完備的目標，工作小組當然全力以赴，聯絡，授權，打字，校對，重編順序等等工作，再度展開。

此次第二部分第七階段共需完成的 10 位作家研究資料彙編，年齡層較上兩個階段已年輕許多，因此到最後的疑難雜症，還有連主編或研究者都不太清楚的部分，譬如年表中的某一件事、某一個年代、某一篇文章、某一個得獎記錄，作家本人及家屬絕對是一個最好的諮詢對象，對解決某些問題來說，這是一個好的線索，但既然看了，關心了，參與了，就可能有不同的看法，選文、年表、照片，甚至是我們整本書的體例，於是又是一場翻天覆地的大更動，對整本書的品質來說，應該是好的，但對經過多次琢磨、修改已進入完稿階段的編輯團隊來說，這不啻是一大挑戰。

1990 年開始，各地縣市文化中心（文化局），對在地作家作品集的整理出版，以及臺灣文學館成立後對日治時期作家以迄當代重要作家全集的編纂，對臺灣文學之作家研究，也有了很好的促進作用。如《楊逵全集》、《林亨泰全集》、《鍾肇政全集》、《張文環全集》、《呂赫若日記》、《張秀亞全集》、《葉石濤全集》、《龍瑛宗全集》、《葉笛全集》、《鍾理和全集》、《錦連全集》、《楊雲萍全集》、《鍾鐵民全集》等，如雨後春筍般持續展開。

經過近二十年的努力，臺灣文學的研究與出版，也到了可以驗收或檢

討成果的階段。這個說法，當然不是要停下腳步，而是可以從「臺灣現當代作家評論資料目錄」所呈現的 310 位作家、10 萬筆資料中去檢視。檢視的標的，除了從作家作品的質量、時代意義及代表性去衡量外，也可以從作家的世代、性別、文類中，去挖掘有待開墾及努力之處。因此這套「臺灣現當代作家研究資料彙編」，大部分的編選者除了概述作家的研究面向外，均有些觀察與建議。希望就已然的研究成果中，去發現不足與缺憾，研究者可以在這些不足與缺憾之處下功夫，而盡量避免在相同議題上重複。當然這都需要經過一段時間去發現、去彌補、去重建，因此，有關臺灣文學的調查、研究與論述，就格外顯得重要了。

期待

感謝臺灣文學館持續推動這兩個專案的進行。「臺灣現當代作家評論資料目錄」的完成，呈現的是臺灣文學研究的總體成果；「臺灣現當代作家研究資料彙編」的出版，則是呈現成果中最精華最優質的一面，同時對未來臺灣文學的研究面向與路徑，作最好的建議。我們可以很清楚的體會，這是一條綿長優美的臺灣文學接力賽，經過長時間的耕耘、灌溉、風搖雨濡、燭影幽轉，百年臺灣文學大樹卓然而立，跨越時代並馳而行，百冊作家研究資料彙編得千位作家及學者之力，我們十分榮幸能參與其中，更珍惜在傳承接力的過程，與我們相遇的每一個人，每一件讓我們真心感動的事。我們更期待這個接力賽，能有更多人加入。誠如張恆豪所說「從高音獨唱到多元交響」，這是每一個人所期待的。

編輯體例

一、本書編選之目的，為呈現王拓生平、著作及研究成果，以作為臺灣文學相關研究、教學之參考資料。

二、全書共五輯，各輯內容及體例說明如下：

　　輯一：圖片集。選刊作家各個時期的生活或參與文學活動的照片、著作書影、手稿（包括創作、日記、書信）、文物。

　　輯二：生平及作品，包括三部分：

　　　　1.小傳：主要內容包括作家本名、重要筆名，生卒年月日，籍貫，及創作風格、文學成就等。

　　　　2.作品目錄及提要：依照作品文類（論述、詩、散文、小說、劇本、報導文學、傳記、日記、書信、兒童文學、合集）及出版順序，並撰寫提要。不收錄作家翻譯或編選之作品。

　　　　3.文學年表：考訂作家生平所進行的文學創作、文學活動相關之記要，依年月順序繫之。

　　輯三：研究綜述。綜論作家作品研究的概況，並展現研究成果與價值的論文。

　　輯四：重要文章選刊。選收作家自述、國內外具代表性的相關研究論文及報導。

　　輯五：研究評論資料目錄。收錄至 2017 年 11 月底止，有關研究、論述臺灣現當代作家生平和作品評論文獻。語文以中文為主，兼及日文和英文資料。所收文獻資料，以臺灣出版為主，酌收中國大陸、香港、日本和歐美國家的出版品。內容包含三部分：

　　　　1.「作家生平、作品評論專書與學位論文」下分為專書與學位論文。

　　　　2.「作家生平資料篇目」下分為「自述」、「他述」、「訪談」、「年表」、「其他」。

　　　　3.「作品評論篇目」下分為「綜論」、「分論」、「作品評論目錄、索引」、「其他」。

目次

輯一◎圖片集

影像◎手稿◎文物

1950年代，中學時期的王拓。
（王醒之提供）

1959年6月，王拓（二排左三）於省立基隆中學初中部畢業合影。（王醒之提供）

1963～1967年，大學時期的王
拓。（王醒之提供）

1967年，王拓攝於臺灣師範大學。（王醒之提供）

1970年，王拓與林穗英（右）於結婚前郊遊時合影。（王醒之提供）

1970年9月6日，王拓與林穗英（左）結婚，前坐者為母親何木蘭。
（王醒之提供）

約1975年，王拓與母親何木蘭、兒子王醒之合影。（王醒之提供）

1978年，王拓全家福。左起：王醒之、王拓、王怡之、林穗英。（王醒之提供）

1979年11月，王拓及黨外友人前往中正國際機場（今桃園國際機場）替美國返臺的張富忠接機。左起：王拓、陳菊、張富忠、姚嘉文。（王醒之提供）

1984年9月，王拓出獄後，出席文化界朋友為他舉辦的歡迎餐會。（王醒之提供）

1984年，出獄不久的王拓，獲前省議員簡錦益親題「忍辱負重」的四字匾額。（王醒之提供）

1986年1月16日，王拓（左一）任職於友人江德敏（左二）的漢洋魚飼料公司，兩人至魚塭現場了解飼料使用情形。（王醒之提供）

1986年，全家赴美於夏威夷合影。右起：王醒之、王拓、王怡之、林穗英。（王醒之提供）

1986年，王拓赴美國愛荷華大學（The University of Iowa）參加「國際寫作計畫」，期間於加州臺灣同鄉會演講「臺灣的文學與政治」。（王醒之提供）

1987年9月，應陳映真邀請，王拓擔任《人間》雜誌社長。（王醒之提供／蔡明德拍攝）

1987年，王拓於鹽寮參與反核四遊行活動。（王醒之提供）

1987年，王拓於美國在臺協會前抗議其農產品傾銷臺灣。左起：陳映真、王拓、尉天驄。（王醒之提供）

1987年，王拓與曾參與愛荷華大學國際寫作計畫的文友們，一同與返臺的王曉藍、李歐梵見面。前排左起：瘂弦、姚一葦、李歐梵、王曉藍、殷允芃、柯元馨；後排左起：吳晟、王拓、七等生、尉天驄、管管、王禎和、向陽、高信疆。（王曉藍提供）

1988年1月19日，王拓率「外省人返鄉探親團」訪問中國大陸，飛抵北京機場時受到當地臺胞熱烈歡迎。左起：陳鼓應、王拓、黃順興、楊祖珺。（王醒之提供）

1988年1月30日，王拓於中國文化書院與北京大學比較文學研究所舉辦的海峽兩岸作家和學者文學座談會上，與被中共二度開除黨籍的報導文學家劉賓雁（右）交流。（王醒之提供）

1988年3月25日，王拓與教師人權促進會，為爭取教師權益，於教育部前請願抗議。（王醒之提供）

1988年5月，王拓與文友共同歡迎美國愛荷華大學國際寫作計畫創辦人保羅·安格爾（Paul Engle）、聶華苓夫婦來臺訪問。前排右起：王禎和、季季、保羅·安格爾、聶華苓、尉天驄夫人孫桂芝、王禎和夫人林碧燕；後排右起：尉天驄、陳映真、王拓、林穗英、方梓、向陽。（王醒之提供）

1990年5月20日，王拓（右一）參與「全民反軍人干政大遊行」，反對郝柏村組閣。（王醒之提供）

1990年，王拓與兒子王醒之（右）攝於書房。
（王醒之提供）

1992年2月29日，王拓出席由文訊雜誌社於基
隆市立文化中心舉辦的「臺灣各縣市藝文環境
調查——基隆藝文環境的發展」座談會。（文
訊文藝資料中心）

1997年，時任立法委員的王拓，舉辦搶救臺語
老片公聽會。（王醒之提供）

1998年，王拓出席《咕咕精與小老頭》、《小豆子歷險記》兩書的新書發表會。（王醒之提供）

2000年8月，王拓（右三）及陳郁秀（右四）出席由遠流出版公司於國立臺灣文學館舉辦的吳守禮（右五）《國臺對照活用辭典》新書發表會。（國立臺灣文學館提供）

2001年5月17日，王拓《金水嬸》、《望君早歸》二書由九歌出版社再版，與文友一同出席新書發表會。前排左起：朱惠良、王拓、蔡文甫；後排左起：林文義、楊渡。（林文義提供）

2001年9月30日，王拓出席由早期作品改編的連續劇《臺灣曼波──金水嬸的故事》開鏡典禮。（王醒之提供）

2002年10月7日，時任民主進步黨立法院黨團幹事長的王拓（右二）出席黨團
會議，與時任行政院長的游錫堃（左一）、黨團總召柯建銘（左二）以及黨
團書記長許榮淑（右一）合影。（王醒之提供／王飛華拍攝）

2007年1月25日，王拓出席由文訊雜誌社於臺大校友會館舉辦的「體檢國家
臺灣文學館」座談會。右起：封德屏、廖元豪、向陽、王拓、李瑞騰、朱宗
慶、楊照、須文蔚、吳思鋒。（文訊文藝資料中心）

2011年4月23日，王拓出席國家圖書館舉辦的「跨越‧回返──駐訪愛荷華之臺灣小說作家展」開幕式，與文友楊青矗（左）合影。（國家圖書館提供）

2011年5月24日，王拓出席由文訊雜誌社於國立臺灣文學館舉辦的「百年小說研討會」，與小說家們對談「我的小說創作原鄉」。左起：阿來、林文義、陳若曦、王拓、蘇偉貞。（文訊文藝資料中心）

2013年4月3日，王拓前往彰化溪州拜訪吳晟。左起：吳晟夫人莊芳華、吳晟、王拓、康原、康原夫人姚金足。（康原提供）

2014年5月5日，王拓出席於政治大學社會科學資料中心舉辦的「文學五十年・政大六十年──尉天驄與戰後臺灣文學發展」座談會。左起：王拓、李瑞騰、林載爵、丘延亮、范銘如。（政治大學圖書館提供）

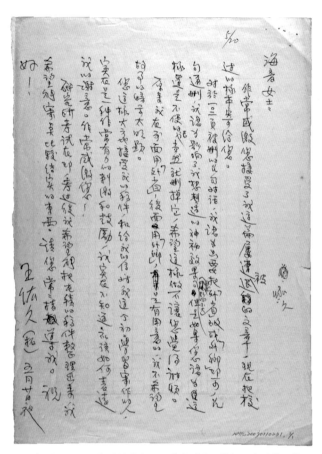

1970年5月20日，王拓致林海音函，感謝《純文學》願意刊載短篇小說〈吊人樹〉並對樣稿提出修改意見。（國立臺灣文學館提供）

金水嬸
和她的兒子們

文·王拓
圖·王愷

一、

一到了下午，太陽就顯得格外炎熱，白熾的一點都不像是過了中秋的天氣。魚季已經過去了，只有幾隻油漆好的漁船拉到岸上，橫七豎八地擱在沙灘準備整修了。路上靜悄悄的，

突然，一個女人尖銳的聲音從暢暢的地方傳了過來。

「賣雜貨哦！──雜貨哦！」

正在沙灘上油漆着漁船的水旺一抬頭，便看見金水嬸薇彎着背，低了那挑着她的籮貨擔，以細碎的腳步搖搖擺擺從大路那邊踅了過來。隔着一片沙灘，他就對她大聲說：

「金水嬸，賣勞啦！」

金水嬸將雜貨擔從肩上卸下來，雙手扶着扁擔站在路中央，也大聲說：

「水旺，日頭赤炎炎你怎麼不穿衣裳？要不要買件內衣啊？」水旺說：

「熱得全身都是汗，穿衣服做什麼？討厭啊！」

「旺嫂在不在家啊？前天她還問我賣香皂哩！」

「我不知道，妳去家裏看看吧！」

「好啦，我先在就近的地方賣吧！等一下再去你家！」金水嬸說：「你不要買點什麼嗎？」

「免啦，家裏還有！」水旺說着，又繼續油漆，還哼哼叫叫：「伊娘，買什麼香皂？浪費錢！能洗就好了，什麼香還不是一樣！」

21　　20

1975年8月，王拓發表於《幼獅文藝》第260期短篇小說〈金水嬸和她的兒子們〉部分手稿與當期雜誌內頁，後更名為〈金水嬸〉。（國立臺灣文學館提供）

是「現實主義」文學，不是「鄉土文學」

有關「鄉土文學」的史的分析

王　拓

近幾年來，不能確知是從什麼時候開始，「鄉土文學」這個名詞，漸漸在許多報紙雜誌上，和許多愛好文學的朋友們的嘴上經常地出現，並且還漸漸有形成為文學創作的一股主要潮流的趨勢，對於這樣的趨勢是否適當，就我所知，是很有一些不同的意見存在於作家和讀者中的。面且不論是贊成或反對的人，恐怕都還沒有給一些文學的和非文學的理由在裏面。同時，在問了那麼一段時間的「鄉土文學」的現在，究竟什麼叫做「鄉土文學」，它的定義如何，也似乎還是非常的籠統含混，還沒有人公開地為它提出一個明確的意思來。

我認為在討論這個問題之前，如果先讓我們來回顧一下一九七○年至一九七二年這段時間的臺灣，

王拓：是「現實主義」文學，不是「鄉土文學」

五五

完全在政治、經濟與社會各方面的重大變化，可能會有助於我們對這個問題的瞭解。我一向主張，文學的研應該把它放在當時的歷史與社會的客觀條件上加以考察，才能理出一個清晰的面貌來，而從一九七○年至一九七二道段時間，正是臺灣在最近過去的幾年內，遭遇最重大沖擊的時期，它對思想界、文化界與青年學生的影響，至今還留下許多可以尋找的明顯的痕迹。

一、一九七○至一九七二年的臺灣社會

在這段時間裏，對我們來說，發生過幾件極具震撼與沖擊性的重大事件，依照時間先後來講列，它們依次是：

1. 民國五十九年十一月開始的釣魚台事件。
2. 民國六十年十月二十五日退出聯合國事件。
3. 民國六十一年二月二十一日美國總統尼克森訪問北平。
4. 民國六十一年九月中日斷絕邦交。

釣魚台原是屬於臺灣的一組海中小島，距離臺灣東北約一百餘海里，原是一些無人居住的小島，我國的漁民經常在其附近海面捕魚，後來因為據說在其海底可能蘊藏大量石油，才引起世界的注目與日本的覬覦。而片面地宣稱釣魚台屬於它的一部份，同時美國政府又私相授受，事前未曾關會我國，當時美國已宣佈於一九七二年要把琉球歸還給日本，便把釣魚台也列為琉球的一部份，並宣佈將把它和琉球一併交給日本。這個事件雖然由政府發表了釣魚台

仙人掌雜誌‧第二號　鄉土與現實

五六

1977年4月，王拓發表〈是「現實主義」文學，不是「鄉土文學」——有關「鄉土文學」的史的分析〉於《仙人掌雜誌》第2期「鄉土與現實」專刊，此文於同年8月引起《中央日報》總主筆彭歌撰寫〈不談人性‧何有文學〉公開批評，開啟臺灣鄉土文學論戰。（文訊文藝資料中心）

1978年，王拓參選國民大會代表時的選舉傳單。（王醒之提供）

兒子：我今天收到你廿一日寫的信，心裏非常非常高興，因為你這封信比前面兩封都更有進步，沒有錯別字，文詞也很通順，內容也很好，使爸爸能從信中瞭解你的學習情況，知在家裏的生活情形，我感到很安慰。

你把九九乘法表背得滾瓜爛熟了，爸爸很高興，但是還要會運用。你說週考只考九十幾分，自己認為不太好。沒關係，只要下次用心一點，一定能夠考得更好。你很聰明，但是有時太粗心，考試時一定要檢算，從頭檢查一次。你和妹妹能幫助媽媽整理家庭，又懂得節省能源，實在是太好了，你們真能幹呀！一個月後如果領到五元獎金，你計劃怎麼用呢？可以告訴爸爸嗎？妹妹有沒有獎金呢？

爸爸昨天在信上給你講了一個故事，今天爸爸要回答你上問的問題：爸爸到底什麼時候才能回家？我坦白告訴你，我不知道！可能要很久也說不定！為什麼這樣呢？因為爸爸雖然沒有做錯事，沒有犯法，但是法官也許並不相信爸爸講的話，爸爸有很多證人和證據也可以證明爸爸沒做錯事，但是法官

也不一定會相信。法官為什麼不相信爸爸的話呢？這個問題講起來很複雜。你有遇到過這種情形嗎？你上課時沒有犯規，但是有一個同學向老師報告說你犯規了，而老師竟然不相信你而相信那個同學，也認為你犯規了。這時你怎麼辦？爸爸的情形就有點像我所舉的例子這樣。這時我們必須冷靜，爸爸冷靜，媽媽要冷靜，你們也都要冷靜。你和妹妹要乖，要用功，每天讀國語日報，讀課外書，作功課，給爸爸寫信等等。爸爸在這裏就平靜地等待法律的解決。爸爸看不到你們，不能陪你們做功課，講故事，下棋，雖然心裏想念你們會很難過，但是如果你能照爸爸交待的話去做，爸爸就會感到安慰了。

爸爸在這裏除了不自由外，其他生活情形都很正常，你要告訴阿弟，說爸爸在這裏沒有受苦，叫她放心好了，要吃飽飯，睡好覺。你會跟阿弟說嗎？

你的同學跟你好不好？老師對你好嗎？你會代替爸爸問候老師好嗎？爸爸非常非常的喜歡你和愛你。

爸爸　寫於69年4月25日

兒子，但是不准偷看呀！因為那是爸爸給媽媽的情書。　影：兒子，請把下面的信轉給媽媽好嗎？！

1980年4月25日，王拓寫給兒子王醒之的家書，回答兒子「什麼時候才能回家？」的提問，說明自己入獄的原因。（王醒之提供）

爸爸：

您好，前幾天媽媽帶我們去花蓮玩，花蓮真是一個好地方，有山有海很美麗呢。

結果我們玩回來之後，回在學校裏，老師發下了月考的考卷，我看見別人都考得很不理想，只有國語一百分，回到家裏，被媽媽打了一頓，我會有反省，也會用功，請你相信我最後的結果，我會改過的。

今天，江河也打電話來，他是我同學，就把考的事情說了出來，江阿聽，我說：下次月考，我一定會考第一名。

要再努力用功，你等著！敬祝

快樂

　　　　兒子 可 親敬上
　　　　六十九年十月二十九日晚

九五七

1980～1983年，王拓因美麗島事件入獄期間，兒子女兒所寫的家書，與在獄中的父親分享日常生活點滴。（王醒之提供）

爸爸：

您好，上星期六我非常高興，媽媽和伯伯一起……

女兒 可陳敬上
八月七日

全家福

1981年2月，王拓於獄中創作的兒童文學〈咕咕精與小老頭〉第一章「老鼠的墳墓」手稿。（王醒之提供）

1981年3月，王拓於獄中創作的兒童文學〈小豆子歷險記〉第一章「小豆子的家」手稿。（王醒之提供）

立　法　院　稿　紙

第 1 頁

少年王宏的故事

立　法　院　稿　紙

第 2 頁

2005年1月，從政多年的王拓重新提筆創作，短篇小說〈少年王宏的故事〉部分手稿。（王醒之提供）

輯二◎生平及作品

小傳◎作品◎年表

小傳

王拓（1944～2016）

　　王拓，男，原名王紘久，籍貫臺灣基隆，1944年（昭和19年）1月9日生於基隆八斗子，2016年8月9日辭世，享年72歲。

　　臺灣師範大學國文學系畢業，政治大學中國文學研究所碩士。曾任政治大學中國文學系講師、光武工業專科學校（今臺北城市科技大學）講師、《健康世界》雜誌總經理、藥品公司經理。1977年參與臺灣鄉土文學論戰，1979年因高雄美麗島事件被捕，遭判刑六年。1984年出獄後，曾參與《文季》雜誌編輯活動，擔任漢洋飼料公司副總經理、《人間》雜誌社長。1988年11月加入民主進步黨，其後當選國大代表及立法委員，2008年2月任行政院文建會主委，同年5月任民主進步黨祕書長。其於獄中創作的兒童文學《咕咕精與小老頭》，獲《聯合報・讀書人》評選為1998年度最佳童書。

　　王拓的創作文類以小說為主，兼及論述。其小說文字質樸流暢、用語通俗親切，多以家鄉漁村為場景，描寫底層人物的辛酸與無奈。代表作〈金水嬸〉敘述八斗子漁村中以賣雜貨維生的金水嬸含辛茹苦將兒子們拉拔成人後，卻遭兒子們因為債務問題惡意拋棄的故事。除針對小人物的細緻描寫，在王拓作品中也常可以看到知識分子對於貧富差距、壓榨剝削等不公義的社會現象進行批判，蔣勳將此稱之為「臺灣寫實文學中新起的道德力量」。短篇小說〈望君早歸〉中的漁會職員邱永富，組織受難漁民家屬向無良惡質的船公司爭取賠償，即為代表。

　　王拓在獄中創作的長篇小說《牛肚港的故事》、《台北，台北！》敘述1970 年代初期保釣運動下，知識分子的思想與行動，具有記錄、保存當時社會風潮的歷史意義。同時期創作的兒童文學《咕咕精與小老頭》、《小豆子歷險記》同樣以此為主題，透過以八斗子漁村孩童的雙眼，看到這個紛鬧時代底下的生活脈動。

　　除小說創作外，中文系出身的王拓早期曾撰寫一系列張愛玲及中國古典小說的研究論述，積極關心政治的他同時也在《中國時報・人間副刊》、《夏潮》等報章雜誌發表一系列社會評論、報導文學以及黨外人士訪談紀錄。更於 1970 年代末期鄉土文學論戰期間，發表多篇文章參與論戰，不斷重申文學應立足於所處的現實環境，並為弱勢發聲、努力改善社會的理念。

　　王拓從鄉土文學論戰到美麗島事件，一路行來以本土社會文化為終極關懷，用文字與行動直指世間不平，正如陳映真所言「他的文學並不漂亮，並不豐潤富泰，像漁村中一張滿是風霜的臉龐，給予你某種索漠而強烈的現實主義底迫力」。

作品目錄及提要

【論述】

張愛玲與宋江

臺中：藍燈文化公司
1976 年 3 月，32 開，227 頁
藍燈新刊之 2

本書選輯作者於 1971 至 1974 年間研究張愛玲及中國古典小說
的文學評論。全書收錄〈談張愛玲的《半生緣》〉、〈《怨女》和
〈金鎖記〉的比較〉、〈介紹一本散文——《留言》〉等十篇。正
文前有王拓〈序〉。

街巷鼓聲

臺北：遠行出版社
1977 年 9 月，32 開，222 頁
小草叢刊 28

本書自文學與藝術等面向出發，探討臺灣的社會與文化。全書
收錄〈從當代小說看知識分子的迷惘與徬徨〉、〈當代小說所反
映的臺灣工人〉、〈俄羅斯草原上的鼓手〉等 11 篇。正文後附錄
鍾言新〈訪問王拓〉。

民眾的眼睛

臺北：自印
1978 年 8 月，32 開，312 頁

本書包含專題報導、時事評論以及作者參與 1977 年臺灣鄉土文
學論戰始末。全書分「民眾的眼睛」、「關心人間」、「關於鄉土
文學論戰」三輯，收錄〈這是覺醒的時候了！〉、〈漁村問題所
反映的民心〉、〈小事情所反映的大問題〉、〈請確實保護勞工權
益〉等 32 篇。「民眾的眼睛」一輯附錄柯以書〈三合礦工無家可

歸〉、莊俊清〈一個黨員和民選議員的真心話〉、周湧〈臺灣工業汙染的嚴重程度〉、李明誠〈高官巨賈在美國置產設籍的種種〉;「關於鄉土文學論戰」一輯附錄彭歌〈不談人性・何有文學?〉、孫伯東〈臺灣是殖民經濟嗎?〉。正文前有黃信介〈無慾則剛〉、王拓〈把幸福還給勤勞的民眾〉。

黨外的聲音
臺北:自印
1978 年 9 月,32 開,371 頁

本書為作者與黨外人士的訪談紀錄。全書收錄〈我們絕不向「無理」屈服〉、〈我是一個拿「鋤頭」的人〉、〈不合理的規定,遵守它幹什麼?〉等 14 篇,附錄郭雨新〈春蠶到死絲方盡〉、王孝廉〈用血寫在山崗的名字〉、陳國祥〈選戰新兵〉。正文前有受訪者與作者剪影、余登發〈喜見長江後浪推前浪〉、黃順興〈根植在土地上的人〉、康寧祥〈為社會樹立公理和正義〉、王拓〈團結黨內外的一切愛國力量共同奮鬥〉。

【小說】

香草山出版公司 1976　　人間出版社 1987

九歌出版社 2001　　九歌出版社 2005

金水嬸
臺北:香草山出版公司
1976 年 8 月,32 開,256 頁

臺北:人間出版社
1987 年 7 月,32 開,256 頁
人間文叢 5

臺北:九歌出版社
2001 年 5 月,25 開,275 頁
九歌文庫 606

臺北:九歌出版社
2005 年 9 月,25 開,275 頁
典藏小說 9

短篇小說集。本書集結作者一系列以八斗子漁村為創作背景的小說。全書收錄〈吊人樹〉、〈墳地鐘聲〉、〈海葬〉、〈蜘蛛網〉、〈祭壇〉、〈炸〉、〈一個年輕的鄉下醫生〉、〈金水嬸〉共八篇。正文前有許南村〈試評〈金水嬸〉〉。

1987 年人間版：正文與 1976 年香草山版同。正文前新增電影《金水嬸》劇照。

2001 年九歌版：正文與 1976 年香草山版同。正文前新增王拓〈我的人生　我的夢〉，正文後新增王拓〈母親，偉大的史詩〉、王拓〈生命，那無可脫逃的沉重〉、〈王拓作品評論資料彙編〉、方美芬；王拓增訂〈王拓生平寫作年表〉。

2005 年九歌版：正文與 1976 年香草山版同。正文前新增〈出版緣起：享受發現與再發現之旅〉、陳雨航〈編輯引言：森恩・王拓・海葬〉、王拓〈我的人生　我的夢〉，正文後新增王拓〈母親，偉大的史詩〉、王拓〈生命，那無可脫逃的沉重〉、〈王拓作品評論資料彙編〉、方美芬編；王拓增訂〈王拓生平寫作年表〉。

望君早歸
臺北：遠景出版社
1977 年 9 月，32 開，246 頁
遠景叢刊 78

臺北：九歌出版社
2001 年 5 月，25 開，257 頁
九歌文庫 607

遠景出版公司 1977

短篇小說集。本書一方面延續作者熟悉的漁村背景故事，另一方面描寫 1970 年代以降新興工商業發展的問題與挑戰。全書收錄〈春牛圖〉、〈獎金二〇〇〇元〉、〈一個年輕的中學教員〉、〈車站〉、〈望君早歸〉共五篇。正文前有蔣勳〈臺灣寫實文學中新起的道德力量——序王拓《望君早歸》〉。

2001 年九歌版：正文與 1977 年遠景版同。正文前新增王拓〈我的人生　我的夢〉，正文後新增王拓〈生命，那無可脫逃的沉重〉、〈王拓作品評論資料彙編〉、方美芬編；王拓增訂〈王拓生平寫作年表〉。

九歌出版社 2001

臺灣作家王拓小說選——海葬
南寧：廣西人民出版社
1983 年 10 月，32 開，376 頁
王晉民、鄺白曼編

短篇小說集。全書收錄〈墳地鐘聲〉、〈蜘蛛網〉、〈一個年輕的中學教員〉、〈一個年輕的鄉下醫生〉、〈吊人樹〉、〈炸〉、〈海葬〉、〈望君早歸〉、〈金水嬸〉、〈春牛圖〉、〈獎金二千元〉、〈妹妹，你在哪裡？〉共 12 篇。正文前有王晉民、鄺白曼〈王拓小說的思想和藝術特色〉。

自印 1985（上）　　　自印 1985（下）

中國友誼出版公司　　中國友誼出版公司
1987（上）　　　　　1987（下）

台北，台北！（二冊）
臺北：自印
1985 年 6 月，25 開，812 頁

北京：中國友誼出版公司
1987 年 5 月，32 開，792 頁

長篇小說。本書共五卷，描述 1971 年保釣運動風潮下，學生與工人們的思想及行動。正文前有王拓〈含淚播種，必能歡呼收割！——《台北，台北！》自序〉。

1987 年中國友誼版：正文與 1985 年自印版同。正文前新增〈出版說明〉。

自印 1985　　　　　文藝風出版社 1986

海天出版社 1987　　中國文聯出版公司
　　　　　　　　　　1987

牛肚港的故事
臺北：自印
1985 年 11 月，25 開，365 頁

香港：文藝風出版社
1986 年 6 月，新 25 開，268 頁
臺灣文叢
葉芸芸選

深圳：海天出版社
1987 年 8 月，32 開，260 頁
港臺文叢

北京：中國文聯出版公司
1987 年 9 月，32 開，356 頁
香港臺灣與海外華文文學叢書

臺北：草根出版公司
1998 年 5 月，25 開，385 頁
臺灣文學名著 17

長篇小說。全書共 32 章，描述青年教師無意牽連至牛肚港漁村發生的命案當中。正文前有王拓〈我們的苦難是有價值的！〉。

草根出版公司 1998

1986 年文藝風版：更動章節為 33 章，正文與 1985 年自印版同。正文前新增作者剪影及手稿、葉芸芸〈序〉，正文後新增〈王拓小傳〉、〈王拓的著作〉。

1987 年海天版：更動章節為 33 章，正文與 1985 年自印版同。王拓〈我們的苦難是有價值的！〉移至正文後。

1987 年中國文聯版：更動章節為 34 章，正文與 1985 年自印版同。王拓〈我們的苦難是有價值的！〉移至正文後。

1998 年草根版：內容與 1985 年自印版同。

王拓集

臺北：前衛出版社
1992 年 4 月，25 開，283 頁
臺灣作家全集‧短篇小說卷／戰後第三代 2
高天生編

短篇小說集。全書收錄〈墳地鐘聲〉、〈炸〉、〈金水嬸〉、〈春牛圖〉、〈一個年輕的中學教員〉共五篇。正文前有作家照片及手稿、鍾肇政〈緒言〉、高天生〈新社會的旗手——《王拓集》序〉，正文後有山田敬三著；涂翠花譯〈作家王拓——當代臺灣文學管見〉、許素蘭編〈王拓小說評論引得〉、方美芬編；王拓增訂〈王拓生平寫作年表〉。

王拓小說台譯

新竹：時行臺語文會
2006 年 2 月，25 開，142 頁
臺文 1001 譯系列叢書 13
呂美親譯

短篇小說集。本書選輯作者部分作品，將其翻譯為臺語。全書收錄〈吊人樹〉、〈墓地鐘聲〉、〈海葬〉、〈車頭〉、〈一個少年 e 庄腳醫生〉共五篇。正文前有張春凰〈還原 hit 個散赤年代 e 文學資產〉、呂美親〈將「家己 e 慣勢」找轉來〉。

【兒童文學】

咕咕精與小老頭

臺北：人本教育文教基金會出版部
1998 年 3 月，19.5×14 公分，166 頁
人本教育叢書 16・少年系列

本書描述 11 歲的咕咕精與一隻名為「小老頭」的狗在八斗子漁
村發生的故事。全書計有：1.老鼠的墳墓；2.志雄的綽號叫「咕
咕精」；3.小老頭是一隻聽懂人話的狗；4.為了小老頭打賭的孩
子們；5.大魚和小魚；6.志雄的爸爸和他家的漁船；7.「小豆
子」王立；8.受傷的小心靈等 24 章。正文前有朱台翔〈不是
序〉、王拓〈自序──苦難與愛〉，正文後有王拓〈補幾句感謝
的話〉。

小豆子歷險記

臺北：人本教育文教基金會出版部
1998 年 3 月，19.5×14 公分，170 頁
人本教育叢書 16-2・少年系列

本書描述就讀八斗國小六年級的小豆子，意外捲入一起命案，
歷劫歸來的故事。全書計有：1.小豆子的家；2.六年愛班；3.孩
子們的貴賓；4.爸爸喝醉了；5.赤子的心等 17 章。正文前有史
英〈序〉、王拓〈自序──苦難與愛〉，正文後有王拓〈補幾句
感謝的話〉。

文學年表

1944 年 （昭和 19 年）	1 月	9 日，生於基隆八斗子，原名王紘久。父親王金水，母親何木蘭，上有五兄一姊，下有一妹，家中排行第七。
1950 年	9 月	進入基隆市八斗國民小學就讀。
1956 年	7 月	自八斗國民小學畢業，考入省立基隆中學初中部就讀。
	8 月	父親王金水因病過世。
1959 年	7 月	自省立基隆中學初中部畢業，考入省立基隆中學高中部。
1962 年	7 月	考取中央警官學校（今中央警察大學）公共安全系及國防醫學院牙醫學系，均放棄。
	8 月	進入臺灣電力公司深澳火力發電廠擔任臨時工。
1963 年	9 月	考取臺灣師範大學工業教育學系，隔年因興趣轉入國文學系。
1967 年	7 月	自臺灣師範大學國文學系畢業。 赴省立花蓮高級中學實習，期間開始接觸王禎和、黃春明、陳映真、白先勇等人的小說，也大量閱讀《現代文學》、《文學季刊》等文學雜誌。
1968 年	7 月	入伍服預備軍官役，至隔年 7 月退伍。
1969 年	7 月	於成淵國民中學（今成淵高級中學）擔任歷史教員。
1970 年	7 月	考入政治大學中國文學研究所。
	9 月	6 日，與林穗英結婚。 短篇小說〈吊人樹〉發表於《純文學》第 42 期。
1971 年	1 月	〈談張愛玲的《半生緣》〉發表於《青溪》第 43 期。

	2 月	〈對《西遊補》的新評價〉發表於《現代學苑》第 8 卷第 9 期。
	6 月	短篇小說〈墳地鐘聲〉發表於《純文學》第 54 期。
	7 月	短篇小說〈海葬〉發表於《臺灣文藝》第 32 期。
	8 月	短篇小說〈蜘蛛網〉發表於《純文學》第 56 期。
	12 月	〈張愛玲的《怨女》和〈金鎖記〉〉發表於《純文學》第 60 期。
1972 年	2 月	16 日，兒子王醒之出生。
	9 月	〈梁簡文帝的文學見解及其宮體詩〉連載於《現代學苑》第 9 卷第 9～10 期，至 10 月止。
1973 年	2 月	短篇小說〈祭壇〉發表於《現代文學》第 49 期。 〈漁村問題所反映的民心——八斗子訪問實錄〉發表於《大學雜誌》第 62 期。
	5 月	23～24 日，〈談《白蛇傳》〉連載於《中國時報‧人間副刊》12 版。 以論文〈袁枚詩論研究〉獲政治大學中國文學研究所碩士學位。
	7 月	27～28 日，〈另一個角度的觀察：也談張愛玲的小說〉連載於《中國時報‧人間副刊》13 版。
	8 月	〈一些憂慮——談歐陽子的《秋葉》〉、〈廟〉發表於《文季》第 1 期。
	9 月	獲聘為政治大學中國文學系講師。
	11 月	短篇小說〈炸〉發表於《文季》第 2 期。
1974 年	2 月	6 日，〈「好古」與「崇洋」〉以筆名「王醒之」發表於《中國時報‧人間副刊》12 版。 27 日，〈俄羅斯草原上的鼓手〉以筆名「唐虞」發表於《中國時報‧人間副刊》12 版。

5 月	25 日，〈讓文化建立在我們的土地上〉以筆名「醒之」發表於《中國時報‧人間副刊》12 版。	

　　短篇小說〈一個年輕的鄉下醫生〉發表於《中外文學》第 2 卷第 12 期。

7 月　未獲政治大學中國文學系講師續聘，轉任光武工業專科學校（今臺北城市科技大學）講師。

　　10 日，〈請確實保護「勞工權益」——從亞洲航空公司的勞資糾紛說起〉以筆名「王石頭」發表於《大學雜誌》第 75 期。

8 月　〈《枕中記》與《杜子春》——唐代神異小說所表現的兩種人生態度〉發表於《幼獅月刊》第 260 期。

9 月　15 日，女兒王怡之出生。

　　〈《三國演義》中的定命觀點〉發表於《幼獅月刊》第 261 期。

1975 年　2 月　〈介紹一本散文《流言》〉發表於《幼獅文藝》第 254 期。

8 月　〈虛偽是作家最大的敵人〉、短篇小說〈金水嬸和她的兒子們〉發表於《幼獅文藝》第 260 期。

　　〈小事情所反映的大問題——八斗子所見、所聞、所思〉、〈梁山泊的崛起與沒落——論水滸的「官逼民反」與宋江的領導路線〉發表於《臺灣政論》第 1 期。

9 月　與臺大醫院醫生共同創辦《健康世界》雜誌並擔任總經理，後轉任藥品公司經理。

1976 年　2 月　〈家庭戰爭的和平使者〉發表於《健康世界》第 2 期。

3 月　13、14 日，〈瘋狂邊緣——談談洪通的畫與洪通〉連載於《中國時報‧人間副刊》12 版。

　　23 日，〈期待一個藝術家的成長〉以筆名「王醒之」發表

於《中國時報‧人間副刊》12 版。

《張愛玲與宋江》由臺中藍燈文化公司出版。

4 月　25 日，〈從當代小說看知識分子的迷惘與徬徨〉發表於
　　　《中國論壇》第 2 卷第 2 期。

6 月　〈中國愛情小說中的女鬼〉發表於《中華文化復興月刊》
　　　第 9 卷第 6 期。

8 月　短篇小說集《金水嬸》由臺北香草山出版公司出版。

10 月　〈臺灣工業汙染的嚴重程度〉以筆名「周湧」發表於《夏
　　　潮》第 1 卷第 7 期。

1977 年　2 月　10 日，〈藥費為何這樣貴？——一個藥廠推銷代表的告
　　　白〉、〈崩塌的偶像——一個藥品推銷員眼中的某些醫師〉
　　　發表於《中國論壇》第 3 卷第 9 期。

　　　〈歷史潮流中的前進與倒退——也論胡適思想及中國文
　　　學〉發表於《夏潮》第 2 卷第 2 期。

3 月　25 日，〈期待一批現代的「陳達」〉、〈恨不身為陳樹曦的
　　　部屬〉發表於《中國論壇》第 3 卷第 12 期。

　　　26 日，於《中國時報‧人間副刊》以筆名「李拙」撰寫
　　　「關心人間」專欄，發表時事評論，至 10 月 11 日止。

4 月　15～22 日，短篇小說〈春牛圖〉連載於《中國時報‧人
　　　間副刊》12 版。

　　　〈跟我來訪恆春〉連載於《夏潮》第 2 卷第 4、6 期，至
　　　6 月止。

　　　〈油災搶救過程中所發現的問題〉以筆名「王武雄」發表
　　　於《夏潮》第 2 卷第 4 期。

　　　〈是「現實主義」文學，不是「鄉土文學」——有關「鄉
　　　土文學」的史的分析〉發表於《仙人掌雜誌》第 2 期；8
　　　月 17～19 日，此文引起《中央日報》總主筆彭歌撰〈不談

人性‧何有文學〉連載於《聯合報》12 版，公開批評王拓、陳映真及尉天驄，開啟臺灣鄉土文學論戰；9 月 10～12 日，〈擁抱健康的大地——讀彭歌〈不談人性‧何有文學〉的感想〉連載於《聯合報》12 版，回應彭歌批評；10 月，孫伯東撰〈臺灣是殖民經濟嗎？——王拓先生〈擁抱健康的大地〉讀後〉發表於《中國論壇》第 5 卷第 2 期，批評王拓文章經濟相關論點有誤；12 月，〈「殖民地意願」還是「自主意願」？——孫伯東〈臺灣是殖民經濟嗎？〉讀後〉發表於《中華雜誌》第 173 期，回應孫伯東批評。

5 月　11 日，短篇小說〈車站〉發表於《中國時報‧人間副刊》12 版。

　　　10 日，〈廿世紀臺灣文學發展的動向〉以筆名「李拙」發表於《中國論壇》第 4 卷第 3 期。

6 月　26 日，短篇小說〈望君早歸〉連載於《中國時報‧人間副刊》12 版，至 7 月 4 日止。

7 月　短篇小說〈獎金二〇〇〇元〉發表於《中外文學》第 6 卷第 2 期。

8 月　11 日，〈發揚武俠精神——看「當代中國武俠小說大展」有感〉發表於《中國時報‧人間副刊》12 版。

　　　短篇小說〈一個年輕的中學教員〉發表於《現代文學》復刊第 1 期。

　　　〈法律與平等〉以筆名「李拙」發表於《夏潮》第 3 卷第 2 期。

9 月　〈三合礦工無家可歸〉（筆名柯以書）、〈請徹底消除在國外「置產設籍」分子〉（筆名劉傭一）發表於《夏潮》第 3 卷第 3 期。

　　　《街巷鼓聲》由臺北遠行出版社出版。

短篇小說集《望君早歸》由臺北遠景出版社出版。

10月　25日，短篇小說〈師公〉發表於《中國時報》15版。

1978年　1月　〈洪水可能要來了——關於翡翠谷水壩的憂懼和疑問〉發表於《夏潮》第4卷第1期。

2月　〈黨員不可自私自利——評黨籍立委延任的要求〉以本名「王紘久」發表於《夏潮》第4卷第2期。

3月　〈把大眾利益放在第一位……——訪問康寧祥先生〉、〈評王文興教授的〈鄉土文學的功與過〉〉發表於《夏潮》第4卷第3期。

4月　〈市長不是官，是民僕！——訪問臺南市長蘇南成〉發表於《夏潮》第4卷第4期。

〈法律必須代表社會正義——訪問姚嘉文律師〉發表於《富堡》革新號第1期。

5月　〈出賣民眾利益的人，一定會被打倒！——訪問臺北市議員康水木〉、〈請以實際行動保護漁民權益〉發表於《夏潮》第4卷第5期。

〈腳踏實地，崇法務實——訪問省議員張賢東〉發表於《富堡》革新號第2期。

6月　〈為民主政治而奮鬥！——訪臺灣省議會議員林義雄〉發表於《夏潮》第4卷第6期。

7月　〈我是一個拿鋤頭的人——訪問立法委員黃順興〉發表於《夏潮》第5卷第1期。

〈我必須向選民負責——訪問辭職國大代表張春男〉發表於《這一代》第11期。

8月　〈有批評，才有進步！——訪問臺灣省議會議員周滄淵先生〉發表於《夏潮》第5卷第2期。

《民眾的眼睛》由作者自印出版，後遭警備總部查禁。

9 月　〈我們絕對不向「無理」屈服！——訪問前高雄縣縣長余登發〉發表於《夏潮》第 5 卷第 3 期。

　　　《黨外的聲音》由作者自印出版，後遭警備總部查禁。

10 月　短篇小說〈妹妹你在哪裡？〉連載於《雄獅美術》第 92、93 期，至 11 月止。

12 月　登記參選國民大會代表，發行手冊「改革者王拓」（陳萬善編），說明參選理念；後因中美斷交，政府宣布停止選舉而作罷。

1979 年　1 月　〈實行民主憲政是團結愛國的唯一道路〉發表於《夏潮》第 6 卷第 1、2 期。

　　　6 月　擔任《美麗島》雜誌編輯委員及社務委員。

　　　11 月　創辦《春風》雜誌，擔任社長。

　　　　　　〈發展漁業，確保漁民生活〉發表於《春風》第 1 期。

　　　12 月　10 日，參加美麗島雜誌社於高雄舉辦的「世界人權日」遊行活動被捕，遭判刑六年。

　　　　　　〈在黑暗中討生活〉發表於《春風》第 2 期。

1981 年　2 月　15 日，創作兒童文學〈咕咕精與小老頭〉。

　　　3 月　6 日，創作兒童文學〈小豆子歷險記〉。

1982 年　4 月　10 日，創作兒童文學〈英勇小戰士〉。

　　　8 月　25 日，創作長篇小說〈牛肚港的故事〉。

1983 年　8 月　27 日，創作長篇小說〈台北，台北！〉。

　　　10 月　短篇小說集《臺灣作家王拓小說選——海葬》由南寧廣西人民出版社出版。

1984 年　3 月　7 日，母親何木蘭過世。

　　　9 月　5 日，自臺北監獄假釋出獄。

　　　　　　13 日，長篇小說〈牛肚港的故事〉（第一章）發表於《聯合報・副刊》8 版。

参與由尉天驄主辦的《文季》雜誌編輯活動，任編輯委員。

12 月　兒童文學〈咕咕精與小老頭〉連載於《文季》第 10～11 期，至隔年 6 月止。

1985 年　2 月　〈我們的苦難是有價值的！——為〈牛肚港的故事〉在《臺灣與世界》連載而寫〉發表於美國《臺灣與世界》第 18 期。

長篇小說〈牛肚港的故事〉連載於美國《臺灣與世界》第 18～31 期，至隔年 5 月止。

6 月　長篇小說《台北，台北！》（二冊）由作者自印出版。

8 月　23 日，應邀於鹽分地帶文藝營演講「苦難‧理想與文學」。演講稿後發表於《臺灣文藝》第 96 期。

11 月　長篇小說《牛肚港的故事》由作者自印出版。

本年　於漢洋魚飼料公司擔任業務副總經理。

1986 年　2 月　〈選舉在黨外民主運動中應有的功能——一個參與者的省思與證言〉發表於《夏潮論壇》第 51 期。

3 月　〈救救我們的孩子吧〉發表於《臺灣文藝》第 99 期。

5 月　〈努力、突破〉發表於《臺灣文藝》第 100 期。

6 月　長篇小說《牛肚港的故事》由香港文藝風出版社出版。

7 月　應聶華苓邀請，赴美國愛荷華大學（The University of Iowa）參加「國際寫作計畫」。

1987 年　5 月　擔任夏潮聯誼會首任會長。

長篇小說《台北，台北！》（二冊）由北京中國友誼出版公司出版。

6 月　〈熱烈期待，深切憂慮——我對時局的一點理解與分析〉發表於《海峽雜誌》第 1 期。

7 月　短篇小說集《金水嬸》由臺北人間出版社出版。

	8 月	長篇小說《牛肚港的故事》由深圳海天出版社出版。
	9 月	長篇小說《牛肚港的故事》由北京中國文聯出版公司出版。
		應陳映真邀請，於《人間》雜誌擔任社長一職。
	11 月	加入工黨，參與創黨。
	本年	短篇小說〈金水嬸〉由林清介導演翻拍為同名電影。
1988 年	1 月	13 日，〈歷史的夢境〉發表於《中國時報·人間副刊》18 版。
		率「外省人返鄉探親團」訪問中國大陸，並於北京大學發表演說。
	3 月	〈我還活著，我沒有死呀！——記北京的探親懇談會〉發表於《人間》第 29 期。
	4 月	〈用自己的火炬照明自己的道路〉、〈少小離家老大回〉、〈那天，我摸到北大熾熱的心……〉發表於《人間》第 30 期。
	5 月	〈到民間去吧！〉、〈是牛，牽到北京也還是牛！——震動北京的臺灣政治家黃順興〉發表於《人間》第 31 期。
	8 月	5 日，〈陳映真、劉賓雁終於會面了！〉發表於《中時晚報·時代副刊》7 版。
	9 月	〈歷史性的對話〉發表於《人間》第 35 期。
	11 月	加入民主進步黨。
1989 年	本年	第一次參選基隆市長選舉，落選。
1991 年	12 月	當選第二屆國民大會代表。
1992 年	2 月	29 日，出席由文訊雜誌社於基隆市立文化中心舉辦的「臺灣各縣市藝文環境調查——基隆藝文環境的發展」座談會。
	4 月	短篇小說集《王拓集》由臺北前衛出版社出版。

1993 年	1 月	2 日,〈民進黨應進入監察院!〉發表於《中國時報・綜合新聞》4 版。
	7 月	27 日,〈鄉土文學的年代〉發表於《中國時報・人間副刊》4 版。
	8 月	4 日,〈港市合一同步規畫大基隆〉發表於《中國時報・意見橋》40 版。
	本年	辭去國民大會代表,第二次參選基隆市長選舉,落選。
1995 年	12 月	當選第三屆全國不分區立法委員。
1996 年	1 月	11 日,〈國寶何時變成民寶?〉發表於《中國時報・時論廣場》11 版。[1]
		19 日,〈立委應向華勒沙看齊!〉發表於《中國時報・時論廣場》11 版。
		26 日,〈過渡內閣無法滿足民意需求〉發表於《中國時報・時論廣場》11 版。
	2 月	16 日,〈拒絕過渡內閣　才能度過危機〉發表於《中國時報・時論廣場》11 版。
	3 月	6 日,〈召開朝野協商會議　務實處理兩岸危機〉發表於《中國時報・時論廣場》11 版。
		26 日,〈聯合政府該如何聯合?〉發表於《中國時報・時論廣場》11 版。
	4 月	19 日,〈防範混水摸魚　杜絕弊案淵藪〉發表於《中國時報・時論廣場》11 版。
	6 月	1 日,〈黑道猖獗是臺灣政治亂源〉發表於《中國時報・

---

[1] 王拓於 1996 至 2005 年期間,在各大報刊上發表了不少時事評論文章。然而,根據於 1995 至 1998 年期間擔任王拓立院助理的陳文彬之說法,他提到在「立院三年時間裡,拓哥任由我們用他的名字在報章、雜誌發表不少文章。」因此,有些文章可能是立院助理以「王拓」名義於報刊雜誌上發表,但因難以確認身分,本年表中悉數收錄。詳見陳文彬,〈如父如兄　如沐春風〉,《自由時報》,2016 年 9 月 6 日,D7 版。

時論廣場》11 版。

21 日,〈跛腳國會與萬能總統〉發表於《中國時報・時論廣場》11 版。

| 7 月 | 29 日,〈透過漸進談判　尋找兩岸交集〉發表於《聯合報・民意論壇》11 版。 |

8 月　6 日,〈少的是肩膀　不是嘴巴〉發表於《中國時報・時論廣場》11 版。

9 月　3 日,〈聯考舞弊刑法入罪　不妥當〉發表於《聯合報・民意論壇》11 版。

10 月　9 日,〈不長進的中油〉發表於《聯合晚報》2 版。

17 日,〈反核動員後繼乏力〉發表於《聯合晚報》2 版。

11 月　3 日,〈從經濟整合解決兩岸政治問題〉發表於《中國時報・時論廣場》11 版;〈公共電視是媒體文化的良心〉發表於《民生報》2 版。

12 月　6 日,〈認清臺灣的籌碼正快速減少〉發表於《聯合報・民意論壇》11 版。

28 日,〈權謀交易「發展」了誰的利益〉發表於《聯合報・民意論壇》11 版。

本年　成立財團法人春風文教基金會,擔任董事長。

1997 年　1 月　14 日,〈對青少年宵禁的質疑〉發表於《民生報》2 版。

18 日,〈臺灣電影蹣跚走入新世代〉發表於《中國時報・時論廣場》11 版。

20 日,〈救救臺語老片〉發表於《聯合晚報》2 版。

28 日,〈重新檢討核電政策〉發表於《聯合晚報》2 版。

29 日,〈臺灣電影如何救亡圖存?〉發表於《民生報》2 版。

2 月　16 日,〈心靈改革的基礎〉發表於《聯合晚報》2 版。

27 日,〈假期的價值〉發表於《聯合晚報》2 版。

3 月　22 日,〈輔導金　迄未能振興電影大環境〉發表於《中國時報・時論廣場》11 版。

23 日,〈期勉吳京部長推動教改〉發表於《民生報》2 版。

4 月　3 日,〈兩岸戰略的矛與盾〉發表於《民生報》2 版。

16 日,〈金馬獎應轉型成臺灣電影節〉發表於《中國時報・時論廣場》11 版。

21 日,〈灌水的教育預算!〉發表於《民生報》2 版。

5 月　3 日,〈同學們,加油!〉發表於《聯合晚報》2 版。

7 日,〈學運的希望火炬〉發表於《民生報》2 版。

14 日,〈倒閣與修憲　同等重要〉發表於《中國時報・時論廣場》11 版;〈倒閣浪潮中的弱勢觀點〉發表於《聯合報・民意論壇》11 版。

15 日,〈電腦撞地球〉發表於《民生報》2 版。

21 日,〈逐漸消失的人民廣場〉發表於《中國時報・時論廣場》11 版。

29 日,〈體罰因地制宜?教育政策鴕鳥心態〉發表於《中國時報・時論廣場》11 版。

〈我就是這樣被孩子教大的〉發表於《人本教育札記》第 95 期。

6 月　4 日,〈捨近求遠　飛安噩夢〉發表於《中國時報・時論廣場》11 版。

9 日,〈讓上帝的歸上帝,凱撒的歸凱撒〉發表於《民生報》2 版。

18 日,〈「後李登輝時代」已經來臨〉發表於《中國時報・時論廣場》11 版。

19 日,〈失焦的文化會議〉發表於《民生報》2 版。

29 日,〈日漸頹敗的技職教育〉發表於《民生報》2 版;〈以大格局面對大挑戰〉發表於《聯合晚報》2 版。

7 月　3 日,〈能否尊重身邊的人文史蹟?〉發表於《民生報》2 版。

5 日,〈放眼亞洲版圖　規畫臺灣經貿特區〉發表於《中國時報・時論廣場》11 版。

16 日,〈建立多元歷史觀點〉發表於《民生報》2 版;〈開展文化再造的十年〉發表於《聯合晚報》2 版。

20 日,〈主政者打了臺灣人民一個大耳光〉發表於《民生報》2 版。

23 日,〈罷教　另類校外教學〉發表於《聯合報・民意論壇》11 版。

27 日,〈公視不能陷支持者於不義〉發表於《民生報》2 版。

30 日,〈自由入會　變相瓦解工會〉發表於《中國時報・時論廣場》11 版。

8 月　3 日,〈常態編班的實質正義〉發表於《民生報》2 版。

10 日,〈解決私校問題的不二法門〉發表於《民生報》2 版。

18 日,〈又一次陷在泥沼中的改革〉發表於《民生報》2 版。

28 日,〈勞委會得了愛「資」病〉發表於《中國時報・時論廣場》11 版。

9 月　6 日,〈教育為誰服務?〉發表於《中國時報・時論廣場》11 版。

9 日,〈十年國教案令人錯愕〉發表於《民生報》2 版。

19 日,〈兩岸談判的戰略與戰術〉發表於《中國時報‧時論廣場》11 版。

20 日,〈兩岸政治談判的切入點〉發表於《民生報》2 版。

26 日,〈推展體育國際化　豈可逆向行駛〉發表於《中國時報‧時論廣場》11 版。

29 日,〈高鐵的問題才正要開始〉發表於《民生報》2 版。

10 月　16 日,〈整個社會是大病灶〉發表於《中國時報‧時論廣場》11 版。

21 日,〈電視影響青少年次文化〉發表於《民生報》2 版。

23 日,〈是該面對三通了〉發表於《聯合晚報》2 版。

24～26 日,於春風文教基金會舉辦的「青春時代的臺灣──鄉土文學論戰二十週年回顧研討會」,發表〈鄉土文學論戰與臺灣本土化運動〉。

12 月　3 日,〈衛生署是毫無責任的第三者嗎〉發表於《中國時報‧時論廣場》11 版。

10 日,〈京都會議的感觸〉發表於《民生報》2 版。

17 日,〈正視工安事故的結構性問題〉發表於《民生報》2 版。

1998 年　1 月　15 日,〈垃圾費隨水費徵收合理嗎?〉發表於《民生報》2 版。

27 日,〈解決醫療資源分佈不均的危機〉發表於《民生報》2 版。

2 月　5 日,〈審慎報導商業間諜案　避免二度傷害〉發表於《中國時報‧時論廣場》11 版。

8 日，〈設立標準高門檻　私校理想性恐遭扼殺〉發表於《中國時報・時論廣場》11 版；〈私校設立標準的另類思考〉發表於《民生報》2 版。

14 日，〈農業談判兵臨城下　產業轉型政策仍不明確〉發表於《聯合報・民意論壇》11 版。

19 日，〈航管當局還要草菅人命嗎？〉發表於《民生報》2 版。

3 月　1 日，〈正視病人權益　保障不足的問題〉發表於《民生報》2 版。

4 日，〈為醫藥分業把脈〉發表於《民生報》2 版。

12 日，〈文憑採認的另類思考〉發表於《民生報》2 版。

26 日，〈新聞的詮釋暴力〉發表於《中國時報・人間副刊》37 版。

兒童文學《咕咕精與小老頭》、《小豆子歷險記》由臺北人本教育文教基金會出版部出版。

4 月　13 日，〈全民健保開放民間參與？〉發表於《民生報》2 版。

22 日，〈參與亞銀年會　主權不容矮化〉發表於《中國時報・時論廣場》11 版。

5 月　5 日，〈遏阻礦權展延　避免陽明山開膛破肚〉發表於《中國時報・時論廣場》11 版。

15 日，〈荒謬的私校會計查核〉發表於《民生報》2 版。

22 日，〈軍事強人時代該結束了！〉發表於《民生報》2 版。

26 日，〈積極建立環保形象〉發表於《聯合晚報》2 版。

29 日，〈能源政策不可本末倒置〉發表於《民生報》2 版。

長篇小說《牛肚港的故事》由臺北草根出版公司出版。

6 月　　19 日，〈將不適任教師「請」出校園〉發表於《中國時報‧時論廣場》15 版。

20 日，〈大學先修班繞圈子　考鄉土教材誰快樂〉發表於《聯合報‧民意論壇》15 版。

7 月　　5 日，〈大學先修班　立意甚佳困難重重〉發表於《中國時報‧時論廣場》15 版。

8 月　　3 日，〈學費自由化　有待商榷〉發表於《中國時報‧時論廣場》15 版。

6 日，〈建構健全的社福體系〉發表於《民生報》2 版。

10 日，〈換湯不換藥的基本學力測驗〉發表於《民生報》2 版。

31 日，〈資訊公開防杜內線交易〉發表於《中央日報‧公論》11 版；〈大學學費自由化的問題與盲點〉發表於《民生報》2 版。

9 月　　7 日，〈飲鴆止渴的私校生存之道〉發表於《民生報》2 版。

12 月　　當選第四屆基隆市選區立法委員。

本年　　兒童文學《咕咕精與小老頭》獲《聯合報‧讀書人》評選為「年度最佳童書」。

1999 年　　3 月　　24 日，〈左右不分　何來中間？〉發表於《中國時報‧時論廣場》15 版。

25 日，〈誰來決定「文學經典」？〉發表於《民生報》2 版。

4 月　　16 日，〈短線操作救經濟？〉發表於《民生報》2 版。

27 日，〈學校社區化的深層思考〉發表於《民生報》2 版。

28 日,〈許退黨風暴　是危機也是轉機〉發表於《中國時報・時論廣場》15 版。

5 月　7 日,〈潘朵拉的寶盒〉發表於《民生報》2 版。

13 日,〈中央政府真的窮嗎?〉發表於《民生報》2 版。

14 日,〈當心立法院被國家機器納編〉發表於《中國時報・時論廣場》15 版。

6 月　9 日,〈是科技島,還是代工島?〉發表於《民生報》2 版。

7 月　17 日,〈臺灣的人治與民粹格局〉發表於《中國時報・時論廣場》15 版。

20 日,〈世紀末的老大哥〉發表於《民生報》2 版。

8 月　2 日,〈電視節目綜藝八卦化問題難解?〉發表於《中國時報・時論廣場》15 版。

9 月　9 日,〈政治冒進與機會主義的災難〉發表於《中國時報・時論廣場》15 版。

29 日,〈重建應與社區總體營造緊密結合〉發表於《中國時報・時論廣場》20 版。

11 月　11 日,〈臺灣需要更多智慧策略　不要更多坦克戰機〉發表於《中國時報・時論廣場》15 版。

2000 年　1 月　1 日,〈千禧年　思考臺灣出路〉發表於《中國時報・時論廣場》15 版。

4 月　26 日,〈立法院會變成怪獸嗎?〉發表於《中國時報・時論廣場》15 版。

5 月　28 日,〈短線操作地方自治　引發縣市對立〉發表於《中國時報・時論廣場》15 版。

6 月　15 日,〈經濟仍是主要議題　政治去除冷戰思維〉發表於《聯合報・民意論壇》15 版。

	7 月	12 日，〈即使國統綱領法制化……〉發表於《聯合報・民意論壇》15 版。
		22 日，〈民代中國熱……終究不能取代政府機能〉發表於《聯合報・民意論壇》15 版。
	10 月	12 日，〈直轄市愈來愈多　城鄉差距愈來愈大〉發表於《聯合報・民意論壇》15 版。
2001 年	2 月	8 日，〈在科技燈會裡懷想張燈結綵的過節喜悅〉發表於《聯合報・民意論壇》15 版。
	3 月	6 日，〈爭議凸顯臺灣內部對立危機〉發表於《聯合報・民意論壇》15 版。
		17 日，〈新中間路線的務實與必要〉發表於《中國時報・時論廣場》15 版。
	4 月	6 日，〈選舉制度不改坐視黑金吞噬民主？〉發表於《聯合報・民意論壇》15 版。
		26 日，〈我的人生我的夢〉發表於《中國時報・人間副刊》23 版。
		28 日，〈以功能制度的「集體認同」取代機械式的「一中原則」〉發表於《聯合報・民意論壇》15 版。
	5 月	12 日，〈本土化　是總體性建構工程〉發表於《中國時報・時論廣場》15 版。
		25 日，〈兩強之下……如何走出自己的路？〉發表於《聯合報・民意論壇》15 版；〈陷入了臺灣的文革時代？〉發表於《民生報》A2 版。
		31 日，〈大陸學歷採認，不可再拖〉發表於《民生報》A2 版。
		短篇小說集《金水嬸》、《望君早歸》由臺北九歌出版社出版。

6月　2 日，〈聯合政府　該與誰聯合？〉發表於《中國時報‧時論廣場》15 版。

8 日，〈臺港航約　何必挑戰中共神主牌〉發表於《中國時報‧時論廣場》15 版。

14 日，〈何必擔憂政治本土化〉發表於《聯合報‧民意論壇》15 版。

15 日，〈國會再不改革，誰受得了？〉發表於《民生報》A2 版。

22 日，〈發展觀光豈能再固守本位？〉發表於《民生報》A2 版。

23 日，〈過於堅守本位　坐視優勢弱化〉發表於《聯合報‧民意論壇》15 版。

28 日，〈回歸新中間路線　中道最佳詮釋〉發表於《中國時報‧時論廣場》15 版。

與黃春明、宋澤萊、王禎和合著短篇小說集『鹿港からきた男』，由東京國書刊行會出版。（垂水千惠、池上貞子、三木直大翻譯）

7月　13 日，〈從小泉現象檢視臺灣未來〉發表於《中國時報‧時論廣場》15 版。

15 日，〈改造臺鐵　否則難逃關門厄運〉發表於《聯合報‧民意論壇》15 版。

20 日，〈回到「九二共識」　不必然就是「投降」〉發表於《民生報》A2 版。

28 日，〈TMD 不是臺灣的保護傘〉發表於《民生報》A2 版。

8月　7 日，〈政府到底在做些什麼？〉發表於《民生報》A2 版。

9 日，〈重建政黨協商管道　打開憲政僵局〉發表於《中

國時報‧時論廣場》15 版。

23 日，〈年底選前　朝野和解刻不容緩〉發表於《中國時報‧時論廣場》15 版。

9 月　4 日，〈回到「新中間路線」？〉發表於《民生報》A2 版。

28 日，〈生態與經濟的平衡性思考〉發表於《民生報》A2 版；〈喬登與李登輝復出效應〉發表於《中國時報‧時論廣場》15 版。

10 月　15 日，〈解決國會亂象的途徑〉發表於《民生報》A2 版。

30 日，〈離島真要設賭場嗎？〉發表於《民生報》A2 版。

11 月　9 日，〈堅持官方對官方，可行嗎？〉發表於《民生報》A2 版。

15 日，〈選舉的冷　棒球的熱〉發表於《中國時報‧時論廣場》15 版。

24 日，〈兩岸過多政治考量　嚴重扭曲觀光市場〉發表於《中國時報‧時論廣場》15 版。

27 日，〈米酒、土石流與選票〉發表於《民生報》A2 版。

12 月　14 日，〈遏止罵人政治的惡風〉發表於《民生報》A2 版。

15 日，〈立委利益迴避　應先推動〉發表於《中國時報‧時論廣場》15 版。

21 日，〈高教普及化　就怕重量不重質〉發表於《聯合報‧民意論壇》15 版。

當選第五屆基隆市選區立法委員。

2002 年	1 月	3 日，〈關鍵在利益迴避〉發表於《民生報》A2 版。

9 日，〈人事，統獨擺中間，政績放兩邊？〉發表於《聯合報・民意論壇》15 版。

21 日，〈新政局的契機與隱憂〉發表於《民生報》A2 版。

26 日，〈整合共識　接穩北京變化球〉發表於《中國時報・時論廣場》15 版。

2 月　10 日，〈在全球化架構下　整合兩岸經濟〉發表於《聯合報・民意論壇》15 版。

23 日，〈凸顯美國的管道　不利兩岸復談！〉發表於《聯合報・民意論壇》15 版。

3 月　16 日，〈政府再造　不只瘦身　更應塑身〉發表於《聯合報・民意論壇》15 版。

22 日，〈界訂國家機密範圍〉發表於《聯合報・民意論壇》15 版。

5 月　6 日，〈國籍航空公司的競爭力何在？〉發表於《中國時報・時論廣場》15 版。

14 日，〈發展海洋新思維〉發表於《民生報》A2 版。

23 日，〈三通，只是兩岸互探虛實？〉發表於《聯合報・民意論壇》15 版。

6 月　21 日，〈諍言，需要執政者虛心接受〉發表於《聯合報・民意論壇》15 版。

27 日，〈國安聯盟　放棄「數人頭」的謀略〉發表於《聯合報・民意論壇》15 版。

7 月　30 日，〈走自己的路　何必曰南向〉發表於《中國時報・時論廣場》15 版。

8 月　20 日，〈實質外交　須思考中國壓力〉發表於《聯合報・民意論壇》15 版。

		26 日，〈修憲改造國會的再思考〉發表於《民生報》A2版。
	10 月	17 日，〈既堅持政治　就放了民生經濟吧〉發表於《聯合報・民意論壇》15 版。
	11 月	1 日，〈兩岸直航仍需談判解決〉發表於《中國時報・時論廣場》15 版。
		22 日，〈化解農民困境　改革才能堅持〉發表於《聯合報・民意論壇》15 版。
	12 月	13 日，〈統籌款合理化　有飯大家吃！〉發表於《聯合報・民意論壇》15 版。
		25 日，〈國會再不改革　廢掉算了！〉發表於《中國時報・時論廣場》15 版。
2003 年	2 月	8 日，〈完全擁抱美國　夾縫求生更難〉發表於《聯合報・民意論壇》15 版。
	4 月	24 日，〈備胎　雞肋　選舉工具？〉發表於《聯合報・民意論壇》A15 版。
	6 月	1 日，〈為什麼總統要站上火線〉發表於《中國時報・時論廣場》A15 版。
2004 年	12 月	當選第六屆基隆市選區立法委員。
2005 年	1 月	創作短篇小說〈少年王宏的故事〉。
	2 月	20 日，〈推動綠色貿易　融入全球市場〉發表於《聯合報・民意論壇》A15 版。
	3 月	6 日，〈扁宋蜜月，來去歐洲〉發表於《中國時報・時論廣場》A15 版。
	4 月	7 日，創作長篇小說〈阿宏的童年〉。
	5 月	5 日，〈臺灣要真的大禮〉發表於《聯合報・民意論壇》A15 版。

28 日，〈何時也能電視冠軍？〉發表於《中國時報‧時論廣場》A15 版。

6月　8 日，短篇小說〈土地公不見了〉發表於《中國時報‧人間副刊》E7 版。

26 日，短篇小說〈早晨的太陽〉發表於《聯合報‧副刊》E7 版。

8月　13 日，短篇小說〈鬼來了！鬼來了！〉發表於《自由時報‧副刊》E11 版。

9月　13～14 日，短篇小說〈中秋節的祭典〉連載於《自由時報‧副刊》E7 版。

短篇小說集《金水嬸》由臺北九歌出版社出版。

11月　14 日，〈貨運直航　別再錯失臺灣優勢〉發表於《聯合報‧副刊》A15 版。

30 日，短篇小說〈海仔尾囝仔〉發表於《自由時報‧副刊》E7 版。

本年　第三次參選基隆市長選舉，後因政治考量自行退選。

2006 年　2月　短篇小說集《王拓小說台譯》由新竹時行臺語文會出版。（呂美親翻譯）

2007 年　1月　25 日，出席由文訊雜誌社於臺大校友會館舉辦的「體檢國家臺灣文學館」座談會，與會者有李瑞騰、向陽、朱宗慶、須文蔚、楊照、廖元豪、封德屏等人。

2008 年　2月　接任行政院文化建設委員會主任委員，至 5 月任期結束。

5月　接任民主進步黨祕書長。

2009 年　5月　自民主進步黨祕書長一職退休，重新提筆創作。

2011 年　5月　24 日，出席由文訊雜誌社於國立臺灣文學館舉辦的「百年小說研討會」，由蘇偉貞主持，與陳若曦、阿來、林文義對談「我的小說創作原鄉」。

| | 本年 | 創作長篇小說，計有〈呼喚〉、〈吶喊〉、〈糾纏〉三部曲。 |

2013 年　4 月　3 日，赴彰化師範大學演講「我的文學實踐與政治參與」。

2014 年　5 月　5 日，出席於政治大學社會科學資料中心舉辦的「文學五十年・政大六十年——尉天驄與戰後臺灣文學發展」座談會，與會者有尉天驄、陳芳明、黃春明、奚淞、季季、丘延亮、李瑞騰、林載爵等人。

2016 年　8 月　9 日，因心肌梗塞病逝於臺北新光醫院，享年 72 歲。

23 日，彰化縣立圖書館舉辦「王拓主題書展」，展出王拓的照片、手稿以及相關著作，至 9 月 30 日結束。

9 月　6 日，獲蔡英文總統頒發褒揚令。

文訊雜誌社製作「文學・社會・鄉土」王拓紀念特輯，林文義〈那年在基隆港岸〉、向陽〈總是和「鄉土文學」連結在一起的記憶——追思王拓兄〉、陳素芳〈王拓：爬格子的感覺回來真好〉、王醒之〈我之所以為我，因為有你〉發表於《文訊》第 371 期。

參考資料：

・王拓，《金水嬸》，臺北：香草山出版公司，1976 年 8 月。

・王拓，《望君早歸》，臺北：遠景出版社，1977 年 9 月。

・王拓，《街巷鼓聲》，臺北：遠行出版社，1977 年 9 月。

・王拓，《民眾的眼睛》，〔自印出版〕，1978 年 8 月。

・王拓，《黨外的聲音》，〔自印出版〕，1978 年 9 月。

・方美芬編；王拓增訂，「王拓生平寫作年表」，收錄於石淑燕〈王拓及其小說研究〉，嘉義大學中國文學系碩士論文，2007 年 6 月，頁 140～143。

・林肇豊，「王拓寫作年表」、「訪談王拓」，〈王拓的文學與思想研究（1970～1988）〉，臺灣師範大學臺灣文化及語言文學研究所碩士論文，2007 年 6 月。

・陳文彬，〈如父如兄　如沐春風〉，《自由時報》，2016 年 9 月 6 日，D7 版。

輯三◎
研究綜述

文學理想與社會關懷

王拓研究綜述

◎李進益

一、王拓生平及創作活動

　　王拓（1944～2016）本名王紘久，知名小說家，政治人物，生於基隆八斗子漁村。小學畢業前，父親因病過世，家裡靠著母親替人幫傭，以及三哥跑遠洋漁船，家計才勉強夠用。王拓自言，就讀大學純粹只是「希望家裡的經濟能夠有所改善。」[1]上師大工教系後，由於興趣缺缺，加上對當時的新儒家牟宗三、唐君毅的學說與主張感到興趣，便轉讀國文系。大學畢業之後，分發到花蓮中學實習，閱讀了當時已在文壇嶄露頭角的王禎和、黃春明、白先勇等現代小說作品，受到感動與啟發，從此才真正對現代文學，尤其是小說感到興趣，進而產生寫作的念頭。

　　1970年7月錄取政治大學中文研究所，9月，處女作〈吊人樹〉初試啼聲，開始了他從事現代文學創作的道路。1976年3月出版第一本文學評論集《張愛玲與宋江》，同年8月出版第一本短篇小說集《金水嬸》。1977年4月發表文學評論〈是「現實主義」文學，不是「鄉土文學」〉，刊登於《仙人掌雜誌》第2期，並引發一場規模很大的鄉土文學論戰。同年9月出版另一本短篇小說集《望君早歸》，以及社會文化評論集《街巷鼓聲》。這個時期的王拓，無論是在小說的創作，或是對時事的評論，都交出不錯的成績。同時，他為了宣揚與維護自己的文學理念，在1977年9月10至12日《聯合報》

---

[1] 林肇豐，「訪談王拓」，〈王拓的文學與思想研究（1970～1988）〉（臺灣師範大學臺灣文化及語言文學研究所碩士論文，2007年6月）。

刊登〈擁抱健康的大地——讀彭歌〈不談人性‧何有文學〉〉。

　　1977 至 1978 年是王拓人生很重要的分水嶺,他一面從事文學創作,同時也積極參與社會運動和政治活動。從 1978 年起,他發表多篇政治評論文章在《夏潮》雜誌,如〈市長不是官,是民僕!——訪問臺南市長蘇南成〉、〈為民主政治而奮鬥!——訪臺灣省議會議員林義雄〉等,同年 8 月,自費出版政治評論集《民眾的眼睛》。王拓受到黨外人士的鼓舞,更加積極對政治改革的關心,一連串訪問黨外人士,寫了多篇報導黨外核心人物的政治理念,9 月再自費出版政治評論與報導文學《黨外的聲音》,一週後,此書立即被當時負責監控黨外言論與政治活動的警備總部查禁。

　　回顧王拓從 1977 至 1978 年 9 月為止,他主要的精力同時放在文學創作與文化政治評論。1978 年 12 月,則因個人現實問題,以及外在環境起了很大的變化,他棄文教,正式投入政治運動,登記參加國民大會代表選舉,以候選人身分四處演講。不過,由於美國宣布與中共建交,終止並切斷跟臺灣國府的外交關係,當時的政府因而以此國安理由,宣告選舉活動停辦。

　　王拓 1979 年參加《美麗島》雜誌活動,並創辦《春風》雜誌。同年 12 月,一群黨外人士在高雄記念國際人權日,從事爭取自由與民主的政治演講活動,由於集會未獲當局同意,引發衝突,史稱美麗島事件,王拓因此事件牽連被捕入獄,判刑六年。王拓在獄中,仍然利用種種機會創作,1981 年為孩子寫下童書〈咕咕精與小老頭〉、〈小豆子歷險記〉。1982 年又寫兒童故事集〈英勇小戰士〉,同年 8 月,長篇小說〈牛肚港故事〉初稿完成。1983 年 8 月另一部長篇小說〈台北,台北!〉初稿完成。1984 年 9 月出獄後,則寫了幾篇評論文章,又因種種原因,再次投入政治活動。

　　1991 年當選第二屆國民大會代表,1995 年起當選第三、四、五、六屆立法委員。2001 年,《金水嬸》、《望君早歸》增訂出版,他受到一些出版社編輯及文學同好鼓勵,再度提筆創作,寫了〈土地公不見了〉、〈早晨的太陽〉、〈鬼來了!鬼來了!〉等多篇文藝作品。

　　2008 年 12 月,他提出辭呈,辭去民主進步黨中央黨部祕書長,他

說：「將以餘生，努力文學創作。」根據王拓〈從鄉土文學到美麗島——一個臺灣作家的文學實踐與政治參與〉，可以知道 2011 年年底，他重新投入寫作，寫作企圖宏大，到 2013 年為止，已經寫出一個長篇：

> 我已經寫完了一個長篇〈阮的青春阮的夢〉，第二個長篇〈他們都是我兄弟〉也已經完成一半了。接著還有第三個長篇，這是一套長河小說，從 1975 年寫到 2008 年。我的這一生最重要的歲月，就是從「鄉土文學」到「美麗島」，現在又從政治的「美麗島」回到「鄉土」的文學來了。這是我的宿命嗎？[2]

2008 年起，他重新歸隊，回到文學的創作。雖然他有崇高的理想與願望，令人遺憾的是，他晚年奮筆直書胸臆的長河小說，因他的往生，已永遠無法完成。

二、文學反映臺灣現實社會

（一）《金水嬸》評價

王拓開始任教政大時，一邊教書，一邊寫作，寫作方向既有古典小說評論，也有小說創作，可是他不知原因為何，一年後，他無法被政大續聘。隔年，他去光武工專任教，偶然聽聞學生告知，才知道自己是校園教官必須向上級匯報的黑名單，傷心憤怒之餘，自動辭去教職。他為了生活，1975 年 9 月，去找臺大醫生共同創辦《健康世界》，推廣醫療衛生觀念。他在工作之餘，持續努力寫作，在報章發表多篇小說作品，在 1976 至 1978 年之間，出版了小說集和文化政治評論集。

王拓第一部小說集《金水嬸》1976 年秋問世後，受到許多評論家的重視，1976 年 3 月，陳映真在《中外文學》第 4 卷第 10 期上面，以筆名許

---

[2] 王拓，〈從鄉土文學到美麗島——一個臺灣作家的文學實踐與政治參與〉，收入楊翠主編《烈焰·玫瑰——人權文學·苦難見證》（新北：國家人權博物館籌備處，2013 年），頁 225。

南村發表〈試評〈金水嬸〉〉，他說「王拓在文學創作上還是一個新手。他還有一條長遠的道路等著他走下去。然而他的大方向是正確的。」而且「他的文學並不漂亮，並不豐潤富泰。他的文學，像漁村中的一張滿是風霜的臉龐，給予你某種索漠而強烈的現實主義底迫力。」[3]陳映真從王拓關心社會，「敢於逼視現實中的問題點」的寫實觀點，力贊王拓小說反映臺灣底層社會現實的成就。

　　此外，何欣在 1977 年 9 月〈三十年來的小說〉（《中華文化月刊》第 10 卷第 9 期）亦言及王拓作品：「在 1970 年代開始後不久，我們看到後起的作家一開始就踏上這條路，勇敢地擔負起他們的使命。在這青年作家群中，常常被提出來討論的『直接反映現實社會』的有楊青矗和王拓。」隔年，何欣再以〈七〇年代的使命文學——論楊青矗和王拓〉，集中評論了王拓兩個小說集，〈金水嬸〉、〈海葬〉、〈墳地鐘聲〉、〈春牛圖〉、〈獎金二〇〇元〉等 13 篇短篇小說，他說：「王拓在他的短篇故事裡多半是描寫這些他所認同的貧苦的人和他們在現實生活中如何找到奮鬥的目標，那個目標是只有通過行動才能獲得所希望的東西，王拓同前代小說不同的地方是他筆下的人敢於行動。」[4]

　　當年的報紙也有多篇評論文章，如心吾〈談王拓的《金水嬸》〉（《臺灣日報》1976 年 12 月 1、8 日，9 版）、胡坤仲〈再談王拓的〈金水嬸〉〉（《臺灣日報》1976 年 12 月 22 日，9 版）、方健祥〈由〈金水嬸〉看文學如何反映現實〉（《臺灣時報》1977 年 8 月 9 日，12 版），大多持肯定的觀點加以評論。董保中發表在《聯合報》的〈王拓〈金水嬸〉與〈金水嬸〉批評〉一文，不但評論王拓小說，同時也評論許南村對〈金水嬸〉的看法。董保中認為〈金水嬸〉故事情節發展的基本衝突是進步與落後的對立，是現代與保守的不調和，是動力的跟滯留靜止的摩擦：「我以為這是

---

[3] 許南村（陳映真），〈試評〈金水嬸〉〉，此文後來收入許南村《知識人的偏執》（臺北：遠行出版社，1976 年），頁 34。

[4] 何欣，〈七〇年代的使命文學——論楊青矗和王拓〉原刊《中外文學》，收入何欣《中國現代小說的主潮》（臺北：遠景出版社，1979 年），頁 164。

〈金水嬸〉這個短篇小說的時代的特殊意義。」董保中認為許南村的觀點則有些偏頗，「看了許南村先生的〈試評〈金水嬸〉〉，覺得許先生的大文除了對〈金水嬸〉這個短篇故事做此解釋外，更大的分量是借此對一個某種形態的社會，即是所謂的『工商業社會』的批判與攻擊，所以〈試評〈金水嬸〉〉實際上是一篇社會批評論文。」[5]

　　王拓因高雄美麗島事件入獄期間，張默芸在《新文學論叢》1982 年第 1期，發表〈王拓和他的小說創作〉（1982 年 3 月，頁 71～82），高天生則於黨外雜誌《暖流》第 2 卷第 1 期，刊出〈關懷現實的漁村子弟——王拓〉（1982 年 7 月，頁 65～68），給予相當高的評價。

（二）《望君早歸》評價

　　1977 年 9 月《望君早歸》出版，收了〈春牛圖〉、〈獎金二〇〇〇元〉、〈一個年輕的中學教員〉、〈車站〉及〈望君早歸〉五篇。蔣勳為此部小說寫了一篇序文——〈臺灣寫實文學中新起的道德力量——序王拓《望君早歸》〉，他非常認同從 1960 年代初期開始萌芽，並在 1970 年代已取得豐碩果實，得到社會普遍喜愛的寫實主義文學的作品及價值，而「王拓是這一個優秀的文學傳統裡現階段最受矚目的作家之一」，他說：

> 無論是以漁村為背景，或是以都市新勃起的推銷員生活為題材，王拓在這本新集子中所處理的人物，最不同於兩年前的，是在於正面人物的增加與強調。正面的人物有兩類，以〈望君早歸〉做例子：婦人罔市是一類，代表了群眾情緒式的正義和勇敢；另一類是邱永富，代表了知識分子理智的、清醒的、具有分析能力的、不畏惡勢力、不畏利益誘惑的道德力量，這種道德力量當然得來不易。

此外，《望君早歸》一書也在報紙副刊引起許多的回響，李漢呈從正面給予

---

[5]董保中，〈王拓〈金水嬸〉與〈金水嬸〉批評〉，《聯合報》，1977 年 10 月 4 日，12 版。

王拓此書很好的評價,他的〈評王拓《望君早歸》〉書評,刊於《臺灣時報》1978 年 1 月 30 日 12 版。《聯合報》則於 1978 年 2 月 2 日 12 版登董保中〈我們當前的一些文藝問題〉,此文探討文藝批評必須重視作品本身的藝術美學,而非強調藝術以外的社會功能或政治企圖,他認為此部小說五篇作品,呈現「作者的道德、正義感與創作藝術的安排的結合,使這幾個小說達到相當的藝術成就,文中又以〈望君早歸〉最具感動的力量。」[6]

蔣勳從道德觀點評論王拓《望君早歸》,周芬伶在《聖與魔:臺灣戰後小說的心靈圖象(1945～2006)》第四章,也從此類似的觀點,討論王拓主要代表作〈金水嬸〉、〈炸〉、〈獎金二〇〇〇元〉、〈望君早歸〉等主題,進而認為:

> 鄉土小說家善用對比設計,到王拓身上可說到頂點,情節的戲劇化、誇張化也到頂點。這裡暴露出寫實主義的道德極限,當寫實到頂點是否失真,或者道德到極點是否反悖的問題,就像手法極為寫實,人物極為典範的〈金水嬸〉有個傳奇與神話的尾巴。這是鄉土小說在倫理與美學上的弔詭。[7]

(三)〈鄉土文學與現實主義〉一文的歷史意義

王拓繼處女作〈吊人樹〉之後,1971 年 6 月在《純文學》刊物上,發表揭陋教育界黑暗面的作品〈墳地鐘聲〉,高天生認為此篇作品「表面上是一篇批判、揭露漁村不落實的教育與困境的小說」,其實,真正創作的動機,僅是呈現作家一種關懷社會的愛心與正義感,希望社會能有公平與正義。[8]時

---

[6]董保中〈我們當前的一些文藝問題〉,收入尉天驄主編《鄉土文學討論集》(尉天驄印行,1978年),頁 548。

[7]周芬伶,《聖與魔——臺灣戰後小說的心靈圖象(1945～2006)》(臺北:印刻出版公司,2007年),頁 115。

[8]高天生,〈新社會的旗手——《王拓集》序〉,收入高天生主編《王拓集》(臺北:前衛出版社,1992 年)。

隔五、六年，1977 年 4 月，銀正雄在《仙人掌》第 2 期，發表〈墳地裡哪來的鐘聲？〉，銀正雄從意識形態角度質疑「民國 60 年後」，「鄉土」小說的精神面貌不再是清新可人，我們看到這些人臉上赫然有仇恨、憤怒的皺紋，我們也才領悟到當年被人提倡的「鄉土文學」有變成表達仇恨、憎惡等意識的工具的危機，譬如我們今日討論的「墳地鐘聲」便是一例。[9]

由於銀正雄在此文提出質疑，並且表現出極其憂慮「鄉土」會變質，他認為鄉土如果是褊狹的「鄉土」地域觀，而不是廣義的「鄉土」民族觀，「那跟 1930 年代的注定要失敗的普羅文學又有什麼兩樣？」

同一期《仙人掌》也刊登了朱西甯〈回歸何處？如何回歸？〉，批評當時的鄉土作品「流於地方主義，規模不大，難望其成氣候」。[10]另外，《仙人掌》也刊出王拓闡述他概念裡的鄉土文學〈是「現實主義」文學，不是「鄉土文學」〉。王拓被時勢所逼，提出反擊，他在 1977 年 8 月《夏潮》第 3 卷第 2 期，以答客問的方式，發表了〈鄉土文學與現實主義〉，此文一出，同年 8 月 17 日起，彭歌一連三天發表了對王拓、尉天驄、陳映真等人的「公開點名的思想政治批判。」[11]掀起戰後史上最大規模的文藝論戰。

王拓在〈鄉土文學與現實主義〉文中強調：「真正的鄉土文學是關心自己所賴以生長的土地，關心大多數與我們共同生活在同一環境下的人的文學，這種文學我主張用『現實主義文學』，而不用『鄉土文學』，這些理由，我在〈是「現實主義」文學，不是「鄉土文學」〉一文中已經說過了。」[12]

鄉土文學論戰前期，葉石濤在 1977 年 5 月《夏潮》第 2 卷第 5 期，發表了〈臺灣鄉土文學史導論〉，提出了臺灣兩三百年文學傳統雖然有受中國漢文化或異族統治影響，但是「很明顯的，所謂臺灣鄉土文學應該是臺灣人（居住在臺灣的漢民族及原住種族）所寫的文學。」換言之，「它應該是

---

[9]銀正雄，〈墳地裡哪來的鐘聲？〉，收入尉天驄主編《鄉土文學討論集》，頁 193～203。
[10]朱西甯，〈回歸何處？如何回歸？〉，收入尉天驄主編《鄉土文學討論集》，頁 204～226。
[11]陳映真，〈向內戰・冷戰意識形態挑戰──1970 年代臺灣文學論爭在臺灣文藝思潮史上劃時代的意義〉，《聯合文學》第 158 期（1977 年 12 月），頁 57。
[12]王拓，〈鄉土文學與現實主義〉，收入尉天驄主編《鄉土文學討論集》，頁 301。

站在臺灣的立場上來透視整個世界的作品（中略），作家可以自由地寫出任
何他們感興趣及喜愛的事物，但是他們應具有根深蒂固的『臺灣意識』，否
則臺灣鄉土文學豈不成為某種『流亡文學』？」[13]葉石濤此時開始建立自己
一套論述臺灣文學的理論。1987 年 2 月，他以一己之力出版《臺灣文學史
綱》，第六章〈1970 年代的臺灣文學——鄉土乎？人性乎？〉第二節「鄉
土文學論爭」，他認為「鄉土文學論爭已經不只是文學路線的爭執而已，它
關係到戰後整個臺灣省的經濟、政治、文化、教育各個層面，代表了人民
在日趨孤立的環境下企求創新和突破，民主與自由的革新思想。」[14]他肯定
王拓《金水嬸》及《望君早歸》的作品主題與時代意義，他說：

> 他的小說強烈地指出臺灣社會充滿著異常的拜金思想、物質至上主義，
> 而在反面深刻地同情在窮苦生活中呻吟的小人物，憤怒地指控毒化這些
> 底層社會小人物的愚昧、迷信、賭博、疾病及絕望。這就是承繼臺灣新
> 文學反帝、反封建的優越傳統。[15]

不過，葉石濤直率地批評王拓小說創作的觀點，似乎有類型化的傾向，「由
於他急於在小說裡面要展開他的思想，所以往往無暇顧及小說的整篇情
調，形式內容有時流於類型化。」

　　1978 年「鄉土文學論戰」過後，如葉石濤所言，1980 年代人們已不講
鄉土文學，改以「臺灣文學」取代。不過，這場論戰，在事隔 20 年後，
1997 年 12 月《聯合文學》出了特輯——「回顧與再思：鄉土文學論戰二
十年」，特輯的主編者特別強調：「這場論戰使積累多年的文化、族群差異
暗潮浮上檯面，透過白紙黑字。歷史不但記錄下赤裸的對峙，也保存了當
時知識分子尋找認同的吶喊。至今這場大規模的對話，仍廣泛地影響我們

---

[13]葉石濤，〈臺灣鄉土文學導論〉，收入尉天驄主編《鄉土文學討論集》，頁 72。
[14]葉石濤，《臺灣文學史綱》（高雄：文學界雜誌社，1987 年），頁 150。
[15]葉石濤，《臺灣文學史綱》，頁 156～157。

的社會。」[16]特輯首篇文章就是當年與王拓、尉天驄併肩合作的陳映真所寫〈向內戰・冷戰意識形態挑戰——1970 年代臺灣文學論爭在臺灣文藝思潮史上劃時代的意義〉，文中多處對王拓在當時的歷史情境下，勇敢挺身為理念而戰，大加讚賞，陳映真說，王拓對文化與政治所發出的意見與主張，「當然有一定的歷史意義。」[17]次年 12 月，人間出版社出版了鄉土文學論20 週年的專輯。[18]2007 年 8 月聯經發行的《思想》叢刊第 6 期「鄉土、本土、在地」做為紀念鄉土文學 30 年，收錄楊照、邱貴芬及呂正惠三篇專文，其中邱貴芬〈在地性論述的發展與全球空間：鄉土文學論戰三十年〉一文，指出經由鄉土文學的爭辯，對文學創作產生了很大的衝擊，「鄉土文學裡的敘述語言的雜語交混，是最值得注意的臺灣文學形式突破，衍生出無窮的意義和後續發展。」另外，她認為經由各方陣營的筆戰，「從鄉土文學論戰 30 年後來觀察臺灣社會的轉變，我想『在地化』與『多元主義』是鄉土文學論戰最大的建樹。」[19]

　　邱貴芬與多位學者共著《臺灣小說史論》，邱貴芬寫第三章〈翻譯驅動力下的臺灣文學生產——1960～1980 現代派與鄉土文學的辯證〉，引用並指出王拓當年的文學主張，並且從史的觀點作出結論說：「對尉天驄、陳映真而言，『鄉土』是空間化的中國想像，葉石濤和王拓的『鄉土』卻有強烈而明確地理概念的『地方意識』（sence of place）。」[20]

　　王拓在 1977 年，從 2 月在《夏潮》發表〈歷史潮流中的前進與倒退〉，4 月短篇小說〈春牛圖〉刊於《中國時報》，小說創作與文化政治評論交叉發表。1978 年開始大量撰寫政治人物的訪問稿，主要發表在《夏

---

[16]《聯合文學》第 158 期，頁 56。
[17]陳映真，〈向內戰・冷戰意識形態挑戰——1970 年代臺灣文學論爭在臺灣文藝思潮史上劃時代的意義〉，《聯合文學》第 158 期，頁 57～76。
[18]曾健民主編，《臺灣鄉土文學・皇民文學的清理與批判》（臺北：人間出版社，1998 年）。
[19]邱貴芬，〈在地性論述的發展與全球空間：鄉土文學論戰三十年〉，《思想》第 6 期（2007 年 8 月），頁 101。
[20]邱貴芬等合著，《臺灣小說史論》（臺北：麥田出版公司，2007 年），頁 245。

潮》刊物[21]，1978 年 8 月自費出版《民眾的眼睛》，9 月出版《黨外的聲
音》。1978 年只有一篇小說作品〈妹妹你在哪裡？〉發表在《雄獅美術》。
此後，王拓積極走入底層的社會運動，並且準備從事政治選舉運動，最後
終因眾所皆知的 1979 年美麗島而鋃鐺入監。正因他從事政治運動，坐牢期
間讓他有更多的時間去思索國家社會以外的問題，於是在痛不欲生的黑牢
生活裡，他思念家人小孩，寫了三本童話故事集。至於因為政治變動到鎮
壓而被關在牢籠，他沒有因為喪志反而更加努力去找題材。1981 至 1984
年，他在牢裡除了寫兒童故事書外，也寫下兩部反映自身成長經歷，帶有
自傳色彩的長篇小說〈牛肚港的故事〉和〈台北，台北！〉。

　　1998 年 3 月王拓的童書一出版，倪端便寫了一篇評介文章〈告訴他，我
愛他！──《咕咕精與小老頭》評介〉，發表在《聯合報》，該文倪端說「這
是一本有關人與人之間的羅曼史。從書的第一頁到最後一頁，作者在描述孩
子與孩子（中略），都是那麼地柔軟善意，用情至深。（中略）當然，作者有
意無意地安排各種對話與情節，終究還是為了傳達：『因為愛，所以才有希
望！』」[22]王拓在獄中，借由想像力向「小孩講故事」，一者，彌補無法陪伴
小孩的遺憾，再者，可以通過寫作，打發時間，得到慰藉。其中〈英勇小戰
士〉受一本英語書的影響，他怕被指為「有抄襲的嫌疑」，所以沒有出版。
兩部兒童故事書的出版，顯示了王拓對教育的重視，其中，《咕咕精與小老
頭》獲得當年《聯合報・讀書人》評選年度最佳童書。

　　《牛肚港的故事》及《台北，台北！》兩部小說，由於是王拓以坐黑
牢換取而來的，作家本身非常看重這兩部作品，作品在 1985 年陸續公開問
世，彭瑞金認為臺灣可以出現政治文學，「與美麗島事件後，言論空間的擴
大有直接關係。」彭瑞金並且指出這兩部作品，在臺灣文學的發展，具有

---

[21]關於 1970 年代《夏潮》雜誌在臺灣文化、社會運動等方面所扮演的角色與成就，參見郭紀舟
　〈七十年代的《夏潮》雜誌〉，《思想》第 4 期（2007 年 1 月），頁 103～114。
[22]倪端，〈告訴他，我愛他──《咕咕精與小老頭》評介〉，《聯合報》，1998 年 6 月 29 日，41
　版。王拓自言，此部作品有著他童年時的回憶，亦即沾帶自傳色彩，見林肇豊，「訪談王拓」，
　〈王拓的文學與思想研究（1970～1988）〉，頁 41。

重要的時代意義：

> 王拓的《牛肚港的故事》及《台北，台北！》也是坐牢的成績。王拓因
> 美麗島事件受難，獄中開始寫長篇小說，對他個人的創作而言，進入長
> 篇創作是個突破，前者以保釣運動為背景，後者則以二二八事件以來的
> 省籍阻隔為主題，都是政治意義濃厚的作品，也反映了王拓個人某些重
> 要的政治理念。[23]

　　王拓《牛肚港的故事》出書後，龍應台在《自立晚報》發表評論〈政
治小說？唉！──評王拓《牛肚港的故事》〉，她認為此部作品有「生動的
鄉土素描（中略），除了對話傳真寫實之外，王拓的鄉土人物也相當生
動。」不過缺點可不少，她指出此部作品的敘事觀點沒有處理好，作品中
有多處「評論太明顯是這本小說另一個缺點」，而且，「作為政治小說，卻
很失敗。」[24]高天生則以〈詛咒與夢魘──臺灣小說中的告密者〉，評論此
篇作品在揭露告密者情節的描繪，「有部分片斷生動描述了校園內的告密者
和其引發的驚恐情緒」[25]，具有一定的歷史意義。
　　大陸學者許建生則從王拓此部小說的藝術手法加以肯定，他在〈《牛肚
港的故事》藝術結構管見〉一文裡，稱讚此作「藝術結構有所創新，打破
他過去慣用的單線結構形式，而採用雙條線索交融互合謀篇布局，顯示了
作者的藝術技巧日臻成熟。」[26]2003 年，周慶塘在博士論文〈八〇年代臺
灣政治小說研究〉裡，也對《牛肚港的故事》加以分析探討。
　　另一位大陸學者王震亞〈以血以淚編織的文學──王拓與《牛肚港的

---

[23]彭瑞金，《臺灣新文學運動四十年》（臺北：自立晚報社，1991 年），頁 207。
[24]龍應台，〈政治小說？唉！──評王拓《牛肚港的故事》〉，《自立晚報》，1985 年 11 月 19 日，10
版。
[25]高天生，〈詛咒與夢魘──臺灣小說中的告密者〉，《自立晚報》，1987 年 9 月 1、2 日，10 版。
[26]許建生，〈《牛肚港的故事》藝術結構管見〉，《臺灣研究集刊》1987 年第 4 期（1987 年 12 月），
頁 86。

故事》〉，用了極大篇幅探究此部小說的「創作特色」便是在結構，以設置懸念、故布疑陣、引導推斷，以及愛情故事來寫一篇有著自傳色彩的小說，「本質上，它是一部風格特異的政治小說。」[27]

　　至於《台北，台北！》出版以後，1986 年 1 月 11 日，海外作家叢甦以〈淺論《台北，台北！》〉發表在《自立晚報》，叢甦特別肯定小說中的知識分子人物形象生動，給予高度肯定。再者，黃重添也對此作給予高度的評價。[28]2012 年 10 月，黃文成針對美麗島事件政治犯的書寫，作一較全面性的研究，深入探討王拓政治小說的文學與時代意義。

三、小結

　　王拓的人生道路充滿形形色色的變化，他因為出身窮困，親眼看見太多社會底層勞動者的貧困生活和不幸遭遇，他除了投注同情與關注，進而執筆寫作，以反映真實的社會，且大多具有自傳色彩的，如〈金水嬸〉、〈炸〉、〈望君早歸〉、〈車站〉等寫實作品。他原本在大專院校任教，可以一邊教書，一邊從事喜愛的寫作，卻因 1970 年代臺灣威權統治的歷史背景，白色恐怖陰影依舊籠罩臺灣社會各個層面，在不明原因下他被解聘。不過，他依然執筆，寫下多篇精彩的小說及社會政治評論。在一次因緣際會下，他聽到黨外人士演講，發現除了以文學作品反映社會，政治演講活動也算是另一種與民眾接觸的方式。作為傳達改革社會的功能，文學創作與演講的功能並無二致，然而讀小說的人可能只有幾百，頂多千人，就很不得了了，至於演講則不同，一次可以聚眾上千上萬的人，影響力大於小說創作好幾倍。他在接觸政治運動後，發現文學的路，對社會改革的影響較慢且長，他改走更直接更快速的社會政治路線，最後也因而成了美麗島事件的政治受難者。

---

[27] 王震亞，〈以血以淚編織的文學——王拓與《牛肚港的故事》〉，《臺灣小說二十家》（北京：北京出版社，1993 年），頁 316。
[28] 叢甦，〈淺論《台北，台北！》〉，《自立晚報》，1986 年 1 月 11 日，10 版。

　　王拓 1984 年 9 月出獄，已是中年人，他原本想好好地安分工作養家，卻又受到情治單位的干擾，被「逼上梁山」，只好再度走入政治圈。[29]此後，除了少數幾篇論述自己的文學理想在《臺灣文藝》上，他不再從事小說創作，而是積極參與政治活動，歷任國民大會代表，及四屆立法委員。

　　從 1991 年起，他活躍於政治舞臺，位居民進黨高層，十多年置身政治場域，為臺灣民主政治打拼。可是，或許是政治的爾虞我詐，使他心生厭倦，而且他對文學還有感情，所以在 2005 年又重新執筆，從事文藝創作，陸續在《中國時報》、《聯合報》及《自由時報》發表作品。至於最後的大河三部曲，雖已寫了一半，卻因病逝而無法成書，令人頗覺有憾。

　　今人在評價王拓小說的成就，大多以《金水嬸》及《望君早歸》為主。另外，他在 1970 年代鄉土文學論戰的貢獻，亦為後人津津樂道。陳芳明在《臺灣新文學史》說王拓「兩本評論集《張愛玲與宋江》（1976）、《街巷鼓聲》（1977），都成為鄉土文學論戰中的主導文字。」而且，「他的小說擅長描寫人物的形象，故事節奏非常緊湊，是鄉土文學運動中的重要寫手。（中略）他營造的故事具有強烈的人道主義，在思想光譜上，傾向社會主義的思考。」[30]

　　大陸方面也給予肯定，如黃重添等主編《臺灣文學史》，第八章〈鄉土文學思潮的興起及其作家創作〉一節，便對王拓的作品作了深入的探討，並且指出他的文風「以冷靜的寫實筆觸，真實地描寫臺灣的現實生活，作品風格樸實粗獷。他善於刻寫人物的性格特徵。」[31]

　　王拓對臺灣文學的貢獻不小，他將隨著所創造出的金水嬸一系列人物永留人心。

---

[29]林肇豐，「訪談王拓」，〈王拓的文學與思想研究（1970～1988）〉。
[30]陳芳明，《臺灣新文學史》（臺北：聯經出版公司，2011 年），頁 567。
[31]黃重添主編，《臺灣文學史》（福州：海峽文藝出版社，1993 年），頁 335。

輯四◎
重要評論文章選刊

鄉土文學與現實主義

◎王拓

問：王先生，我們讀過你在《仙人掌》第 2 期的一篇文章〈是「現實主義」文學，不是「鄉土文學」〉，你很明白地反對用「鄉土文學」這個稱謂，但現在許多人都把你歸入「鄉土文學」作家，你對這有什麼意見？

答：我所以不主張用「鄉土文學」這個稱謂，主要是因為它的意義到現在為止還很曖昧，很容易引起一些不必要的誤解。首先我們可以追究一下「鄉土」這兩個字的意義，到目前為止，至少有三種不同的解釋，一是指故鄉故土，二是指生長與生活裡的現實環境，三是指相對於都市而言的農村鄉下。而把「鄉土」冠在文學上面成為「鄉土文學」時，它所指的「鄉土」是什麼意義也一直很不一致。旅居海外的人因為思鄉情切，比較傾向於第一種意義，對於能表現臺灣的中國特色的文學都把它稱為「鄉土文學」；而一般人則因為「鄉土」這兩個字的表面意義，以及有幾個本省作家以臺灣農村或鄉下為背景寫過幾篇很好的小說，所以很容易傾向於第三種解釋，而把「鄉土文學」當作是以描寫農村為主的文學。但是真正從事文學創作的人卻比較傾向第二種解釋，認為一般所稱的「鄉土文學」在精神和實質上都是一種反映現實的文學。但是用「鄉土文學」來稱呼，很容易使人誤以為「鄉土文學」只是以農村或鄉下為背景的文學，而事實上臺灣的中國作家在文學上所反映的中國特色，是以臺灣這個現實環境下的人和事為主的。而這個「現實」的範圍很大，空間不是只有農村，人物不是只有鄉下

人。把「鄉土」的意義拘限在農村，是與事實不符，並且是很容易在情感上和知識上造成一種「城鄉對立」和「地域主義」的分裂思想的。

真正的「鄉土文學」是關心自己所賴以生長的土地，關心大多數與我們共同生活在同一環境下的人的文學，這種文學我主張用「現實主義文學」，而不用「鄉土文學」，這些理由我在〈是「現實主義」文學，不是「鄉土文學」〉一文中已經說過了。如果把我歸入這一意義的「鄉土文學」——也就是「現實主義文學」——的作家中，我認為對我是一種榮幸、一種鼓勵，因為這正是我所要努力的目標，只是，我恐怕還沒有那個資格，我希望能得到朋友們更多的鞭策和鼓勵！

問：最近有些人對所謂的「鄉土文學」頗有批評，對這些批評你有什麼看法？

答：最近對所謂「鄉土文學」的批評，大概歸納起來有兩點：1.是說它在取材方面過於狹窄，表現了一種褊狹的地域觀，視野和氣度都很有限，恐怕將會流於地方主義；2.是說它在語言運用上偏向方言文學，是一種本末倒置。對這兩點意見，在理論上我是同意的，文學是不應該只表現褊狹的地域觀、不應流為地方主義、不應偏向方言文學。但是，以這樣的意見來批評我們時下所謂的「鄉土文學」——其實是「現實主義文學」，我認為是頗有商榷的餘地。在小說中表現地方特色，並不等於地方主義；在小說中運用方言也不等於方言文學。這個道理顯而易見，司馬中原和朱西甯等人的小說也很富有地方特色，也常有一些大陸方言，難道說他們也是地方主義者和方言文學者嗎？我們生於斯，長於斯，我們不反映臺灣這個現實環境下的中國人的生活和願望，那麼，我們要反映什麼呢？如果認為反映臺灣這個現實環境下的中國人的生活和願望的文學就是地方主義的，那麼，有什麼文學不是地方主義的呢？這些批評所謂「鄉土文學」的人完全無視於 1970 年代以後臺灣在政治、經濟、社會方面的變化和發展，他們所批評的

「鄉土文學」事實上是在 1970 年代以後，臺灣的社會和知識青年在國際姑息逆流沖擊下，普遍激起了愛國家、愛民族，普遍產生了強烈的反抗帝國主義的覺醒這個背景下產生的，因此，這樣的「鄉土文學」基本上是一種民族主義的文學，絕不是某些人所誣指的地方主義的文學。這一點，我在那篇〈是「現實主義」文學，不是「鄉土文學」〉中已經有很詳細的分析和說明，希望讀者能參考。

問：王先生，有人把你所主張的「現實主義文學」視為偏激的觀念，並把你和黃春明、王禎和、楊青矗的某些小說看成是在渲染社會的黑暗面，是與 1930 年代左翼作家如出一轍的，對這種批評，你有什麼意見？

答：首先我要聲明：我對 1930 年代的左翼作家的作品沒有研究，因此我的小說究竟是怎樣會和 1930 年代左翼作家「如出一轍」，我是不懂的。不過，我倒對我們中華民國的政府還有信心，我相信政府是會尊重寫作人權的，不會因為有人亂扣「左」的帽子，我就會遭到什麼不可預測的災禍。長久以來，我寫了一些文章，而至今還安然無事，就是一個很好的證明。

至於對我個人的小說的批評，我是絕對歡迎的，雖然批評者的意見我並不同意，但幾個月來我一直沒有寫文章替自己辯護，因為我歡迎批評，同時我也認為創作本身是最好的辯護和說明。不過，這幾個月來有人根據那篇對我早期的小說〈墳地鐘聲〉的批評，而攻擊「現實主義文學」是惡意揭發社會黑暗面、是在強調貧富對立、是在散布仇恨，對於這種批評我想作幾點說明：

1.任何一個社會都有許多不合理的、黑暗的事實存在，臺灣自然也不例外，蔣院長最近在主持陸軍官校校慶中致詞也說：我們「還要加強消除尚未完全消除的特權，包括消除特權的觀念，因為我們認為做得不夠。」「還要加強消除尚未完全消除的中間剝削，包括消除剝削的觀念，因為我們也認為做得還不夠。」所以，我們「現階段的政策，其

精神所在，在政治上是要消除特權，在經濟上是要消除剝削。」我認為蔣院長這種平實的指示，是團結民心、安定社會最有效、最具體的作法。我們先要承認「做得還不夠」才會更加努力，才能有更大的進步。我們的社會既然還存在著許多有待改進的不合理的事實，那麼「現實主義文學」之反映這些事實——並非無中生有或故意捏造——怎麼說是「惡意」揭發社會黑暗呢？貧富差距也是社會存在的事實，在報紙新聞上也時常刊登，為什麼創作小說的人就不能寫呢？我始終認為，把事實告訴大家，才是真正關心社會、熱愛國家的表現，捏造美麗的謊言欺騙大眾、歌功頌德以討好上級，這才是最自私、最不顧社會國家前途的。

2.至於僅僅由我的一篇早期的小說〈墳地鐘聲〉就推斷「鄉土文學」有成為表達仇恨、憎惡等意識的工具的危機，我認為這是杞人憂天的偏見。我的〈墳地鐘聲〉有許多缺點，這個我在一些公開演講的場合自己也有過批評，但絕不是像他們所批評的那樣。我在這篇小說中批評教育界的腐敗，也不是我捏造事實，這種事報紙批評得比我更徹底。批評者說我對這些人物為什麼會這麼腐敗的原因，沒有做進一步挖掘，因此顯得我不夠溫柔敦厚，沒有悲天憫人的胸懷、沒有愛心。這些批評乍聽起來好像很有道理，但若認真檢討起來，其實是似是而非。首先，說我沒有進一步挖掘這些人物腐敗的原因，我是承認的，這是技術和篇幅問題。但如果因此而推論出沒有愛心，我以為這是批評者的無知和惡意誣陷。因為：

（1）這篇小說中的正面人物老潘，以及那些討海人都對下一代充滿了關心和愛心，為什麼批評者只看到小說對腐敗者的憎惡，而看不到對這些正面人物的頌揚與對下一代的關愛呢？

（2）所謂創作者應該「對小說人物保持客觀，不應陷入，不應喜歡這個而憎惡那個。」這是理論說著好聽而已，不是事實的。就以《仙人掌》第 1 期的〈正氣歌〉這篇小說為例，作者不是在小說中很明顯地

用了許多惡意的、嘲弄的字眼來描寫那些抨擊漢奸的人嗎？同時他不是又用了許多同情的、悲天憫人的胸懷來替那個漢奸和維護漢奸的人辯護嗎？〈正氣歌〉的作者大概是很想客觀的，但不知不覺卻又喜歡起漢奸而又憎惡起攻擊漢奸的正義之士，無法客觀了。大抵創作的人都和〈正氣歌〉的作者相同，是無法客觀的，總是不知不覺「要喜歡這個而憎惡那個」的，只是各人喜歡和憎惡的對象不同罷了。

3.說「現實主義文學」反映現實和批評現實的精神，會擴大社會矛盾，甚至會動搖社會秩序的這種講法，我認為是完全抹煞了政府在臺灣努力建設、勵精圖治了 30 年的成就。我們的社會是有缺點，但並不是嚴重到非隱瞞病情不可，我們很相信政府在臺灣努力了 30 年的成就，是經得起這種批評和考驗的，是會因為這種事實的反映和批評而進一步改善的，我們希望這些對政府缺乏信心的人，能夠因為政府和社會的健康而健康起來，不要老是把草繩疑心地當做毒蛇吧！

（民國 66 年 8 月 1 日《夏潮》第 17 期）

——選自尉天驄編《鄉土文學討論集》

尉天驄印行，1978 年 4 月

我們的苦難是有價值的！

◎王拓

1979 年 12 月 13 日早上 6 點，也就是美麗島高雄事件發生後的第三天，我被調查局以涉嫌叛亂的罪名，在第一批被捕的名單中，與張俊宏、姚嘉文、林義雄、呂秀蓮、陳菊等十幾個黨外人士同時被逮捕。之後，我被冠上指揮暴行的罪名，判刑六年。一直到 1984 年 9 月 5 日下午 5 時才被釋放，坐牢時間長達 4 年 8 個月又 23 天。

《牛肚港的故事》是我在坐牢期間所寫的第一個長篇，也是我一生中的第一個長篇。那時，我被關在桃園的龜山監獄，和另一個同案難友蔡垂和（臺中人，判刑三年）合住在一間只有兩坪大的牢房裡。這種牢房通常只有刑期十年以上的重刑犯在剛到監獄時才需要送到這裡接受考核，時間由一個月到六個月不等，獄方稱之為「重刑犯考核房」，一切措施均採高度管理，嚴格苛求，連在牢房裡稍微大聲講話都要受到嚴厲的懲罰，真正是不把人當人看的所在。而我被關在這種牢房卻長達 3 年 9 個月之久，每天除了在上午 8 點半到 9 點之間有 10 分鐘的戶外運動以外，一天 24 小時的生活，包括吃飯、睡覺、大小便、做工（監獄分配的苦役）都在那個小牢房裡，一直到出獄的那一刻，才得脫離這種連一點最基本的人的權利和尊嚴都沒有的生活。

在這種環境下，再加上偵訊期間在調查局所受到的種種凌虐、侮辱、脅迫、刑求等等可怕的經驗，仍然鮮明地留在記憶裡，因此，使我初期的監獄生活一直都陷於極端缺乏安全感的恐懼裡，並充滿了被迫害的悲憤的心情。這時，只有想起家裡的老母妻兒時，才能得到些精神上的鼓勵和安

慰。然而，人在牢裡對親人的惦念也是一種痛苦的折磨，尤其是在林宅血案發生後，每次想家時，心裡總會在溫慰中感覺到幾絲難於揮拭的不安和焦慮，我的頭髮因此遂蒼蒼地白了。

為了逃避這種肉體和心靈的痛苦，每天在做完監獄所分配的苦役之後，我開始努力創作起來。先是為了向兒子和女兒償付我這個無法盡到父職的父親對他們的滿腔愛心，雖然在極端惡劣幽黯的光線下，我也於半年內相續寫了三個長篇兒童故事。之後，在同室難友垂和老哥的鼓勵和協助下（他每天幫我做工，使我有更多時間寫作），我又重操起舊業，恢復了久已放棄的小說創作。這部《牛肚港的故事》和稍後的另一部長篇《台北，台北！》（暫名），便是在這種環境下完成的。這樣，前前後後，我在牢裡所寫的兒童故事和長篇小說，竟有一百萬字之多。出獄後，朋友們都為此向我致賀，好像我是一個很了不起的強者。其實，剛好相反，這實在是由於我的軟弱。為了減輕牢獄所加給我身心的折磨和傷害，我只有寫作。因為，只有在寫作時，我才能忘記身在牢獄；只有在寫作時，我才能重新感覺到自己是一個人，一個真正有尊嚴、有信心、能自由思想的人。而這都是作為一個人最起碼的應有的條件，在監獄裡卻被剝奪淨盡。出獄後，我的視力也因此而受到了很大的傷害。

我在牢裡寫這個長篇時，最關心的是人性和政治的問題。我因政治而坐牢，在牢裡又有比平時更多的機會來冷靜觀察和思考問題，再加上自己所身受的被逮捕、被刑求、被審判的一連串經驗，而使我對政治和人性某些陰暗的東西有了更深的理解和領悟。這些觀察、思考和領悟，多多少少也在這部小說裡做了表達。但是，為了逃避監獄官的檢查，我只能寫成現在這個樣子。出獄後，有些地方本來想重寫，但是重讀以後，卻覺得還是保持原狀比較好。細心的讀者也許能從這個命案故事裡發現一些別的東西吧？

這小說原本已答應在聯合報系新辦的《聯合文學》月刊上分三期連載，但據說由於國民黨文工會對聯合報施加了壓力，連載之約就無法如願了。文工會的壓力對聯合報來說，應屬不可抗拒的外力，因此我對《聯合文學》的

違約不但沒有絲毫怨言，而且還深為同情，對該刊發行人張寶琴女士和編輯丘彥明小姐在這件事上面所給予我的友誼和鼓勵，更是心懷感激。

還沒有開始寫這小說以前，我的內心一直都因為坐牢而充滿了悲憤，但是，開始寫了以後，我卻漸漸發現，那滿腔的悲憤竟消失了，我的內心變得無限寬廣坦蕩起來，真是有「海闊縱魚躍，天空任鳥飛」的開朗和喜悅，對人性的殘狠、疑懼和軟弱都有了更寬容的理解。相信這種心境的轉變已在我的創作中發生了一定的影響。但是，限於經驗和才華的不足，雖然數度改寫了其中的某些章節，整部小說在形式和內容上仍然存在著許多不能免的缺陷，很希望能得到朋友們的批評和指正。

這小說如果還有一點可取之處，首先應感謝所有關心美麗島「高雄事件」的朋友們，因為如果沒有大家的熱心關切，在漫長的黑牢裡，我絕不可能有這麼堅強的毅力和平靜的心情來從事創作。其次，我要感謝先後與我關在一起的垂和兄、茂男兄、廷朝兄和所有的難友們。垂和老哥不只分擔我的苦役，使我有更多時間寫作，而且還在一些細節的地方提供了許多寶貴的意見；茂男、廷朝二兄和其他的難友則以他們豐富的同志愛，給我各種有形和無形的幫助和鼓勵，並和我共同度過了許多苦難的日子，這在我一生中，是極可珍貴的一段記憶。但是，如果沒有若曦姊的熱心幫助和葉芸芸小姐的接納，這小說也無法在《臺灣與世界》雜誌上先與大家見面。這些友誼都是我畢生難忘的。

最後，我想引用 12 月 9 日在關懷中心所舉辦的「政治犯歡迎會」上，我代表美麗島「高雄事件」已出獄的受刑人向所有的政治犯致敬時講的一段話作為本文的結束，我說：

在這個歡迎會裡，以我個人坐牢的時間只有 4 年 8 個月又 23 天，以及，以我在牢裡所受的痛苦程度來說，我是沒有資格講話的。因為和在座的大多數前輩比起來，我的刑期和痛苦，在國民黨的政治犯監獄裡，都只能算是小學生，甚至，只能算是幼稚園的學生而已。在座的前輩，坐牢的時間有

長達 30 年以上的，短的至少也都有十年八年，你們和你們的父母妻兒所受
的傷害和折磨，都不是我們這些後進的小學生所能相比的。我在這裡是代
表美麗島「高雄事件」的所有受難者和我們的家屬，向您們——曾經為了
民主政治的理想和信仰，為了追求真理、正義和愛而遭受苦難的人，以及
所有熱心關切人權的朋友，表達我們最懇摯的敬意和感謝，您們過去所做
的犧牲和奉獻，以及你們在坐牢時和出獄後所表現的不屈不撓、永不退卻
的精神，正是我們這些後進們在思想上和精神上力量的泉源。當我們為民
主政治的理想而奮鬥時，您們以前所點燃的火炬，就是我們的指路明燈，
這使我們覺得，我們是在為歷史而奮鬥！前面有您們所流的血汗和腳跡，
後面有我們子孫的仰望和期待，我們不是孤單的一群，歷史永遠與我們站
在一起；當我們被捕入獄後，你們曾經受過的苦難也成為我們最大的鼓勵
和安慰，因為苦難更使我們覺得，我們是緊密連在一起的。我們不僅目標
相同、命運相同，我們走過的歷史也相同。這使我們領悟到，我們和歷
史，和這塊土地都是緊緊相連，不能分割的。我們是一群兩腳深深扎在這
塊土地上，為了追求子孫更美好的明天而受苦的人。因此，我們所受的苦
難是有價值、有意義的。

1984 年 12 月 15 日於中和市

——選自王拓《牛肚港的故事》
臺北：作者印行，1985 年 11 月

含淚播種，必能歡呼收割！

《台北，台北！》自序

◎王拓

　　1971 年是中華民國政府自從 1949 年撤離大陸到臺灣來之後，極具關鍵性的一年。因為在這一年裡，國際上連續發生了幾件大事，不但使國民黨在當時感到嚴重的生存危機，也深刻地影響了臺灣後來的發展。那幾件大事依序是釣魚臺事件、美國總統的顧問季辛吉訪問中國大陸，以及在中共進入聯合國的同時，中華民國也宣布退出這個國際組織。由於釣魚臺事件的刺激，首先使旅居海外的中國人爆發了一次空前熱烈的反日反美的民族運動，這種民族主義的熱情，很快地感染了在臺灣的知識青年，於是，在臺灣的大學校園裡也立刻展開了一次熱烈的「保衛釣魚臺運動」。雖然這個運動由始至終都在國民黨當時的保守派與革新派內鬥的夾縫中才得以生存發展，同時又在國民黨情治單位嚴密的監視下，所能發揮的作用非常有限，甚至在某一程度上還被國民黨內的某些人利用為黨內奪權鬥爭的工具而不自知。但是，它對我們這一代人來說卻具有極為重要的意義，使我們的政治思想和人生態度都受到了極大的影響。接踵而來的季辛吉訪問中國大陸，是第二次大戰以後，美國外交上從未有過的大事，預示了美國對華政策與世界戰略的大轉變，使一向依附美國才能維持生存的國民黨政府感到生存上極大的威脅。而退出聯合國更顯示了中華民國在國際舞臺上日漸沒落的窘境，以及日益孤立所帶來的滅亡危機。這兩件大事，一方面是使在保釣運動中滋長出來的民族意識得到了進一步的強化，另一方面也使大多數人覺悟到政治腐敗乃是外交失敗最主要的原因，而開始把運動的方向由外轉向內部，因此而產生了極強的本土意識和社會意識，而有全面改選

中央民意代表的呼聲，以及知識青年上山下海深入民間，關心農民與工人等等的運動產生。我和我的許多朋友便是在這一連串的事件和運動的衝擊和教育下長大的。

由於我們的上一代對「二二八」事件所造成的政治恐怖還記憶猶新，以及在國民黨統治臺灣將近 30 年有計畫的控制和誘導下，也使這一代人普遍對國家和社會的事情懷有嚴重的恐懼症和冷漠感，對於能決定人們生死禍福的政治，更是普遍地感到無力和認命的態度。但是，由保釣運動到退出聯合國這一連串事件的衝擊卻激發了青年們的熱情和潛能，使他們敢於把頭伸到書房和學校的圍牆外面，去關心政治和社會。我後來之所以能在文學上突破純藝術和純學術的思想，而把一些社會的現象寫成小說；在 1978 年甚至公然以黨外人士的身分去從事選舉運動，都已在 1971 年所發生的這一連串事件裡種下了遠因。我自那時起，已有了強烈的民主政治的理想和社會改革的意願。而這些也正是我所以選擇這段時間的臺灣社會與青年學生和工人作為這部小說的題材的主要原因。

1979 年 12 月 10 日，臺灣黨外人士所創辦的美麗島雜誌社為了慶祝國際人權日，在高雄市舉辦群聚演講會，不幸而發生了一場軍警與民眾的重大衝突，第三天（12 月 13 日）清晨，我即和林義雄、姚嘉文、張俊宏、呂秀蓮、陳菊等人，在第一批黑名單中同時以涉嫌叛亂的罪名被逮捕。經過 55 天的嚴酷偵訊，我經歷了人世間從未有過的痛苦和折磨。之後，我被判刑六年，關在桃園的龜山監獄，一直到 1984 年 9 月 5 日才獲釋，坐牢時間長達 4 年 8 個月又 23 天。

坐牢雖然是一件痛苦的事，但是，監獄的鐵窗和圍牆只能折磨人的肉體，卻無法征服人的思想和靈魂。坐牢期間，我雖然也遭受到許多虐待和侮辱，精神上也因為想念母親妻兒和朋友而感到極大的痛苦。但是，這些痛苦卻能使我更冷靜地去省視人性的問題，也使我有更充分的時間去閱讀偉大的經典之作而拓寬了思想的領域，同時也使我能更從容地去反芻過去的經驗和思考未來的問題。因此，這一次的牢獄之災對我個人來說，所得

到的反而比失去的更多。這不僅是我當初被捕時始料所不及，恐怕連逮捕我而欲陷我於萬劫不復的那些人也是萬萬沒有想到的吧？！

　　這部長達五十幾萬字的小說《台北，台北！》便是我在牢獄中思考反省的成績之一，也是我在這段牢獄生活中所寫的第二個長篇。遠在 1972 年，這個故事就已經在我的腦海裡醞釀了。1979 年的春天，當第三次中央民意代表增選因美國與中共建交而宣布停選後不久，我就曾下定決心要著手寫這部小說了，但是寫了十幾萬字後，我卻發現自己對小說人物的思想感情，以及他們所處的世界的了解都還不夠深入，對他們之間複雜的關係也還不能明確地掌握，所以就放棄了，那年的 12 月 13 日我就因為「高雄事件」被捕了。現在平心靜氣回想，如果沒有這次的牢獄之災，我這一生恐怕是不可能寫出這部小說來的，不僅是因為坐牢有比較充分的時間而已，更重要的是，如果沒有這次的苦難，我就不可能對人性、政治、社會和歷史有現在這樣的理解，也不可能對人生有現在這種比較寬容豁達的態度，因此，也就不可能像現在這麼客觀地、忠實地來反映我所知悉的這一切。而其中的某些情節，更是只有在坐牢之後才能更具體地被我所了解和掌握。但是，由於個人經驗和才華的限制，我雖然盡了極大的努力，卻不敢說我已在這部小說裡寫盡了人性的隱微與複雜，也不敢說我已完整地描繪了 1970 年代初期的臺灣社會。但是，我卻敢說，我在這部小說裡所寫到的每一件事情都是真實的，同時，我也是以寫歷史的嚴肅的心情和態度來寫這部小說的。但是，以我的標準來說，這仍然是一部小說而不是歷史著作，因為這裡所寫到的每一件事，在真正發生時並不一定都像小說裡所呈現的那樣具有因果關係和前後連貫，而是我以文學的想像把它編織起來的；每一個小說人物也都是根據現實中的人再加以「文學地」綜合變造。我希望能以小說的方式來替 1970 年代的臺灣留下一些人性的和社會的紀錄。因此，這部《台北，台北！》只是我預計要寫的一個三部曲的第一部而已，我希望以這個三部曲來貫串整個 1970 年代的臺灣社會。從 1971 年寫到 1980 年，詳實地記錄生活於此地的我所深愛的同胞們的種種愛恨、悲

歡和奮鬥的故事。

　　這部小說能夠在監牢裡順利完成，首先要感謝所有關心美麗島「高雄事件」的朋友們，如果沒有大家的熱心關切和聲援，在漫長的牢獄裡，我絕不可能有這麼堅強的意志和平靜的心情來從事寫作。其次，我要感謝與我一起關在龜山的每一位難友——紀萬生、邱茂男、魏廷朝、蔡垂和、陳博文、蔡有全、余阿興、戴振耀、張富忠、邱垂貞、陳忠信、許天賢、傅耀坤、周平德、范政佑、吳振明、楊青矗，以及劉峰松等人。他們豐富的同志愛，使我在困難中得到許多安慰和鼓勵，他們也是我在獄中寫作時討論的對象和最早的讀者。其中尤以蔡垂和、魏廷朝和邱茂男在不同的時間與我同住一間牢房時，對我的照顧和幫助特多，使我能更專心地寫作。這些在患難中培養出來的友誼，是我一生中最珍貴、最美麗的回憶。而今，魏廷朝卻因為另一個「叛亂案」未完的刑期又被關到新店的軍法處，吳振明則被誣蔑為流氓，以掃黑的名義再度被關進警備總部，不久前又聽說已被送去綠島管訓了。此時，我雖然身在牢外，但是，想起仍在獄中受難的朋友，我的心情是悲憤沉痛的。出獄後，我曾把這部小說的原稿交給幾位好友閱讀，感謝他們也都給了我許多寶貴的意見和鼓勵。所以，從這個意義上來說，這部小說如果有任何可取之處，應該歸功於前述的每一位朋友。

　　但是，當我在獄中所寫的第一部長篇小說《牛肚港的故事》在國民黨文工會的壓力下被封殺，而不能照約定的那樣在《聯合文學》連載後，對於是否要讓這部《台北，台北！》在此時此地出版，曾經很使我感到猶疑。因為純粹以生意觀點經營的出版商看到《牛肚港》的前車之鑑後，是絕不會來找我出版這部小說的；至於好朋友經營的出版社基於道義的支持，雖然願意冒可能被查禁的風險來出版它，卻被我婉拒了。因為我不願意拖累好朋友，使他們蒙受金錢的損失。但是，千辛萬苦寫出來的作品竟不能見天日，這不僅使我個人萬分鬱悶，同時也使我覺得對許許多多曾經為真理、正義而受難的朋友和前輩無法交代。因此，幾經考慮後，我終於下定決心，不顧一切艱難困苦，自費把它出版了，希望能得到大家更多的

關注、批評和指教。

「含淚播種，必能歡呼收割！」這是我在牢裡寫完這部小說時的感想，也是我在艱苦的牢獄裡始終堅持的信念。橫在我們眼前的道路雖然還很長很遠，而且充滿了荊棘，但是，只要大家一起來努力，就有信心走出一條寬廣的道路。現在，我把這份感想和信念送給所有曾經為真理、正義和愛而受苦的朋友們，希望這部小說能給大家一些安慰和鼓勵。

最後，我要感謝內人穗英，感謝她對我堅定不移的愛心和支持，陪我走過了那段漫長黑暗的日子。也感謝我敬愛的母親，她生前為我操勞憂慮，對我關愛備至。但是，當我重返家園時，卻再也見不到母親的慈顏了。「樹欲靜而風不止，子欲養而親不待」，這是我一生最大的悲傷和遺憾。願母親在天之靈得到安息！

1985 年 4 月 18 日寫於中和

——選自王拓《台北，台北！》
臺北：作者印行，1985 年 6 月

從鄉土文學到美麗島
一個臺灣作家的文學實踐與政治參與

◎王拓

所謂的「鄉土文學論戰」

我之所以選擇「從鄉土文學到美麗島——一個臺灣作家的文學實踐與政治參與」這個題目，是因為從鄉土文學到美麗島，象徵性地概括了我這一生最重要的歲月，我所追求的文學夢想與我為臺灣社會編織的美麗願景，是我這一生到現在為止，還在繼續努力，希望有真正完成的、實現的一天。

1970 年代，我被某些人歸類為「鄉土文學」作家。但我自己並不接受這樣的歸類，就像當時的黃春明、王禎和或楊青矗等人，也不認為自己是「鄉土文學」作家。所以我在 1977 年 4 月的《仙人掌雜誌》發表了一篇文章——〈是「現實主義」文學，不是「鄉土文學」——有關「鄉土文學」的史的分析〉，企圖從當時臺灣社會的客觀環境與歷史環境去追溯所謂「鄉土文學」形成的政治的、社會的、文學的、歷史的原圖，據此而重新界定所謂的「鄉土文學」，其實不該稱為「鄉土文學」，而應稱之為「現實主義文學」。1977 年 5 月 10 日，我又以「李拙」的筆名在當時的《中國論壇》發表了〈二十世紀臺灣文學發展的動向〉，概括地總結 20 世紀以來臺灣文學的發展，得到兩個結論：「一、文學必須扎根於廣大的社會現實與人民的生活中，正確地反映社會內部的矛盾，和民眾心中的悲喜，才能成為時代與社會真摯的代言人，而為廣大的民眾所愛好和擁戴。而這種具有明顯、強烈的『現實主義』精神的文學，因為具有較真誠的道德勇氣，較強烈的

愛心和熾烈的感性，所以也往往更具有感動人心的說服力。二、文學的發展必須能與當時的社會發展相一致，文學運動必須能發展為一種社會運動，或與社會運動相結合，文學才能更有效地發揮它改良社會的熱情和功能。」我在這兩篇文章裡，簡單扼要地表達了我的文學主張。有興趣的朋友可以參考尉天驄教授主編的《鄉土文學討論集》。

　　1977 年 8 月 17 日至 19 日，彭歌先生在《聯合報》副刊發表了一篇長文〈不談人性・何有文學〉，公開點名批判王拓、陳映真和尉天驄，顧名思義就是說，我們這些被他批判的人的文學及文學主張是「不談人性」的，既然不談人性，沒有去考慮人性，沒有去關照人性，怎麼有資格談文學呢？如果談我們的文學和文學的主張沒有去關照到人性，那麼我們關照的是什麼呢？他認為是階級鬥爭，他認為是臺獨意識。彭歌的這篇長文，就是當年所謂「鄉土文學論戰」的引爆點。第二天，8 月 20 日的《聯合報》副刊又接力式地發表了余光中的一篇〈狼來了〉，更直接地批判我們的文學和文學主張就是執行配合毛澤東的「工農兵文藝」政策。因此，當年所謂「鄉土文學論戰」，一開始就充滿了血腥殺戮之氣，把所謂的「鄉土文學」戴上兩頂大帽子，一個是共產黨，另一個是臺獨。當時，這樣的指控是會使被指控者人頭落地的，是會使我們被抓去槍斃的。自此之後，臺灣黨、政、軍所有的報紙、雜誌，便口徑一致地對我們大聲撻伐，頗有「非置之死地不可」的氣氛，這立刻引發了陰森的寒蟬效應，許多人因此而噤聲了。絕大多數的媒體也拒登我們的文章，最後只剩下《夏潮》雜誌和《中華雜誌》兩個月刊，願意發表我們的以及支援我們的文章。但是對方有《聯合》、《新生》、《中華》、《青年》等日報，可以每天點名批判我們，還有更多的雜誌、更多的文章圍剿我們。國民黨甚至還召開全國文藝大會，以及國軍文藝大會，對所謂的「鄉土文學」幾乎是全面圍剿。那時，我覺得很孤單、很寂寞，我以為，我們大概要被抓去坐牢了。

　　幸好那時有幾位外省籍的老先生，像《中華雜誌》發行人、老立法委員胡秋原先生，著作等身被文化界推崇的徐復觀教授，都紛紛站出來替鄉

土文學仗義執言。還有當過政工幹校講座教授的鄭學稼先生，據說，以他和蔣經國的私誼，要求面見蔣經國時，除當面向他陳述鄉土文學的精神和內容外，還進言說，國民黨如果真想扎根臺灣，對鄉土文學不但不能打擊，而且還要大力保護、提倡鄉土文學。據說，蔣經國聽進去了，所以才免去了我們的牢獄之災。這幾位外省前輩的援手，至今回想，仍令我感念在心。但那時的黨外人士，竟無一人跳出來替「鄉土文學」講一句公道話，這是我至今仍感遺憾和惋惜的地方。這表示什麼呢？表示當時黨外的政治人物還沒有這種見識去認知鄉土文學對臺灣社會的重要性。

「鄉土文學論戰」在臺灣史上的意義

其實，1970 年代的臺灣，在文化上已經漸漸有一種聲音，要求文學藝術應立基於自己的土地和人民的生活，也就是要「回歸現實，擁抱鄉土」。所謂的「鄉土文學」──包括我個人的文學創作與文學主張──在內容上都是在落實這個「回歸現實，擁抱鄉土」的呼聲。而也正是這個呼聲，才使國民黨感到如芒刺在背般的壓力，因為這呼聲將撼動國民黨統治臺灣的正當性與合法性。而這也就是「鄉土文學論戰」在臺灣歷史上具有特別重大意義之所在。為了讓大家更清楚了解這一點，我把 1945 至 1977 年的臺灣，約略分為三個階級：

一、1950 年代是消極暗啞、沉默的時代

從 1945 年 8 月 15 日，日本宣布無條件投降開始，同年 10 月 24 日陳儀來臺，1947 年 2 月發生二二八事件，同年 3 月則展開清鄉屠殺，1948 年 5 月 10 日公布實施《動員戡亂時期臨時條款》，1949 年 5 月 19 日宣布戒嚴（至 1987 年 7 月 15 日解嚴，共 38 年），1950 年 6 月 13 日公布《戡亂時期檢肅匪諜條例》，到 1950 年韓戰爆發，美國第七艦隊協防臺灣，接著 1954 年吳國楨事件，1955 年孫立人事件，1955 年公布《臺灣省戒嚴時期取締流氓辦法》，1960 年《自由中國》雜誌停刊，雷震判刑十年。

1989 年 6 月 21 日法務部向立法院做專案報告：「戒嚴時期軍事法庭受

理政治案件有 29407 件，受難人數約 14 萬人。」但司法人員表示，政治案件有六、七萬件，如一案以三人計算，戒嚴時期政治受難者至少應在 20 萬人以上。[1]

那個年代，凡是有理想、抱負、熱情，想要對社會國家有所貢獻的人，不論本省人或外省人，不是被殺、被關，就是被逼著逃亡。剩下的都是道德勇氣被徹底摧毀，只能苟且偷生或是庸庸碌碌生活著的人。試想，這樣的社會培養出來的新生代會是怎樣的人呢？對國家民族的發展會造成什麼樣的影響呢？追求公平正義的、以天下為己任的優秀傳統，不論是中國的，或日本統治下臺灣人的這種思想的文化的根，都被連根拔起了，都被連根斬決了！

那個時代的文學只有所謂的「反共文學」而已了。

二、1960 年代是無根、失落、迷失的一代

中國來臺的大陸人，從過去的世界大國變成侷促在一個小島，經常全臺灣與中國大陸的錦繡山河相比，沮喪、失望、絕望。故國回不去了，臺灣又不是久留之地，怎麼辦？

馬英九的老師丘宏達教授於 1970 年代在政大任客座，曾坦率直言：「從大陸來臺的家庭，十之八九的家長都鼓勵兒女明哲保身，趕快念書出國，取得居留權或入外籍，再短期回國觀光或講學。在這種風氣下，學生如何會有社會責任感？」更有人（陳漳生）直率地說：「大陸來臺的父母都是失敗主義者，把失敗主義的思想和情緒傳給子女。」外省權貴家庭尚且都這樣教育子女，臺灣籍的父母呢？倒是道德勇氣已被徹底鎮壓摧毀的一群人，當然更加要教子女們「明哲保身」了，能走就盡量遠走高飛吧！於是，「來來來，來臺大；去去去，去美國！」遂成為當時臺灣流行的現象。再加上國共嚴重對峙，以確保臺灣安全為名，嚴密的政治監控及體制化的教育，只有黨國一元的思想與內容——效忠領袖、效忠主義、效忠黨國，

---

[1] 見《人權之路》（臺北：玉山社出版公司，2002 年），頁 24。

對真正的中國、真正的臺灣的知識與了解都非常的貧乏。國民黨的教育政策，是刻意地不讓你了解臺灣、不了解中國，年輕人不只是在歷史的邊緣，甚至是在歷史之外。他們充滿了疏離感，自認是無根的、失落的、迷失的一代，他們苦悶、消極、沉默，這些年輕人的心境，曾生動地表現在 1960 年代的文學作品中，如王尚義的《野鴿子的黃昏》，於梨華的《又見棕櫚，又見棕櫚》。這個時期也出現了一些對中國懷鄉、懷舊的作品，如林海音的《城南舊事》、聶華苓的《失去的金鈴子》，還有朱西甯和司馬中原的一些小說。

　　這個年代的臺灣，在文化上、思想上縱的繼承已早被連根拔起了，精神上、思想上的苦悶必須找到出路，於是而有所謂「橫的移植」了。把二次戰後西方流行的東西介紹進來，例如存在主義、虛無主義、邏輯實證論、弗洛伊德的精神分析等等，都在臺灣大大地流行起來。連帶起西方的價值觀念、行為模式、生活方式也帶進來了。資本主義、個人主義、自由民主、買辦文化等等，不論好壞都成為當時的風尚。

三、1970 年代是「回歸現實，擁抱鄉土」的世代

　　1970 年代的臺灣青年既不同於 1950 年代的驚恐、沉默、消極、喑啞，也不同於 1960 年代的無根、失落與迷失。受內外在客觀因素的刺激，我們急於要了解真實的環境與生活現實，充滿了對社會大眾的關懷，強力要求社會參與及改革。但要了解什麼？關懷什麼？改革什麼呢？中國是我們在國民黨教育下所真心認同的，但他卻遙不可及；而對我們生活著的臺灣，也模糊不清，不甚了解。因此，與其抽象地認同遙不可及的中國，不如真心關愛腳下的臺灣土地和身邊的人民吧！1970 年代「鄉土文學論戰」之所以發生，以及政治上、社會上、文化上之所以要求「回歸現實，擁抱鄉土」，與臺灣當時所面臨的內外在環境息息相關：

1. 1970 年 11 月　保釣運動開始
2. 1971 年 7 月　美國派季辛吉密訪中國，尋求雙方關係正常化

3.1971 年 10 月　《大學雜誌》發表國是諍言，陳少廷提出中央民意代
　　　　　　　表全面改選

4.1971 年 10 月　臺灣退出聯合國

5.1972 年 2 月　尼克森訪問中國，隔年發表《上海公報》

6.1972 年 9 月　日本與中國建交，與臺灣斷交

7.1975 年 4 月　蔣介石歿，嚴家淦任虛位元首

8.1977 年 8 月至 1978 年 1 月　鄉土文學論戰

　　國民黨從 1945 年統治臺灣到 1977 年已超過 30 年，他用《戒嚴令》，凍結憲法賦予人民的基本權利。中央民意代表 30 年不必改選，而總統就由這群毫無民意基礎的老國代選出，國家預算與重大政策，也由 30 年不改造的老立委舉手通過。蔣介石說，他要帶領全國軍民反攻大陸。事實上，大家心裡明白，這是謊言！但沒有人敢公開揭穿，一旦有人公開質疑，立刻被抓被關被殺！1970 年代的臺灣社會，公開要求「回歸現實，擁抱鄉土」，這是國民黨所害怕的，因為「回歸現實」就會拆穿國民黨的統治神話與謊言，要求「擁抱鄉土」就會打破反攻大陸的迷失與荒謬！「鄉土文學論戰」中所提出的「回歸現實，擁抱鄉土」的口號，是臺灣社會多年來累積的效應，這對長期來被國民黨神話與謊言所欺騙、控制的人，真是振聾發聵，使耳聾的人都聽見了，使眼瞎的人都睜開了眼睛，使啞巴張嘴說話了，使駝背的人站直了身體。整個臺灣社會的人，因為要「回歸現實，擁抱鄉土」而充滿了活力。

　　這就是 1977 年臺灣「鄉土文學論戰」在臺灣歷史上具有特別重大之意義的地方。我就是在這個論戰之後，開始積極思考我的文學實踐，因此才有後來我的政治參與。

從文學到政治——我的文學實踐與政治參與

　　作家的文學實踐就是以具體的行動去實踐作家的文學主張。我的文學

主張在我前文所引用的〈二十世紀臺灣文學發展的動向〉一文中的結論，已概要地說到了，共有兩點：1.文學要扎根於社會寫實與人民生活中，做時代與社會的代言人；2.文學要發揮改良社會的功能。

　　我的第一篇小說〈吊人樹〉，公開發表於 1970 年 9 月的《純文學》雜誌。在這篇小說中，我非常用心地營造文學的藝術效果，是有些「為藝術而文學」的傾向。但之後，我對文學的社會功能有了更多的要求，特別是在感受到臺灣社會內外在環境的各種變化的衝擊，例如保衛釣魚臺、退出聯合國等等，為什麼釣魚臺被美國拿去送給日本了？而政府為何還對這種屈辱默不作聲呢？退出聯合國之後臺灣將何去何從呢？變成國際孤兒嗎？對國家前途與命運的不確定感，使我覺得文學工作者應對社會付出更多的關懷，做出更大的貢獻。但文學即使成為社會與時代的代言者，真的想發揮改革社會的功能，我是真的努力以具體行動去實踐我的這些文學主張，但我卻有很深的無力感。因為那時我的短篇小說集《金水嬸》和《望君早歸》都已出版了，但一年只賣掉三、四千本而已。而我在一個偶然的機緣中，在臺北橋下冒雨聽康寧祥的競選演講，那場面竟然有近兩萬人的聽眾，大家安靜的聽講，熱烈地鼓掌，使我受到很大的震撼！我漸漸隱隱約約感覺到我文學實踐的道路了。

　　1977 年 11 月 19 日，臺灣首次舉辦五項地方公職選舉，爆發震驚海內外的「中壢事件」，中壢國小 213 投票所發生投票舞弊，引發群眾燒毀警車與中壢分局大樓。被國民黨開除的許信良以壓倒性的票數（23 萬比 14 萬）當選桃園縣長，宜蘭的林義雄、南投張俊宏、屏東的邱連輝、雲林的蘇洪月嬌等，共有 13 名黨外人士當選省議員。那時我在「中壢事件」的現場，親眼目睹了群眾為了保護自己的選票，為了要求公平的選舉，那種奮不顧身的義憤，令我非常震撼、動容！這種群眾自發性的力量，真是銳不可當啊！臺灣的社會也許能因此而重獲新生吧？！

　　這時，我的思想和感性，已經漸漸從文學轉向政治了，文學改造社會的速度太慢了，功能太有限了。要改造社會，必須從政治切入。這是我當

時的理解和認知。但是距離真正跨入政治還有一大段距離。因為我內心仍有恐懼，仍覺得不安！只是寫文章，都已經招來國民黨的全面圍剿了，如果真正跨入政治、參與選舉，我擔心會招來國民黨更狠毒、更兇悍的報復和打擊。但是，我還有別的路可走嗎？沒有！而且，當時我也一廂情願地認為，我人生最壞的情況大概也和現在差不多了，頂不好的，就是被抓去關吧？那又怎樣呢？我內心那份非常強烈地想參與改革社會的熱情，漸漸把我的不安和恐懼都燒成灰飛煙滅了。

於是，1978 年，也就是「鄉土文學論戰」和「中壢事件」發生的次年，我決心以黨外的身分回基隆參選「增額中央民意代表選舉」中的國民大會代表了。那時，我絕未想過，有一天我會當立法委員或縣市長；更未想過，有一天黨外也能選總統。那時。心裡只有一個明確的目標要藉由選舉來喚醒民眾的覺悟，共同來改革這個社會和國家。同時，我自己也有一個明確的理解，有一天我大概會因此而坐牢吧？像許多奮不顧身參與選舉的黨外前輩那樣，蘇東啟、黃華、白雅燦、顏明聖等等都是例子。在臺灣民主運動史上，這許許多多的人，為了把臺灣建設成為一個更自由民主、更公平正義、更落實法治人權的社會，明知會坐牢也在所不惜、在所不懼的這種精神和勇氣，實在應該成為臺灣的歷史與文化共同傳承的遺產，成為我們這個社會共同護持與發揚光大的核心價值之一。

1978 年的那次選舉，是國民黨統治臺灣三十餘年來，黨外政治力量首次以聯合陣線的方式團結在一起，成立黨外助選團。雖無政黨之名卻有政黨之實地，和國民黨進行了一場大規模的正面對抗和競爭。黨外陣營在1977 年「中壢事件」鼓舞下，氣勢旺盛，社會也普遍要求改變現狀，所以黨外候選人的選情普遍看好。但這場選舉的勝負，其實並不能改變臺灣的政治現狀，因為那只是中央民代的增額選舉，縱使所有名額都被黨外候選人贏了，在國民大會與立法院裡，這些具有最新民意基礎的國代和立委，仍然只是極少數而已，三十幾年不改選的老國代與老立委仍然占國民大會與立法院的絕對多數。但，雖然如此，選舉結果仍然具有另一種明確的意

義，那就是國民黨政府統治臺灣的正當性將被挑戰。如果黨外陣營勝了，就明確表示臺灣的最新民意並不支持國民黨，國民黨只能藉毫無民意基礎的老國代和老立委繼續掌控臺灣，它的正當性何在？這將是對國民黨極大的挑戰和衝擊。而且，蔣經國才剛於 1978 年 5 月接任總統大位，萬一選輸了，他將情何以堪？所以，他有非贏不可的、輸不起的壓力。這時，美國的卡特政府竟意外的幫了國民黨一個大忙。在即將投票的前幾天，卡特政府突然宣布，美國政府將於次年與北京的中華人民共和國建交，同時與中華民國斷交。時任中華民國總統的蔣經國，立即頒布緊急處分令，宣布臺灣進入緊急狀態，必須停止一切選舉活動。

　　我曾幻想，如果那時美國的卡特政府能延遲幾天，在臺灣的選舉投票完成後才告知臺灣他們與中共建交的消息，結果會變成如何呢？對美國的卡特政府與中國都完全沒有影響，但對臺灣可能就很不一樣了。後來的「余登發匪諜案」、「橋頭事件」、「許信良縣長被停職案」、「美麗島雜誌高雄事件」、「高雄事件軍法大審」，以及「林義雄血宅祖孫命案」等等，也許都不會發生也說不定吧？但，歷史不能倒帶重來，歷史的發展也常如此，在必然中受到不可預測的偶然因素的影響而發生某種轉折，大概，這就是現實的人生吧？

　　從 1978 年臺美斷交，停止選舉，一直到 1979 年 12 月 10 日為止的「高雄事件」發生，這整整一年當中在臺灣所發生的各種大大小小的政治事件，我幾乎是無役不與。最後，在「高雄事件」發生後的第三天，1979年 12 月 13 日，國民黨發動大規模逮捕，我和林義雄、張俊宏、呂秀蓮、陳菊、姚嘉文等人，都在同一天的同一時間被逮捕了。我被判刑 6 年，關了 4 年 9 個月。出獄後，我因為被褫奪公權五年，不能參選，但仍積極替黨外助選。直到 1989 年恢復公民權後，又再度投身選舉。之後，我當了四年國民大會代表、12 年立法委員、三個半月的文建會主委，蔡英文擔任民進黨主席時，我擔任她第一位祕書長，之後辭職退休，終於又能回到書房，過著我所喜愛的讀書寫作的生活了。

從政治的「美麗島」回到「鄉土」文學

為什麼我在第六屆立委任內就公開宣布不再參與選舉了呢？我在 1970 年代那麼熱情地參與民主運動，用我的筆、用我的具體行動，甚至用我的生命，明知會被捕坐牢也在所不惜、不懼，為這個理想奮不顧身，只有一個願望：希望臺灣能更好、更民主自由、更公平正義、更落實法治人權，讓人民的生活更幸福！但是，當我當選國民大會代表、當選立法委員後，在職位上一直兢兢業業，努力盡一位國會議員的責任與義務，希望盡力發揮國會議員的功能，在國會認真審查預算、審查法案、審查政府重大政策，努力為民喉舌、深入具體反映民意，但是，坦白講，我很失望！在立法院 12 年，我對政治之失望一年一年加深，對立法委員這個職位和工作，越來越感到無能為力，到最後，甚至感到厭惡了！為什麼會這樣呢？

其實，這牽涉的層面很廣，各種問題盤根錯節，互相糾結影響，包括人民的素質、社會的文化、媒體的特性與文化、選舉制度、立法院內各種不合理的內規，如議事規則、協商制度、選舉辦法等等，以及各級政府的短視、無能，為短期選舉利益而競相討好選民等等，總而言之，臺灣還沒有培養政治家的土壤。這個，我必須舉一些實際例子供大家參考，或許就能明白了。基隆市的現任市長不久前在報紙上很出了一些鋒頭，因為選民服務去派出所對警員拍桌咆哮，他之無能，人盡皆知，但為什麼會當選？一方面當然是國民黨的組織力量，另一方面是他的人格特質，頭很軟，見人就叫「阿伯、阿嬸、大哥、大嫂……」紅白帖又出手大方，因為都用公家的錢，他先是議員、再當議長、再選市長，當議員時還兼臺電工會幹部，可向臺電報銷公務費，當議長有特支費，像我們只送紅喜帳、白輓聯，一份幾十元而已，他不但送花籃，還送罐頭堆，再包一份大白包。因此，大家都說他好人，「人是客氣！是好禮！」但是，他當議員幾十年，當議長也近十年，做了什麼事？大家講不出來！他自己也講不出來，頂多就是「我選民服務一等的！」這樣，他就每次都當選，這反映什麼？選民的

素質！選民的素質就是整個社會文化的水平。選出這樣的市長、民意代表、甚至總統，臺灣人民啊！你能怪誰呢？怪自己吧！基隆市上一任市長也是如此，由議員而議長而市長，後來因利用職權圖利自己被判刑，在任內死了。基隆市幾十年不進步，民調評比都是最後一名，基隆市民很怨嘆！但是，能怨嘆誰呢？怨嘆自己吧！

在立法院裡，荒唐的事情更多了！為什麼？

當然首先必須檢討選民素質和選舉制度，其次再檢討立法院自訂的各種內規，再其次必須檢討媒體。立法委員也有不少優秀的、有理想的、想要好好為國家人民盡力的委員，但是最後都和我一樣，先是很失望，接著是厭惡，再接著就萌生退意，不想再幹了！為什麼？因為認真努力，理性問政引不起媒體興趣和肯定，因此也得不到選民肯定，反而那些會做秀、會耍嘴皮的，都紛紛上了電視。而立院的協商制度，更是使立院議事品質惡化，以及行政立法私相授受做暗盤交易的罪魁禍首。但少數個人的力量無法改變這種現狀，我只好高唱「歸去來辭」了！

但是從 1978 年，我第一次參選開始之後，長達 32 年之久，除了坐牢將近五年那段時間外，我幾乎再也無法從事文學創作，這是我當時決心跨入政治時沒有預料到的。相反的，我那時還認為，投身政治以後，將對我的文學創作大有助益。因為，政治的複雜不就是更豐富的寫作題材嗎？政治的反覆與冷暖，不是更能探觸人性的幽微與深度嗎？所以，不論政治上的成敗與否，一定都能成就我未來的文學的偉業。但是，在過去從事政治運動的三十幾年當中，每當夜深人靜，午夜夢迴，仍不免感到空虛、失落和遺憾！因為三十幾年來，我竟然再也沒有心情和能力從事文學創作了，我的內心因此而常有「虛度此生」的憾恨。

2008 年 12 月，我向蔡英文主席提出辭呈的理由是，「將以餘生，努力文學創作。」「此願未酬，死難瞑目！」但三年裡，我殫思竭慮，極盡所能，卻仍然一個字都寫不出來，我對自己失望極了！覺得自己的人生已經毫無意義了。我沮喪、焦慮、煩躁難安，每晚必須喝酒、吃安眠藥，否則

難以入眠。……但是，有一天，2011 年的 12 月 4 日，我竟然，竟然可以開始寫作了！老天爺，我太感謝了！這是什麼神蹟造成的嗎？到今天為止，我已經寫完了一個長篇〈阮的青春阮的夢〉，第二個長篇〈他們都是我的兄弟〉也已經完成一半了。接著還有第三個長篇，這是一套長河小說，從 1975 年寫到 2008 年。

　　我的這一生最重要的歲月，就是從「鄉土文學」到「美麗島」，現在又從政治的「美麗島」回到「鄉土」的文學來了。這是我的宿命嗎？

──選自楊翠主編《烈焰‧玫瑰──人權文學‧苦難見證》
新北：國家人權博物館籌備處，2013 年 12 月

〈金水嬸〉與〈金水嬸〉批評

◎董保中*

　　這不是單純的文藝批評，因為還有文藝以外的討論。

　　一位朋友為了幫助我了解臺灣的文學，送了我幾本書，其中一本是王拓的《金水嬸》。這本書是王拓先生的短篇小說集，〈金水嬸〉只是其中的一個短篇。此外，書中還有許南村先生的〈試評〈金水嬸〉〉，幫助讀者了解〈金水嬸〉的意義。自然是受了〈試評〈金水嬸〉〉的影響，所以我也就先看了〈金水嬸〉，看完了也就有些感想。這篇討論我打算分兩部分，第一部分是我對〈金水嬸〉的了解；第二部分是我對許南村先生的批評的一點兒討論。

一

　　金水嬸是一個遠離都市近海的一個名叫八斗子的小漁村的一個婦女，丈夫是一個「沒有責任的好吃懶做的人」，可是他們的六個兒子除了兩個小的，一個在大學念書，一個就要高中畢業了，其他四個都已經相當成功的成家立業了。「個個都讀到大學」，長子阿盛是銀行經理，二子阿統是稅務處專員，三子阿義是遠洋漁船的船長，四子阿和是商船上大副，據說不久可以考得船長的執照了。可是金水嬸仍然每天挑著雜貨擔子賣雜貨，過著「艱苦」的生活。

　　為了幫助幾個兒子籌集資本做買賣，不但把一生的積蓄拿出來，還借了不少錢。但卻受了一個牧師的欺騙，把款子「吃掉了」，因此拖了一身債

*曾任教於美國史丹福大學、加州大學聖塔芭芭拉分校、普林斯頓大學、帕蒙那學院及水牛城紐約州立大學教授，發表文章時來臺任臺灣大學外國語文學系客座教授，現已退休，居美國加州。

還不清，而幾個兒子又都不肯認帳幫助償還這筆債。丈夫金水也為債務跟人起衝突，得了不知什麼急病突然死了。沒有辦法還清債務，金水嬸突然失蹤，但是卻按時把欠的債——會錢寄回給債主們。後來她託人帶話回來，說她在臺北替人幫傭，欠人的那些錢她一定會還清，等還完了再回到八斗子來。

　　〈金水嬸〉分成五章，外加一個「尾聲」。除了「尾聲」及介紹金水嬸生活環境背景的第一章外，其他四章都環繞金水嬸跟她兒子們的關係上；她欠的債，她的煩惱、困難、希望等都跟這個母子關係離不開。作者在處理這個普遍性的母子關係中，又能很深刻的表現出這個關係所反映出的時代的特殊性。因為金水嬸跟她四個在外成家立業的兒子們是生活在兩個不同的世界，兩個不同的「時代」！也因此她跟她的兒子們也過著兩種不同的生活方式，抱著兩種不同，甚至是相互衝突的生活態度與道德觀。

　　〈金水嬸〉很能刻畫出臺灣從古老的農業社會進入到現代化以工業為主的社會的過程中所產生出日常生活中的很多問題。而作者所特別著重的是這個仍然生活在農村的金水嬸的困惱，金水嬸跟她兒子們的磨擦，生她兒子們的氣不能只以所謂的「代溝」來解釋；更切實的說，是金水嬸所熟悉的時代及生活方式已經不是下一代所屬的時代，所過的生活。在觀念上，兒子們一代的生活、看法也不是父母一輩，特別是金水嬸所能了解。比方說，金水死後，金水嬸無法還債而突然失蹤，八斗子的債主們就有的到城裡去找金水嬸的兒子要求償還會錢。「一提到會錢，金水嬸的媳婦就板著臉孔質問說：妳們憑什麼要來向我收會錢？會是我入的嗎？」[1]不必經作者點出（寫小說最忌點出），讀者可以看出來金水嬸兒子媳婦們的觀念已經是工業化、都市化的觀念。個人的問題——如債務——只是由當事的個人負責，並不牽累家人親屬。這跟農村社會的傳統觀念大不相同，也是一般農業社會，或是仍抱有農業社會意識的人所不了解，所痛恨。

---

[1] 王拓，〈金水嬸〉，《金水嬸》（臺北：香草山出版公司，1976 年），頁 255。

「金水嬸，如果我是妳，每個月坐在家裡等兒子拿錢回來孝敬就油膩膩了，何必還要這樣操勞？」[2]「養兒防老」是傳統農業社會的一種「社會保險」，但金水嬸雖然過去也自幾個兒子處「每個月經常一百五十的給他（金水）花用」[3]，實際上只是夠零用而已。這可以了解在現代化工業化的社會的國家都有一套不同程度的社會福利制度。金水嬸的生活也跟她兒子們有基本上的差異。儘管她跟丈夫金水的生活很窮困，他們兒子經常給他們的少許錢都存起來不花，竟然積到上萬的數目[4]，這是農村社會傳統節省樸實的美德。在一個工商業發達的社會的另一面卻是一個消費的社會；節省、樸實不再是為社會重視的美德。消費事實上成為刺激生產繁榮的必需條件之一。

所以，〈金水嬸〉故事情節發展的基本衝突是進步（Progress）與落後（Backwardness）的對立，是現代化與保守的不調和，是動力的（Dynamism）跟滯留靜止的磨擦。我以為這是〈金水嬸〉這個短篇小說的時代的特殊意義。而金水嬸不幸的是落後、保守與靜止的代表，也自然是不可避免的「悲劇」的犧牲者。但是金水嬸是一個值得同情的人物，不單是由於作者本人對於金水嬸有極大的同情，而對於金水嬸兒子們的處理也都是從金水嬸的觀點出發，這自然而然也會多少影響讀者的態度：對金水嬸同情，對她兒子們的譴責。但是，金水嬸的值得同情不在作者所採取的觀點與有意無意同情語意明指暗示，而是作者「相當」成功的塑造了金水嬸這麼一個人物。

金水嬸值得同情、值得尊敬是作者為她塑造了一個普遍性的母性，也因此表現出母愛的道德力量與堅強，作者對於母愛的讚揚與體會並不只限於〈金水嬸〉的描寫，在另一短篇小說〈炸〉中，有更加戲劇化的母性的刻畫。當然，金水嬸還具有其他優良清白的性格，但是因為故事情節中衝

---

[2] 王拓，〈金水嬸〉，《金水嬸》，頁 193。
[3] 王拓，〈金水嬸〉，《金水嬸》，頁 208。
[4] 王拓，〈金水嬸〉，《金水嬸》，頁 208。

突的是母親與兒子們，她的母親的地位與性格也就較為突出。

〈金水嬸〉也有它枝節方面的缺陷，比方說，故事一開始就說金水嬸的丈夫「是一個沒有責任的好吃懶做的人」[5]，但在故事的過程讀者並沒有得到這麼一個印象。相反的，作者在稍後卻又說：「金水一想起這件事情的前因後果，心裡比金水嬸還難過。他是一個安於現實的人，一生沒有賺過什麼錢，所以對錢一向也很謹慎小心。對於家裡吃的用的，有一點錢時他就掌家，沒錢時他就一丟不管了」[6]。這前後兩個描寫形容對照，金水似乎並不是一個簡單的「沒有責任的好吃懶做的人」。作者自己以第三者的地位所描寫的跟情節中金水的表現並不太一致。此外，在時間進行的先後程序上也有不大清楚的地方。

作者對母愛的描寫似乎習慣於在故事結尾時集中的強烈的表現出來。〈金水嬸〉的「尾聲」是極為動人，也跟金水嬸在情節發展中及主題一致。但是在〈炸〉中，雖然仍極動人情感，卻出現得突然。從人情上說自然是可能，作為一個藝術結構說，卻混亂了主題。〈炸〉的故事是水盛為了兒子的學費去賭錢，賭輸了只好去借錢，跟興旺嫂借，借不著只好去炸魚，竟因此把自己炸重傷而死。這是一個作父親水盛的悲劇。但結尾，那個借高利貸的興旺嫂——事實是她的苛虐條件逼使水盛去炸魚——忽然母性發現，把母愛完全給予水盛的重病的兒子阿雄。這一結尾，作者的描寫非常有力量動人，雖然使讀者原諒了（作者也原諒了）興旺嫂——故事中的 Villain 卻也沖淡了水盛的悲劇。

從〈炸〉的結尾看，作者很能體會、表現心理情緒的變遷與深度，雖然還不夠精細。我想，作者很可以在心理情緒方面加強水盛這個人物——父親——的塑造。比方說，故事一開始就是水盛賭輸了，退出了賭場。如果作者能夠把水盛為兒子學費而賭博，在賭博一輸一贏最後輸光這一過程中心理情感的矛盾、希望、絕望、恐懼、動搖到最後的退出表現出來，我

---

[5] 王拓，〈金水嬸〉，《金水嬸》，頁 191。
[6] 王拓，〈金水嬸〉，《金水嬸》，頁 207。

想一定可以加強水盛的性格與悲劇性。此外也多少可以與結尾興旺嫂的母性的醒悟取得藝術效果上的平衡。由於故事的大半是關於水盛為兒子學費而犧牲的悲劇，可是結尾突然出現了另一主題，短而有力，但卻是畫蛇添足。美，可是破壞了故事的完整性。

　　作者對金水嬸作為一個母親的表現多半集中在她在挫折中的掙扎奮鬥，乃至於最後失敗，而她的人格的完整與崇高也表現在她決心償還這筆債上。但是金水嬸在極窮困的條件下以及有一個好吃懶做的丈夫情形中，「竟能使每一個兒子都讀書」，這種積極的成就應該是金水嬸更值得我們敬佩的一面，雖然作者並沒有告訴我們金水嬸怎麼樣的「竟」能使她的六個兒子都讀書，進大學，而且後來又都有了那麼不錯的工作職位。既然作者在故事中帶了這麼一筆，多出這麼一個枝節，卻影射出金水嬸這個母親形象的另一尚待解決的一面。我想，〈金水嬸〉如果能延長到一個中篇，金水嬸很可能成為一個我們當今文學中一個傑出的人物創造。作者沒有這麼做自然可能是受到故事主題的中心意義的限制所致。

二

　　文藝作品的批評一方面固可分析作品的好壞，另一方面也是用來了解一個作品的意義，看了許南村先生的〈試評〈金水嬸〉〉，覺得許先生的大文除了對〈金水嬸〉這個短篇故事做此解釋外，更大的分量是借此對一個某種形態的社會，即是所謂的「工商業社會」的批判與攻擊。所以〈試評〈金水嬸〉〉實際上是一篇社會批評論文。許先生的對於所謂的「工商業社會」的批評寫得很有力量，我相信不少讀者看了許先生大文後多少會受到影響。我之所以想在此跟許先生討論，是因為我拜讀了許先生大文後，也感受到許先生文筆力量的衝盪，可是又感到跟許先生的觀點與意識上的不同。覺得如果借此機會談談我因看許先生大文而引發的一些看法與感想，也許不是無意義的事。

　　許先生首先提到金水嬸的雜貨擔子，「『微彎著背，低了頭挑著她的雜

貨擔，以細碎的腳步，搖搖擺擺從大路那邊晃了過來』的金水嬸，說明了工商業商品，是怎樣執拗而稠密地浸透到一個極為偏遠的漁村裡了」。我覺得雜貨擔本身實在不能「說明」工商業商品是怎樣「執拗而稠密地浸透到」一個「偏遠」的漁村裡，因為雜貨擔是一個到地的農業社會做小買賣的一種方式，在中國恐有幾千年的歷史。倒是雜貨擔的內容：內衣、毛巾、肥皂、牙膏、針線、香水和三角褲，正如許先生指出，表示出臺灣的農村如何在生活方式上升始受到近代工業產品的影響。

所以許先生說「單純的物物交換、自給自足的前‧近代的經濟生活早已結束」，而對此似乎表示著一種惋惜。「物物交換、自給自足」的社會只是原始社會的一種生活形態，（許先生說的「前‧近代的經濟生活」不知是指何時何代，）也許近乎老子的小國寡民的烏托邦式的夢想，實在不存在一個有高度文明的社會裡。

近代工業科學的產品如內衣、毛巾、肥皂、牙膏，以至電冰箱、電視機、自來水、摩托車等之進入鄉村，應該是可喜的，至少代表著臺灣農村──就〈金水嬸〉中的社會而言──在物質上的進步，我相信這也的確如此。現代化與非現代化，經濟上的已開發國家與未開發的國家的一個分野就是工業經濟與農業經濟在整體經濟上比重的不同，而臺灣在經濟上正快速的步入已開發國家的行列，在農村中也一定會有更多的電冰箱、電視機、汽車、質料樣式更好的穿著、器皿等等。農村的，以至全國的生活方式將會改變；而且已開發社會的各種新問題、新困擾也自然會不可避免的需要我們去尋求對付解決的辦法。但是有一個根本的問題是我們在主觀意識上、觀念上能不能接受這個新社會的到來。我覺得許先生對這個新的「工商業社會」是抱著一種拒絕跟憎恨的態度。

從許先生的語氣辭彙看來，比方說「商品以無比的密集性追求市場，為的是要把隱藏在商品內部的超餘（剩餘？）的價值……」，許先生所指的「工商業社會」恐怕就是一般人所說的資本主義社會。先說，我們應該怎麼樣去了解「資本主義」是一個問題。馬克斯、列寧以至毛澤東對資本主

義的了解早已過時。19 世紀的資本主義與 20 世紀 70 年代的「資本主義」差別極大，而發展的方向更非共產主義所預料的一樣。就以最資本主義的美國而言，「藍領」（Blue Collared）的「無產階級」工人實際上在全國各種職業中只占少數，在預測中，隨著科學技術的進步，這類馬列主義定義的「無產階級」會愈來愈少。此外，各種社會福利、社會保險，對於工商農業生產貿易都有法律條規來管制。至於臺灣的經濟是否「資本主義」經濟也是值得商榷的。

當然，這並不是說臺灣的、美國的等等社會就是完美沒有問題的社會。尤其是臺灣，從未開發的社會進入到正在開發的社會，又正快速的步入已開發的社會，以這麼短的時間跨過三個經濟社會階段，在人類歷史的經驗是少有的，也自然會產生更多的問題，與其他國家大不相同的問題。這種種問題在〈金水嬸〉中已經在某方面很真切的表現出來。

許先生在大文中攻擊工商經濟對農村生活的壓榨，但是就〈金水嬸〉這個故事來說，金水嬸的窮苦並不是由於工商業對農村的壓榨。相反的，金水嬸倒是利用工商業的產品來謀生。如果嚴格的以馬列主義術語來說，金水嬸的雜貨擔其實是一個剝削工具。金水嬸雖然窮得很，卻是利用商品利潤──剝削手段──來維持甚至改善她的生活。金水嬸的窮苦恐怕跟她那個「沒有責任的好吃懶做的」丈夫有不少的關係。

遺憾的是，許先生在分析批評「工商業社會」的罪惡時，忽略了金水嬸社會中的另一面。金水嬸的兒子「個個都讀到大學」，大兒子當了銀行經理、二兒子是稅務處的專員、三兒子是遠洋漁船的船長、四兒子在商船上當大副，有希望就要當船長了。兩個最小的一個在大學念書，一個在高中就快畢業了，我想這些成功的事實一定有它們的社會意義。如果臺灣仍然滯留在「自強自足，以物易物」的社會與經濟體系裡，我相信這六個兒子恐怕仍然跟金水嬸留在窮困的八斗子，幫金水嬸挑挑雜貨擔子。銀行經理、稅務處專員、遠洋漁船船長、商船大副……都象徵著一個現代化工商經濟社會給人們帶來的新的機會，新的前途。

　　許先生攻擊工商業社會中人類對金錢財富的追求，以及金錢對人類生活的控制。追求財富、權力恐不僅只是工商業社會獨特的現象。追求財富、權力實在是人性的一面，但是在一個封建社會，一個農社會，財富權力的追求只是少數上層階級的權利。（以唐朝科舉取士為例，一般人對財富、權勢的嚮慕追求恐不下於今人。）在工商業發達的社會，很巧的也是政治民權開放的社會，使更多數的一般人有參與追求金錢財富等等的機會。這是參與人數量的而非人性質的變異。古代帝王對於享樂權力之霸占，想絕不比金水嬸幾個兒子媳婦花盡了錢買汽車、冰箱等等的追求更合理。

　　在我們這個急速發展的社會，從一個階段到另一個階段中的一個問題就是我們主觀的態度問題。我們應該採取什麼樣的態度來對待這個新的「工商業社會」（姑用許先生的名詞）？我們如果以農業社會的角度來觀看衡量工商業社會的一切，自然會有某種保守的態度對新事物的抗拒，不能適應的心理。如果從馬列主義的觀點來說，就應該根本推翻這種工商業的「資本主義」社會。共產主義社會的不合理已經是太清楚不必再在此解說。而以工商業為基礎的社會又不可避免的將會代替以農（商？）為基礎的社會，我認為我們應該以一種積極的態度來接受這個新的工商業的社會跟它的體系。而從事於這個體系之內的改良。

　　〈金水嬸〉中的某些問題以及現今臺灣社會中所遇到的一些問題固然可說是新社會中的一些缺陷，仍有待改良，另一方面是我們在觀念上、措施上還沒有能跟得上這個快速生長的新社會。比方說，幾個月前在報上登了在臺北一輛公共汽車為了趕時間跟另一輛運貨車擠住，把那輛運貨車擦壞了一點，結果兩車的司機就停下車來爭吵，討價還價，公車司機只肯賠100元，貨車司機卻要500元，最後是一位好警察捐了50元，再由公車乘客湊足300元之後解決了這一場「車禍」。這個幾乎是「笑劇」的事件說明了我們汽車保險制度還沒有完全跟上我們急速發展的汽車交通。我相信在其他社會福利制度，對於工商業活動的法律管制，以及對這個工商業社會

所產生的種種問題的解決，仍需不斷的隨時加以改進補充，以使我們的社會變得更合理。沒有一個社會是完善的，而且也永遠會有新的問題出現。我們既然無法停留在農業社會裡，也深知道共產主義的禍害，我們對我們現在的「工商業社會」，我以為，是應該採取積極接受的態度。

　　再加一點補充。貧窮的原因很多，金水嬸之值得我們的同情與尊敬不是由於她窮，而是由於她的誠實正直的性格與道德力量。金水也窮，但是他的「好吃懶做」沒法得到讀者的同情。看見窮人就同情，就如看見有錢人就恨一樣的是無原則的，非理性的。〈金水嬸〉之價值是在於作者相當成功的表現了主角的道德力量，而不是在於描寫她的窮。

　　許先生在最後一段寫道：「如果有學院派的教授先生們，或唯藝術論的紳士們要扛出西方那一套糾纏不清的理論來嚇人、來嘲笑，由它去吧」。我覺得這不是批評或是「試評」的應該態度。我相信任何人都有批評的權利，也應該被允許批評，問題是：誰的批評較透澈，解釋較清楚，說得較圓滿。難道「學院派的教授先生們」從來沒有說對過一句話嗎？

民國 66 年 8 月

——選自《聯合報》，1977 年 10 月 4 日，12 版

臺灣寫實文學中新起的道德力量
序王拓《望君早歸》

◎蔣勳*

一、小說的成績高於現代詩

　　最近顏元叔先生在一次文學座談會上說：臺灣小說的成績要高於現代詩。

　　實際上，臺灣近年來小說的成績不但高於現代詩，並且，也高於同是文學類別中的另兩個旁支兄弟：散文與戲劇。

　　1949 年以後的臺灣社會，有它複雜的構成，也有它 28 年來，時間雖然不長，但是階段卻相當明顯的幾次歷史轉折；然而，在詩、散文、戲劇中，這兩點都沒有得到適當的反映和記錄，而唯獨小說做了這一段時間臺灣社會特殊發展的見證。

二、1949 年以後臺灣的寫實文學

　　1949 年以後，一方面是臺灣本地的作家，剛剛從殖民地的語言中解放出來，創作上還處於一種尷尬期；另一方面是大陸遷臺的作家，由於長年處於戰亂流徙，也沒有穩定的環境和足夠提升為典型的題材用來創作，1950 年代的臺灣文學界因此呈現一種真空的狀態，充斥其間的也就只有各類非現實的「文學」：首先是八股的反共文學，其次演變為庸俗的、矯情地誇張地方色彩的追戀式鄉土文學（用幾句四川的、山東的口語來搪塞等

*作家。發表文章時為《雄獅美術》主編，後任東海大學美術系系主任以及《聯合文學》社長，現專事寫作。

等），然後，到了 1950 年代末期、1960 年代初期，以臺大外文系為中心的現代主義文學就一面倒地大批買辦進西洋資本主義沒落時期的各種貨色，使非現實的文學借著西洋各「大師」的招牌在臺灣打下了難以搖動的惡影響。

非現實的文學一直到今天還普遍影響著特別是大學生「文藝」一派的創作路線；然而，另一方面，我們卻也看見了另一條樸實、正確的寫實主義（廣義的）文學，從 1960 年代的初期開始萌芽，十年來已經結成了豐碩可觀的果實，得到社會普遍的喜愛和喝采。

王拓是這一個優秀的文學傳統裡現階段最受矚目的作家之一，然而追究這個文學傳統的發生，我們卻不得不從十多年前的白先勇和陳映真談起。

三、沒落貴族與市鎮小知識分子的徬徨

白先勇和陳映真開始創作的時間大概是在同時；白先勇的第一篇小說〈金大奶奶〉創作於 1958 年 9 月，陳映真，以他自己的說法，他的起步在 1959 年。

但是，白先勇一直要到 1965 年，一連串地寫了《臺北人》集子中的〈永遠的尹雪豔〉（1965）、〈一把青〉（1966）、〈遊園驚夢〉（1966）……等系列的作品之後，他的創作才真正突破了前一個階段學院派的、個人情緒的窄小圈子，反映和記錄了臺灣社會複雜構成中某一群人的活動。

白先勇的小說描寫的是 1949 年以後中原大陸權貴世家遷臺後的活動，這一類型的人，為數不占多數，但是，在 1950 年代中期，一直是臺灣政、經權益最重要的主宰力量，他們的活動在這一時期成為文學的一個主流因此是很必然的吧？！

白先勇的《臺北人》在 1971 年以前全部完成：1970 年以後，臺灣社會經歷各種外來政治或經濟的壓力，內部社會構成經過劇烈的重新安排與調整，白先勇所關心和熟悉的中原權貴世家自此正式沒落，為新起的、在

工商業方面握有實權的中產者所替代，白先勇《臺北人》的時代被迫結束了。

和白先勇同一個時期起步，陳映真一開始就創作了〈我的弟弟康雄〉（1959）、〈鄉村的教師〉（1960）……等視野相當開闊的作品，比起受學院派約束太大、被個人心理問題纏繞得看不遠的白先勇同一時期的〈寂寞的十七歲〉（1961）、〈青春〉（1961）、〈月夢〉（1960）等作品來，更早地與臺灣特殊的歷史發展與社會現實有了較深的關係。

對一個「悶局中的市鎮小知識分子」（參看許南村序）陳映真而言，縱然如何的「脆弱」、具有「過分誇大的自我之蒼白和非現實的性質」，但是，最重要的，做為一個「市鎮小知識分子」，而且是臺灣本地土生土長的「市鎮小知識分子」，他最不同於白先勇這個沒落權貴世家的代表者的還在於他那「改革世界的意識和熱情」，這種改革的意識和熱情，無論如何「不徹底」、如何「空想」、如何在「實踐」和「認識」之間「互相背反」，如何「導致他們在行動上的猶豫、無力和苦悶」，卻是跳躍出白先勇那一類中原權貴世家腐爛、墮落、死亡、病態世界的第一步。沒有這種「改革世界的意識和熱情」，沒有這種小資產知識分子在向上爬升和向下墜落的搖擺處境中總結出來的或愧疚、或不安、或「空想」性質十分濃厚的理想主義，下一個階段，臺灣寫實文學的發展為普遍關心低下層受欺辱、受壓迫，窮困的一類人的生活，怕是不可能的吧？！

四、從苟活到尊嚴、自信的小人物

王禎和創作〈鬼‧北風‧人〉是在 1961 年，但是他真正確立了作品風格還是在〈嫁妝一牛車〉（1967）等作品出現以後。

在陳映真的小說〈將軍族〉裡，兩個承受各方面壓力的小人物，最後的結局是死亡。

王禎和在他一貫以小人物為題材的作品中，這些小人物不再「死亡」，而是「苟活」著。

「生命裡總也有甚至修伯特都會無聲以對底時候……」

這是王禎和選來作為〈嫁妝一牛車〉一文的題辭。王禎和在前期的作品（《小林來臺北》以前）是以這種「無聲以對」的心態來處理小人物的，他們的姿態因此是滑稽的、骯髒的、醜陋的、無知的、可憐復可笑的，試看〈嫁妝一牛車〉敘述阿好謀職的一段：

> 有人薦介她給一家林姓底醫院做燒飯清潔底工作，一月一百圓，管吃兼住宿。面試那日適巧家裡莫有米粒一顆剩著；往別人菜園偷挖了番薯，她用火灰烘熱便午飯下去了。這——這——這作祟作惡底番薯！林醫師口試她到有子女幾位底當時，五聲很大響底屁竟事前不通報她地搶在她話底先頭作答啦！
>
> 「有五位嗎？」林醫師搯著嘴笑，想給這空氣一點幽默的樣子。
>
> 羞上來，阿好肚內底二氧化碳越是平平仄仄，仄平平得不可收拾，詩興大發相似。工作自然也給屁丟了！

王禎和的許多這一類作品都是如此惹人發笑的，笑到讓人掉淚，笑到讓人慢慢嚼出這可笑裡面的辛酸。

但是同一個時期創作了〈看海的日子〉（1967）的黃春明，開始擺脫了在讀者面前展露小人物可憐復可笑姿態的興趣。這些在現實生活中遭受各種壓力，遭受各種欺辱的妓女、漁民、小學徒、小工……開始有了他們莊嚴站在別人面前的勇氣。

〈看海的日子〉裡的妓女白梅，黃春明用極動人的筆調去歌頌她努力要獲得一個孩子、努力要從孩子的未來生活中洗淨自己羞辱一生的希望；這希望雖然還那樣曖昧，這孩子的未來雖然還那樣使人擔心，然而在臺灣寫實文學的主流從沒落權貴世家轉到市鎮小資產知識分子，再轉到可憐復可笑的各類小人物，終於，1960 年代的末期到 1970 年代的初期，黃春明以他自己與小人物共同生活、工作的經驗，糾正了知識分子對待各類低下

層同胞所可能有的偏差心態，為臺灣這些各處生活著的小人物豎立了一個有尊嚴的、不容人隨便可憐和嘲弄的形象。

　　但是，一直到 1970 年代前，王禎和與黃春明所關愛的小人物，都還是被抽象地提出來討論，是人與命運的對立。人與命運對決，失敗了，就是〈嫁妝一牛車〉中人物的骯髒、愚昧、無知、可憐復可笑；人與命運對決，勝利了，就是〈看海的日子〉中白梅的莊嚴、自信，然而卻極曖昧地活在希望中的結局。

　　到了 1970 年代以後，臺灣社會遭受到 1949 年以來最大的一次變動，政局上的動盪，經濟上大量加工區的設立……都使得臺灣的寫實文學有了新的發展。白先勇的長期沒有作品發表，陳映真的轉而寫評論不談；仍然有小說作品出現的，王禎和 1973 年的〈小林來臺北〉，黃春明同一年的〈莎喲娜啦・再見〉，都明顯地感染了 1970 年代初期臺灣地區所有中國人共同的情緒；那就是：主宰他們未來的不是什麼「命運」、不是什麼「修伯特」也「無聲以對」的東西。這些社會底層的人物，在長時間的挫辱、失敗、窮困之後，站起來要求有效地改善自己的處境，〈小林來臺北〉中的小林，〈莎喲娜啦・再見〉中的黃君，不同於前期文學中的人物，都有了明確的立場：或對社會中洋奴腐化的生活（〈小林來臺北〉）、或對民族意識淪喪問題（〈莎喲娜啦・再見〉）做了堅定而嚴正的反擊。習慣於玩賞藝術品的知識分子讀者，往往不喜歡王禎和、黃春明這種轉變，然而，歷史必然的發展已經刻不容緩地把新的時代使命推到文學工作者的面前，不正視這新的使命的，就被淘汰；正視它、關心它、改善它的文學工作者，即使一開始還掌握不好成熟的技巧，舊的語彙、技法不再適用，開始用笨笨拙拙的話去說、去敘述，卻立刻受到廣大的回應；1970 年代的前中期，最足以提出來作為代表的自然就是楊青矗和王拓了。

五、1970 年代中期小說中的「道德力量」

　　大量加工出口區的設置，使臺灣工廠作業員的生活逐漸成為文學的主

題，這其中，最優秀的代表是楊青矗。

同樣處理社會底層的人物，楊青矗是以人與人的關係替代了前一個階段人與命運的對決。人與命運的對決是宿命的、不可改變的，頂多只能做到白梅那樣相當唯心的自尊和莊嚴罷了，然而人與人的關係則有待於人自己去改善、去爭、去要求。

1970 年楊青矗在《國防部新文藝月刊》上發表的一篇〈工等五等〉中，工人張永坤是這樣站起來為他應得的利益力爭的：

> 「我已經好好地幹了二十年了；憑良心講，二十年來，我沒有不為廠裡認認真真地賣勞力的；哪裡有越幹薪水越低的？不平則鳴；這裡是工廠，不是軍隊，你沒解釋的必要，我也沒有絕對服從的必要，工作評價是要求同工同酬，都被你們這些王八蛋搞壞了；掛羊頭賣狗肉，人事評價，哪裡是工作評價……」張永坤臉色發青，嘴唇抽搐。這些話都是在氣憤之下硬充大膽，冒丟飯碗的危險硬迸出來的。

無論是不是「硬充大膽」，臺灣寫實文學已經從對小人物的忽視、輕蔑轉到憐憫，再轉到給予他們自己站出來講話的能力，讓他們自己為他們的處境鳴不平，讓他們自己改善自己的環境，這無論如何應是一個驚人的跨越。

王拓也是 1970 年代以後新崛起的作家，從 1973 年的〈炸〉開始步入成熟的階段，到 1975 年的〈金水嬸〉發表，已經確立了自己創作的風格。

收在王拓第一本集子《金水嬸》中的八篇作品，大多是以王拓所熟悉的小漁村為背景的，這一路線的繼續發展在這本新集子中有〈望君早歸〉一篇；另外，在短短的兩年中，王拓又為臺灣寫實文學拓開了另一條道路，描寫了 1970 年代以後新興工商業發展下的諸多問題，收在這本集子中的有：〈春牛圖〉、〈獎金二〇〇〇元〉等篇。

無論是以漁村為背景，或是以都市新勃起的推銷員生活為題材，王拓

在這本新集子中所處理的人物，最不同於兩年前的，是在於正面人物的增加與強調。正面的人物有兩類，以〈望君早歸〉做例子：婦人罔市是一類，代表了群眾情緒式的正義和勇敢；另一類是邱永富，代表了知識分子理智的、清醒的、具有分析能力的、不畏惡勢力、不為利益誘惑的道德力量，這種道德力量當然得來不易，我們且看王拓的描寫：

> 邱永富是基隆漁會的一個職員……當他還在讀初中的時侯，他的父親受僱在一條單拖船上當船長，一次大颱風後就一直生死不明……一拖就是十五年之久，船公司竟然既沒有發給撫恤金也沒有任何其他金錢上的補助……後來每當想起這件事時，邱永富的內心忍不住就要怨責起他母親與大哥當時的軟弱來。

這樣成長的經驗，就使得「水產學校畢業」、「在漁會裡工作，已經幹了七八年」的邱永富不會成為「船老闆的傳聲筒」，不會和漁會中其他職員一樣欺騙漁民，從中取利。邱永富是「對漁民的困難都看作像是自己的困難一樣」，對於「漁會理事長施加壓力」，對於「船公司想要贈給一個顧問或什麼類似的名義，每月給他一筆可觀的津貼，只希望他能夠不與船公司對立」這樣的威脅利誘，也能「總是不為所動」。

臺灣 1949 年以後的寫實文學終於塑造了一個有堅定道德力量的人物，然而這人物卻是從怎樣慘苦的、挫辱的、受欺壓的苦痛成長過程中一點一點學來的啊！

在〈獎金二○○○元〉中，王拓把這個堅定的道德力量交付給一個擔任實習外務員的「大學生」陳漢德。

陳漢德在這篇小說中不是主角，他只是旁觀著正式的外務員鄭文良如何落在一種可怕的商業制度中賣命，終於撞車受傷住院，這時陳漢德才發展了他正面的道德力量，他去調查公司的福利和保障，得到的回答是這樣的：

「噯呀，私人小公司，能有什麼保障？」李先生說：「只有像你這種年輕人才會想得這麼天真！」

陳漢德回答說：

「你怎麼這樣講？這跟你、跟所有的人都有關係。」

當陳漢德、邱永富終於了解了「這跟你、跟所有的人都有關係。」他們就加強了作為正面道德力量的信心，因為他們站起來反擊的時候，他們不是孤單的，他們合起來彼此幫助照顧時，也沒有人能打散他們，陳漢德的道德力量在〈獎金二〇〇〇元〉的結尾中就有了對惡與對善截然不同的表現。

對偽善殘狠的老闆說的是：

「你敢再這樣對我吼一次試試看，」陳漢德一個箭步搶到老闆面前，聲色俱屬地指著他，「你再吼一次看看，奧你媽的！看我不揍你！」

對於受傷躺在醫院，沒有保險福利，又被停薪「留職」的鄭文良的妻子，他則是這樣的：

陳漢德望了她一眼，心裡像被什麼給鞭打了似地，感到一陣陣的抽痛，使他情不自禁地把自己的薪水袋掏出來，塞進她的手裡。
「還有這些，你拿去吧！」他說。
他不敢再看她，轉身踏著大步向醫院外行去。

臺灣寫實文學的發展終於出現了這樣堅定的、具有道德力量的正面人物，不能不說是一個嶄新的階段，而這只是一個開始，我們相信類似王拓

這一類的文學在方向上將更確定、在局面上將更壯大，足以掃掉前一個階段為時不短的、文學界的陰霾、模糊與軟弱無力。

（選自王拓小說集《望君早歸》）

——選自尉天驄編《鄉土文學討論集》

尉天驄印行，1978 年 4 月

七〇年代的使命文學

論楊青矗和王拓

◎何欣[*]

一

踏進 1970 年代之後，臺灣的文化氣候有某種明顯的改變，論者說是因為政治、經濟發展產生的變動所帶來的衝擊。在政治方面，先是從民國 59 年 11 月開始的釣魚臺事件，民國 60 年 10 月我們的退出聯合國；繼之是民國 61 年 2 月美國總統尼克森的訪問北平，同年 9 月我國同日本斷絕邦交。這些震撼雖然沒有產生任何重大的影響，但這一連串的事件使國人覺醒了，深深感到唯有自己最可靠，國家民族的未來必須自己去締造，任何國際友邦只是顧到自己的利益，在做任何選擇的時候，利於我者則為之，所謂友誼、道德必須向後站。在經濟發展方面，因為年來工商業的急速發展，雖然國民生活得以提高和改善，也賺取了大量的外匯，但伴隨工廠的大量設立而來的是農村中因為人口流向工廠而缺乏從事農耕的人手，但是工人數目的劇增，而產生了所謂的勞工問題。這是以前不曾有過的現象。我們的文化必須適應這些新的轉變。在這轉變過程中必然會發生新舊的衝突，這些衝突中有些是緩和的、隱匿的，另一些是激烈的、明顯的；有些是普遍的，人人可感知的，有些是特殊的，只限於某些群體的。

因為對外國的懷疑而感到憤怒，所以產生了一種強烈的排外情緒，這種情緒高漲時，便對任何與外國有關的事務都採敵視態度。既然外國不足

[*]何欣（1922～1998），河北深澤人。散文家、翻譯家、文學評論家。曾任國立編譯館編審、政治大學西語系教授、《國語日報》資料室主任。

信賴，且給我們帶來傷害，該回過頭來肯定自己的一切，自己的文化，自己的傳統，自己的生活方式，因之形成了強烈的民族意識。要發揚自己的文化，首先必須把自己的東西拿出來，以對抗和代取外來的影響，於是很自然地就要回到自己的土地上。這就是所謂「回歸鄉土」的感情基礎。「鄉土」在哪裡？也許四千多年的文化太遠太大了吧？所以只好回歸到此時此地的「鄉土」，而且是回歸到民間。於是凡產生於民間者，凡是老百姓所喜聞樂見者，均予提倡，均予肯定，不論它多麼原始，多麼陳腐，多麼貧乏，也不論它所反映的是不是今天仍然需要的。這片鄉土中所產生的一切都不加選擇不加批評地全盤接受。

　　這種現象也具體地表現在文學方面。前一代的作家——小說家和詩人——受西方影響太重，這種影響一概被指斥為「一面倒地大批買辦進西洋資本主義沒落時期的各種貨色」。[1]首先發難的是關傑明和唐文標們對現代詩的攻擊，指出詩人們為了求新，乃創造新的形式及新的語法，追求西方的典範，因之接受了西方的病態的內容，喪失了固有的民族性。現代詩都是個人的病態呻吟，完全逃避了現實，對生命與社會的認識產生偏差。在小說方面，王文興的《家變》和歐陽子的作品被提出來，認為這些作品是「現代主義，徹頭徹尾是從西方商業社會挫敗中發生出來的」，是「腐爛的藝術至上論」的產品。好啦，把西方的影響洗淨，我們自己的文學該走怎樣的路呢？「現實主義！」現實主義的目標是什麼呢？是「描寫人們在現實生活中的種種奮鬥和掙扎，反映我們這個社會中的人的生活辛酸和願望，並且帶著進步的歷史的眼光來看待所有的人和事，為我們整個民族更幸福更美滿的未來而奉獻最大的心力的」。[2]其實，這也是每位作家的職責，他們只是強調了文學的使命，所以王拓和楊青矗就被提出作為 1970 年

---

[1] 蔣勳，〈臺灣寫實文學中新起的道德力量——序王拓《望君早歸》〉，《望君早歸》（臺北：遠景出版社，1977 年），頁2。

[2] 王拓，〈是「現實主義」文學，不是「鄉土文學」〉，《街巷鼓聲》（臺北：遠行出版社，1977 年），頁80。

代的前中期的代表了。[3]我們且來看一看這兩位代表性人物的具體意見。

　　楊青矗在《在室男》的後記中曾說：「……自從五、六歲略懂事起，在家鄉常聽到父老們訴說被日本軍閥壓迫的憂傷；長大後從農村到城市，從商場到工廠，時時可看到人與人之間的糾紛，人人為生活的苦鬥……這些人間的煙火事時時鬱積在我的內心，因此我的作品所載的道（我把道泛指作品所表達的東西），是人間煙火卑微的道。……我常常空思夢想：人與人，人與自然，能有一天沒有絲毫的衝突，使小說家抓不到一丁點題材來寫小說（小說必有衝突，無衝突不成小說）。讓小說和戲劇湮滅。文人只有風花雪月的題材，歌頌造物者創造的美，沒有苦難憂傷等等所謂悲壯的好寫，文學不再是苦悶的象徵。……我是一個木訥的粗人，寫東西僅憑著良知坦率地寫。」從這一段自白中，我們知道楊青矗的作品裡是他個人經歷過的耳聞目睹的事實報告，他自小所接觸的是鄉村、工廠、商店裡的小人物，他們的內心都充滿著悲傷憂鬱，這些是在為生活而苦鬥中帶給他們的。他筆下的人物多是工廠裡的工人，他們的勞力使老闆獲得財富，而他們則同貧窮苦鬥，以及同工廠有關的其他階層的人物。他報導這些工人生活的苦況是為了「改善他們的生活」。當他的文章在這方面發生一些效力時，他就會「感動得腑臟震顫，四肢痙攣」；當他知道「蔣院長出長行政院之初，報紙報導他秉燭研究人事制度，為未能得到真實的資料而覺得苦惱」時，他「感動得眼眶噙淚」。[4]他寫作的目的是希望他的作品能產生一種力量──從同情和悲憫中迸出的力量，促使那些不合理的制度能獲得改善，正像辛克萊（Upton Sinclair, 1878-1968）的《叢林》（*The Jungle*）和斯坦貝克（John Steinbeck, 1902-1968）的《怒火千叢》（*The Grapes Of Wrath*）[5]那樣，促成改善工人生活的立法。他為工人們發出誠摯嚴正的呼聲。

　　王拓是首先提出我們的文學應該是現實主義的，他的主張是：「一、文

---

[3]蔣勳，〈臺灣寫實文學中新起的道德力量──序王拓《望君早歸》〉，《望君早歸》，頁8。
[4]楊青矗，〈序〉，《工廠人》（高雄：文皇出版社，1975年），頁4。
[5]編按：常見譯名為《憤怒的葡萄》。

學必須扎根於廣大的社會現實與人民的生活中，正確地反映社會內部的矛盾，和民眾心中的悲喜，才能成為時代與社會真摯的代言人，而為廣大的民眾所愛好和擁戴。而這種具有明顯、強烈的『現實主義』精神的文學，因為具有較真誠的道德勇氣，較強烈的愛心和熾烈的感性，所以也往往更具有感動人心的說服力。二、文學的發展必須能與當時的社會發展相一致，文學運動必須能發展為一種社會運動，或與社會運動相結合，文學才能更有效地發揮它改良社會的熱情和功能。」[6]這也是王拓寫作的指導原則，就是使文學成為改革社會的一種工具，甚至使它成為一種社會運動的一部分。因此作家就成為一個社會政革家，至少他也是個「時代與社會的真摯的代言人」。王拓認為「文學不僅是作家個人的生活環境的反映，同時也是整個過去的歷史與現在社會生活的反映」，所以他寫的故事多是他個人所經歷的事情。他的故鄉，那個叫作八斗子的小漁村，給予他的記憶是討海人的痛苦、死亡或是殘廢，是在垃圾堆裡翻翻撿撿，拾一點破罐或酒瓶，拿去變賣幾個銅板。但這個貧苦的孩子看到一個「發電廠的員工宿舍」，他們的住宅有庭有院，有花有草。他們的生活「當然是好得太多，安定得太多」，這種對比的生活在「我幼小的胸膛就立刻火一般地燒起一股憤怒的仇恨的火」，這火一直在燃燒著，在他的生活裡，在他的作品裡。王拓教過中學，看到過教育界的形形色色，泰半是腐爛的一面。他在藥廠裡服務，接觸到許多小商人。他就把他的經驗堆積在他的作品裡。他筆下的人物的一切行動的動機是「利潤」，因此人與人的關係「卑下化到單純的金錢關係。老闆、工人之間當然不必說了，即夫妻、親子、朋友、教授與董事會、醫生與病人、老師與學生、牧師與信徒……之間，分析到最後，是金錢的關係。拜物與拜金主義統治我們的思想、感情和文化。這是一種猥褻、一種醜面、一種噁心、一種失態」。[7]他從他所見過的人與事中選出一些片斷做他這些主張的具體說明。

---

[6]王拓，〈廿世紀臺灣文學發展的動向〉，《街巷鼓聲》，頁90～91。
[7]鍾言新，〈訪問王拓〉，《街巷鼓聲》，頁205。

在基本精神上楊青矗和王拓均屬於現實主義（或稱為寫實主義、自然主義）的。自然主義派的作家（如 19 世紀法國和德國的作家）的題材大體上多取自工人階級，窮人、被凌辱的小人物的悲慘生活，激發他們寫作動機的常是對社會黑暗面的不平與憤慨，他們偏愛汙穢、貧窮及剝削。自然主義作家重觀察，重翔實記錄，敘述社會面貌時能歷歷如繪或栩栩如生就達到目的了。他們不重視形式，在他們看來，文學上那些技巧是雕蟲小技。「誰理睬優美的文體！訴說你的故事，把文體交給魔鬼。我們不要文學，我們要生活！」楊青矗和王拓都不太注意前一代所特別強調的寫作技巧。王拓在一篇評介楊青矗的文章裡曾說：「小說要真正感動人，主要是依靠整體的情節與它所表露的事件本身，而不是只講究文字技巧。這樣說並不是否定文字技巧的重要性，而是強調技巧原是為內容服務的，絕不能輕重倒置」。[8] 一般寫實派作家的敘述平淡、單調、文字拙笨、結構鬆懈等等缺點，也適用於我們這兩位現實主義作家身上。

一位評論家說：「習慣於玩賞藝術品的知識分子讀者，往往不喜歡王禎和、黃春明這種轉變，然而，歷史必然的發展已經刻不容緩地把新的時代使命推到文學工作者的面前，不正視這新的使命的，就被淘汰……」[9] 我個人想必也是被分為「習慣於玩賞藝術品的知識分子讀者」群中的，在「被淘汰」之前，我想再作一次「天鵝臨死之哀鳴」。

二

我想先討論楊青矗先生的作品，我看過的是他已出版的四本短篇小說集，即《在室男》、《妻與妻》、《心癌》和《工廠人》。另外他又發表了一系列的「工廠女兒圈」，據本年（1978）元月號《臺灣文藝》刊載的〈外鄉來的流浪女〉注的是之七，那麼他迄今為止發表的短篇故事已有 39 篇的樣子。這些故事中所寫的人物很多，不單純是屬於某一個階層或職業圈的，

---

[8] 王拓，〈當代小說所反映的臺灣工人——談楊青矗的《工廠人》〉，《街巷鼓聲》，頁 45。
[9] 蔣勳，〈臺灣寫實文學中新起的道德力量——序王拓《望君早歸》〉，《望君早歸》，頁 7。

直接寫工人生活者占約六分之一。試看下表。

直接敘述工廠工人的有〈工等五等〉、〈升〉（《在室男》）、〈低等人〉（《妻與妻》）、〈囿〉、〈麻雀飛上鳳凰枝〉（《心癌》）、〈掌權之時〉（《工廠人》），另工廠女兒圈系列故事未結集的有：〈昭玉的青春〉、〈婉晴的失眠症〉、〈外鄉來的流浪女〉等。

敘述工廠高階層管理人物的有〈上等人〉（《妻與妻》）、〈龍蛇之交〉、〈工廠人〉（《工廠人》）等。

敘述非工人的從事其他職業的卑微人物的有〈兒子的家〉、〈在室男〉（《在室男》）、〈天國別館〉（《心癌》）、〈那時與這時〉（《妻與妻》）等。

敘述家庭生活與親族關係的有〈同根生〉、〈成龍之後〉、〈冤家〉（《在室男》）、〈醋與醋〉、〈在室女〉、〈綠園的黃昏〉、〈雨霖鈴〉（《妻與妻》）、〈切指記〉、〈海枯石爛〉、〈官煞混雜〉、〈樑上君子〉（《心癌》）等。

前面的分類只是為了敘述方便，恰當不恰當不必去管它。從這裡我們可以看到楊青矗所寫的人物和生活層面相當廣泛，寫工廠工人者並不是主要部分。我們為什麼要稱他是努力寫工人小說且是臺灣工人的代言人呢？他寫過許多「人間小角色」，這些小角色的生活、思想、行為有的寫得也維妙維肖，但說他們都有「自己站出來講話的能力，讓他們自己為他們的處境鳴不平，讓他自己改善自己的環境」[10]，恐怕也不盡然。我們讓這些人自己來講話罷。

在工廠工作的工人應該是直接參加生產的技術工人，他們的待遇與享有的社會地位由他們的技藝與成績決定。〈工等五等〉裡的陸敏成是電氣技工，他畢業於高工夜間部，還考上大學夜間部的電氣機械系。他受過專門訓練，有五年以上的實際工作經驗，是一個真正的工廠工人。〈升〉裡的林天明是個木匠，工作是工廠裡建造廠房或其他建築物的木工工作以及整理職員宿舍的花圃之類零工，不能算是技術工人。〈麻雀飛上鳳凰枝〉裡的潘

---

[10]蔣勳，〈臺灣寫實文學中新起的道德力量——序王拓《望君早歸》〉，《望君早歸》，頁9。

柱是個臨時工，擔任什麼工作，沒有說明。〈低等人〉裡的董粗樹是在一家工廠的宿舍裡拖垃圾的，當然不能算是工人。〈圍〉裡的史堅松只是「栽種花木，修剪樹形，編織花籃，調整盆景的姿勢」的負責園藝工作的園丁，在一個擁有五、六千名員工的塑膠工廠中，園丁不能算是正式的職業工人。如果說臺灣工業化了，臺灣的勞工人數已近兩百萬之多，勞工階級有他們的問題，他們是在不合理的制度下被剝削的階級，那麼生活貧困的潘柱、史堅松們不能作為代表，就連〈外鄉來的流浪女〉中的田原卿也不能，洗洗整整蘆筍的工人不是產業工人，而且這位流浪女只是玩票的工人而已。她以電話約總經理到冰果店裡責備他未能為工人的福利著想的幾句話，以及總經理唯唯諾諾，她好像是內政部派去的視察員。這些臨時工職業沒有保障，不能享受正式員工的福利——正式工人的福利是很好的，有宿舍，有醫藥費，有勞保，有退休金——他們的生活都很苦，他們唯一的希望是升等，升為正式，獲得一種可免於飢寒的生活。但升等的大權操在小主管手裡，要想升等就必須賄賂他，就必須送紅包拍馬屁。有些人為小主管所不喜，便休想升等，於是永遠做臨時工，這一肚子怨氣無處發，便只有怠工。這就是楊青矗最喜歡寫的主題。所謂工人有站出來為自己講話的能力表現在〈圍〉裡的史堅松和〈工等五等〉裡的陸敏成，他們敢於頂撞他們的上司，其結果是陸敏成辭職不幹，他還有能力去奮鬥，做自己的事，頂壞還可以「為同業打打散工」。史堅松更大膽的拍桌子向主任咆哮，甚至高舉起椅子「無頭無面地打下去」，打死人他也知道會受法律的制裁。這些洩憤，我覺得，還不如老粗樹伯為了五、六萬元撫恤金養活年邁的父親而故意讓汽車碰死這無聲的抗議更有力量，更能喚起讀者的同情。

　　寫工人的典型，似乎應該從大塑膠廠、大紡織廠、大鋼鐵廠等擁有數以千計的工人群去塑造，這些直接參與生產工作的勞工們的工作環境如何，他們的工作情緒如何，他們的家庭生活如何，他們的福利如何，他們的升等加薪是依賴技藝與成績呢還是靠拍馬屁送紅包。他們與管理階層的關係如何，在管理方面他們有沒有發言權，他們的人格是否受到尊敬，他

們的勞力所換來的是否每月只有二、三千元,「工作評價」這個制度是否是壓迫工人的有效辦法等等才是核心的問題。從楊青矗的故事中所見到的正式工人,也就是技術工人,並沒有感到許許多多的壓迫。工廠裡確有令人不滿的地方,不公平的地方,主管有傳統的自私與跋扈,但楊青矗認為這些可以由認真實行政府的法令而獲得解決。例如田原卿向廠長提出的建立健全的制度、實施現代管理、施行保護勞工的政策等,都是要以漸進的改革使工廠現代化,使工人生活能在法律保護下得以改善,使工人在社會上受到應有的尊敬等。

楊青矗憑著他個人的經驗和理解,以樸素平實的風格描繪這些小人物的貧困生活,寫得倒蠻能感動人的,他有時能夠選出極細微的小事,表現出很深刻的意義。〈低等人〉這一篇裡隨處都可以見到。我個人很喜歡這一篇,雖然裡面有不必要的一些敘述,如粗樹伯所見到的職員宿舍中每家生活情況,但它是篇相當完整的短篇小說。

楊青矗也寫了經理、科長這類上等人的生活,所謂的剝奪工人勞力以自肥的階層,但在楊青矗的幾篇有關這一階層的生活裡,我們所見到的卻不是什麼「剝削者」的猙獰面孔。〈上等人〉裡的余總經理是「軀體被地位名譽灌得胖皮胖皮的」「舉止不失為風流倜儻的公子派頭」,他玩女明星,玩舞女,玩名門淑女和歌星。現在他又同他的女祕書孫妍綾──一個「鮮豔的肌肉結結實實的」姑娘,「人也窈窕靈活」,帶她出去玩樂冶遊。余經理和他的員工關係如何?他對他的事業和工人們的前途是否關懷?他是否不把他的員工當做有人格有自尊的人看待?這篇故事裡沒有任何敘述,一個有錢風流倜儻的經理同一位自願奉獻的女祕書有些曖昧的關係,也沒有什麼值得深責的。他開車在路上碰死一個挑籮筐的苦力,雖然他的女祕書叫他「開車跑罷!」他知道終久必會查出來的,他沒有逃,而叫他的私人司機陳承福來出事地點,並商量由陳替他頂罪坐牢。這種動機實在是很自私很卑鄙的,但這並不是余經理那個階層的特殊屬性,任何人都可能有這種想法,只是有的做得到──如有權有勢者,有的人做不到而已。雖然陳

司機「不敢說不字」，但他的屈服不是受到壓力而是受到誘惑，「出獄後平白得到一輛計程車，做什麼能比這個好賺？」而且他有「在獄中期間我每個月貼你一萬元」的允諾。陳司機覺得余總經理「一向對他實在不錯，過年過節人家送的東西，吃不完都叫他搬回去，他有困難總經理都能幫忙他」，他並非不願報答這位待他不錯的上司。對於苦主，余總經理也「盡量按照苦主的要求賠償，公司有的是錢」。他碰到送葬的行列時還想「法院傳審陳司機時，他要挺身去自首」，這是一種內疚，他是個有道德責任的人。作者對他的譴責是他自認對社會貢獻很大，能「充功補罪」，所以「在公祭時默禱致哀一分鐘，以後就像什麼也沒有發生一樣，再也不會難過」而繼續同他的祕書去夜總會跳舞。這譴責中沒有憤怒的辱罵，沒有暴行，但卻非常有力量，把審判余經理的責任交給讀者的良心與道德。

在公司裡的小主管有些非常驕橫，有些非常自私，有些非常無能，這些都表現在為工人們升等的事上。楊青矗對這個階層的人描寫得較多，也描寫得較深刻。這些人，如〈囿〉裡的吳主任，〈外鄉來的流浪女〉裡的領班魏月嬌等，都以虐待工人為樂似的。但也有些主管很同情他們，在可能的情形下就幫忙他們，例如〈囿〉裡的王主管，但是他們不願為了工人的事而去和同事爭，是發生不了作用的善良人。

另一類楊青矗喜歡的題材是在我們這個工商業日漸發達的社會裡，金錢財富腐蝕了人心，破壞了傳統的道德。〈同根生〉裡的父親從一個「在路邊給人補破鍋、破鋁桶」的三餐不飽的窮人，由於偶然而非奮力苦鬥的結果成為一個「擁有鐵工廠製麻廠」的老闆。金錢使他的長得頗不美麗的小女兒嫁給一個神采奕奕的美國留學生，但他卻看不起大女兒和大女婿，因為大女婿是踩三輪車的，雖然他是個非常正直的靠自己的勞力養家的人。〈成龍之後〉裡的阿泰伯到都市裡找他的成龍的兒子，卻受到過著相當豪華生活的兒媳的冷落與輕視，「菜都配好了，盛些給他吃就缺菜了。客人吃過了再吃罷。」這個「土裡土氣的長相」的老農最後只有悄悄離開兒子兒媳，挨著餓回家去。「這年頭娶了一個媳婦等於死去一個兒子」，恐怕不能

只責備媳婦吧！

　　隨著工廠的大量建立，農村的人口被迫著往都市去，逐漸地，很少人願意在農村生活，只有在都市裡才能創業和謀求發展。這是開發中國家的普遍現象，年輕人去都市和工廠，並不一定是為了生活舒服，因為農村沒有他們發展的機會。楊青矗也處理了這個問題。〈在室女〉比〈在室男〉寫得更有意義便是因為這篇故事裡討論了都市的誘惑，雖然作者處理得非常凌亂。在鄉村中生活的惠芬長得是「帶有靈氣，鼻、嘴明豔動人」，但她「五隻手指很粗糙，指頭鈍圓粗大，指甲縫隙有些微的汙黑」，她是「四點多就起來煮豬料和早飯，是養豬、曬穀子、煮飯、洗衣、到田裡去幫忙」；瑩秀在都市工作，她的回來，使惠芬想離開家，她曾說，「這一次我已下定決心不想待在家裡了。」她正在懷春的年紀，作者使她也陷於受異性的誘惑中，她心目中的嚴光儀到城市工作之後，不久交到了女朋友，他的回鄉來看惠芬和給她照相，只是激起她找異性的需要，她乃「決定跟許慶達的母親上新竹看許慶達。交交朋友，玩一玩，不一定要答應他的親事。」她不喜歡許慶達，她大姊也在信中勸她不要去看許慶達，「不要落入他們的圈套，以致生米煮成熟飯」。這恐懼使她最後說：「還是不要去好。」這篇故事本來可以寫得很好，但作者似乎把握不住主題，也沒有明顯的衝突，因此寫得頗不集中，顯得凌亂。〈綠園的黃昏〉也是寫農村的沒落──綠園無限好，只是近黃昏。故事中女主角林郁華的家「是村裡少有的清閒斯文的家庭。她家不種田，父親原在鎮上的電信局做事，已經拿一批（筆）退休金退休了。退休後買了一塊一分多的果園，種種柳丁、番石榴、柚子消遣。她大哥在縣政府做事，二哥是一家國營工廠的職員，已出嫁的大姊任小學教員」，是個公務員的家庭。男主角世榮家則是村中首富，世榮在家幫父親種田，雖然他的妹妹惠芳和弟弟世隆都在臺北讀書。世榮對在家務農並沒有絲毫抱怨，但是同郁華接觸後，他感到種田這件工作不再受人尊敬了。郁華勸他「上市內找一個固定職業，或是向你爸爸拿一些本錢出去創創事業」，「男子漢大丈夫，志在四方」。郁華不願同世榮談論嫁娶，因為她

不嫁「田家郎」。她也看不起「挑糞的種田人！」勤奮的種田人辛勞的結果常為天災所毀。有一次世榮的父親又因噴農藥中毒，這位以前堅持「那有自己的產業不經營而去當人家夥計的道理」的老人經他的在外經營工商業的弟弟們的勸告，了解「孩子們你想留他們在家種田，已經不合時代了」，他不但把農田改為做魚塭養魚，也同意世榮去經營工廠了。世榮最後留戀地站在魚塭的高岸上，看到「魚頭成群的浮在水面，張著口吧吧吃水，有的魚潑刺潑刺出水面又潛進水裡」，牠們代替了「一片綠油油的田野」，他為那田野唱了最後的輓歌。這時，騎著機車的郁華招呼他，他「別過頭裝著沒有看見她」，只見她「肩上的頭髮一飄一飄的。背後，車輪沿路揚起了灰塵」，車輪與灰塵代替了綠油油的稻田！世榮們終於屈服於工商業的侵襲！這是一組很好的主題。

　　楊青矗還寫了其他許多人物的遭遇，但有些故事彷彿是為了適應當前一般報紙副刊之類的取捨標準吧，寫得虛弱無力，似是遊戲文章。楊青矗，這位經驗豐富的、富同情心的、有人道主義精神的作家，似乎還沒有能確定他的創作路線，希望他能做明智的選擇，繼續在文學領域中向前發展。

三

　　王拓發表過幾篇論文闡釋他的文學觀，他的創作就受到他這些觀察的指導，他是主張現實主義的，對於這一個名詞的涵義，他在〈是「現實主義」文學，不是「鄉土文學」〉一文中有非常詳盡的解釋。他主要是呼籲作家們擺脫知識分子的絕望、迷惘、徬徨而關懷社會上那群以前一直被忽視的「大眾」。雖然他說「這樣的文學不只反映、刻畫農人與工人，它也描寫刻畫民族企業家、小商人、自由職業者、公務員、教員以及所有在工商社會裡為生活而掙扎的各種各樣的人」，但他個人在創作裡所描寫刻畫的人物偏重於社會地位較低的人物，因為這些「為生活而掙扎」的人容易獲得同情。他特別推崇楊青矗的就是因為「近幾年來竟然會出現像楊青矗這種對臺灣工人投注

了深刻的關切」。[11]一個人童年生活環境對他的思想感情有牢不可破的影響力。王拓敘述形成他對人生態度時說他「對貧窮的人產生更強烈的認同」，「我在童年時代常因為貧窮而受到歧視，這使我對人的看法有很大的影響，使我常常不知不覺的要把人分成各種不同的族類。而事實上，在我們的社會裡，也確實因為人所擁有的金錢的多寡而自然的把人形成各種不同的類別，最有錢的是一類；次有錢的又是一類；沒有錢的人又是一類。」在這由金錢多寡而將人分為兩類或三類的社會裡，貧窮的人自然是過著悲慘的生活，這悲慘生活是富有的人加給他們的，貧窮的人有權利「掙脫貧窮，追求人能生活下去，並且生活得更美滿」，他們要掙脫，必須「找到奮鬥的目標」。[12]王拓在他的短篇故事裡多半是描寫這些他所認同的貧苦的人和他們在現實生活中如何找到奮鬥的目標，那個目標是只有通過行動才能獲得所希望的東西，王拓的小說同前代小說不同的地方是他筆下的人敢於行動。但他們所對抗的是個力大無比的「機構」，當個人與「機構相衝突時，個人永遠失敗，機構永遠勝利」。[13]貧苦和奮鬥中的挫敗使得這些欲「掙脫貧窮」的人們充滿了憤怒，他們的反抗就表現在憤怒的發洩上。這種發洩像一陣狂暴風雨，有撼震力量。但洩憤之後呢？多半仍是再回到洩憤前的生活裡。他們「為處境鳴不平」是做到了，但「自己改善自己的環境」，仍是「個人永遠失敗」。就這一點而言，我不認為王拓就「跨越」了黃春明他們的一代。

　　王拓的兩個集子《金水嬸》和《望君早歸》裡收有 13 篇短篇故事。其中 1.寫漁民生活以漁港為背景者有〈海葬〉、〈蜘蛛網〉、〈炸〉、〈望君早歸〉；2.寫學校及教師者有〈墳地鐘聲〉、〈祭壇〉、〈一個年輕的中學教員〉；3.寫社會變遷中的農村者，〈金水嬸〉；4.寫小商人生活者，〈春牛圖〉、〈獎金二〇〇〇元〉；5.其他，〈吊人樹〉、〈一個年輕的鄉下醫生〉、〈車站〉。

[11]王拓，〈當代小說所反映的臺灣工人——談楊青矗的《工廠人》〉，《街巷鼓聲》，頁 26。
[12]引號中文字均引自鍾言新，〈訪問王拓〉，《街巷鼓聲》，頁 199、202～204。
[13]顏元叔，〈我國當前的社會寫實主義小說〉，《中華文化復興月刊》第 10 卷第 9 期（1977 年 9 月），頁 10～22。

　　我們先來看看有關漁民生活的故事。做為這些故事背景的是王拓生於斯長於斯的他最熟習最有感情的八斗子的漁村，「位在基隆港的東北角，三面環山、西北朝向大海，是一個天然的灣澳。住在這裡的居民百分之九十五都是以捕魚為業的討海人」。[14]這些討海人生活的艱苦在〈炸〉和〈望君早歸〉中有一些零星片斷的敘述，但漁民們最畏懼的還是無情的海浪。在〈炸〉裡，我們聽到陳水盛說：「孩子明天就要註冊了，連這點錢都沒有，難道叫孩子不要上學，也在這個貧困的漁村混一輩子嗎？也讓他一輩子都在借債過日子嗎？」漁民們中一部分靠借債過日子。「飯桌上放著一鍋稀巴巴的地瓜稀飯，一碗曬乾的鹹魚脯」。陳水盛的妻子春花則「因為長期營養不良和過分操勞，而顯得很單薄……才卅歲出頭，就已經顯得很老態了。」然而我們應該注意的是，陳水盛的生活艱苦部分是放高利貸者興旺嫂造成的，此外還有賭博。永遠還不清的債和輸在賭桌上的債使陳水盛無法過溫飽的日子。為了兒子上學交費，他必須籌一筆額外的款子，他向興旺嫂去借錢，興旺嫂以十分利的高利息借錢給他，還要他把兒子阿雄做抵押品，陳水盛氣得要命，滿嘴的「我幹妳老母哩」、「賊婆！幹伊老母」把興旺嫂痛罵一頓，最後他是冒著生命危險去炸魚而受傷。對漁民生活的詳盡情形，王拓沒有像一個現實主義者那樣一筆一畫地刻畫出來。除了貧困外，漁民們常常為海難而焦慮不安而恐懼，〈望君早歸〉裡的萬福出海作業遇颱風遇難，他的妻子秋蘭的掛念，寫得十分深刻感人，但這篇故事裡沒有漁民之家的艱苦，和這種艱苦帶給他們無奈感，以及這種無奈造成的精神狀態。

　　討海生活既是艱苦而危險，所以很多漁民都希望能改行，或是希望他們的後代能改行。秋蘭曾堅持她的丈夫改行，不只一次地要他改行。〈炸〉裡的陳水盛也盼他兒子長大之後改行。他自己年輕的時候「就覺得待在這個偏遠的小漁村只有死路一條了，吃不飽穿不暖……他也曾經很想離開這

---

[14] 鍾言新，〈訪問王拓〉，《街巷鼓聲》，頁198。

個澳底村到外面去闖天下，而且已經積極地要準備行動了。」〈海葬〉裡的賴水旺受唱戲的女人秋桂的慫恿，也想離開漁村到外面去闖天下而未成功，他又計畫著兒子賴海生的未來，「也許真的應該讓阿生到外面去闖一下。他想。這種討海人的生活都已經幾代了，還只是這樣吃不飽餓不死。」

楊青矗使他寫的年輕一代放棄了傳統的農耕生活而奔向都市，奔向工商業界。王拓的漁民卻被海鎖住，不能夠出去闖天下。〈海葬〉裡賴水旺的父親不許他離開故鄉八斗子，「嫌討海生活艱苦，但是世間有那一種生活是免受苦的，你講。再艱苦我們賴家幾百代不是也都這樣過的嗎？全八斗子的人不也都是這樣過的嗎？」賴水旺現在又想同樣地來阻攔他的兒子海生。〈炸〉裡陳水盛的父親也用同樣的話阻止他離開澳底村。〈望君早歸〉中萬福則說「從小捕魚捕到大，一身的本領全都在這上頭，說要改行就改行，那有這麼容易的事？又不是小孩子扮公婆仔酒，說不玩就可以不玩了，離開海離開船，我拿什麼去和人家討生活呀？」這些漁民就這樣生於漁村長於漁村葬於海浪中。平時除了捕魚之外，則是賭博和在茶室裡消磨他們的單調的日子，一天復一天，一生復一生，一代復一代！〈一個年輕的鄉下醫生〉裡刻畫了這些閉塞的小社會裡的居民們的「頹黯悲苦、無奈的認命」，這裡「不但一點都沒有進步，反而因為煤礦已經漸漸挖光了，而顯得比以前更為冷落了……討海也是一樣的，沒有錢造大船，結果總是艱苦異常」。這種情形使得一個滿腔人道、理想、熱情的回鄉服務的年輕醫生失望萬分，不過這篇故事寫得極為凌亂，主題也不甚明顯。

八斗子這偏僻的小漁村沒有改變？自然有，有這樣的一個家庭，脫離了討海的生活而踏進今天的社會，年輕的一代，也同楊青矗的農家子弟一樣，去創造自己的未來。〈金水嬸〉的金水嬸，「前後生了六個兒子，並且還因為她的兒子們的上進，個個都讀到大學……她的大兒子叫阿盛，已經當了銀行經理；二兒子叫阿統，在稅務處做專員；第三個兒子叫阿義，在遠洋漁船上當船長；第四個兒子則在商船上工作，已經當大副，據說不久

就可以考得船長的執照了。第五和第六的兒子都還在讀書，一個已經大學二年級，一個今年就要高中畢業了。」這自然是個特殊的家庭，不能作為漁村生活改善的典型代表。金水嬸家的男孩子能讀書而在社會上出頭露面，是因為金水嬸不再依靠海來生活，她賣雜貨，或者說，成為一個小商人——跟〈炸〉裡的興旺嫂經營商店一樣，不過她不放高利貸就是。她似乎並不是個十分誠實的傳統中童叟無欺的商人，例如她同月裡的爭論[15]，月裡那種賭咒發誓的神情與語氣，給讀者的印象是金水嬸可能利用這種方法多賺些錢，這同興旺嫂的放高利貸和經營茶室提供女色的比較起來要好得多。金水嬸之受鄉人尊敬不是因為她的職業和她的錢——她實在仍過著貧困的生活，而是因為她是個了不起的母親，使六個兒子個個受良好教育，其中四個已成為社會上有相當地位棟樑的人物。人們羨慕她，是因為她將享受幸福的晚年，羨慕地說「……兒子六七個，做經理的做經理，當船長的當船長，個個都成才（材），還怕老來不好命嗎？天公祖的眼睛光閃閃，好人才會有好報……」作者接著寫的是她遭遇到的辛酸，她為交會錢而發愁。吃掉她幾萬塊錢的是做牧師傳道理的人，且是「當兒子們都堅信一定會賺錢時，他也便毫不遲疑地，把幾年來兒子們給他的一百五十積起來的萬把塊全都拿出來，並且還向人借了一些，也算是入了股」。[16]

　　金水嬸之入股，她的兒子們至少要負道義責任，正如金水所說：「如果不是他們，我們也不會去認識那個牧師。」金水找在社會上有地位的兒子們幫忙時，他們當然都變了，他們像布施乞丐一樣給他幾張鈔票，還說「再多實在也沒辦法了」。於是「他再也忍不住那滿腔的怒火」而幹你娘篩你娘地破口痛罵兒子。在無可奈何之時，金水嬸只好再去碰碰運氣。她這個鄉下人進城找兒子的結果，所受的卻是冷淡的待遇。做銀行經理的兒子以見這個鄉下母親為恥，「由這個後門走出去，直直走完這條巷子出去就是

---

[15] 王拓，〈金水嬸〉，《金水嬸》（臺北：香草山出版公司，1976年），頁199。
[16] 編按：引文中的「他」在小說裡應指金水，本文作者可能誤讀為金水嬸。詳見王拓，〈金水嬸〉，《金水嬸》，頁207～208。

大街……以後有事情，到家裡告訴阿貞或者等我回來再講都可以，絕對不要再來這裡，我忙得——那裡有時間來陪你？」這是我們新社會裡的問題吧？楊青矗寫過兒子成龍之後的那副嘴臉，〈金水嬸〉裡寫的是同樣的嘴臉，金水嬸的這些兒子也是受過高等教育的，受過傳統文化陶冶的。王拓在一篇評王文興的《家變》的文章裡說：「小說中的范曄似乎是很單面性的人物，他除了現代商業社會中極端個人的、金錢第一的思想以外，似乎沒有受到什麼傳統文化的影響，這種情形在臺灣的社會裡是很不可思議的，不可相信的事。」雖然王拓沒有以巨大篇幅描寫金水嬸的兒子們，但基本上他們和范曄有什麼不同呢？金水叔死了，兒子們回來了，家裡的債務也都親自審閱過了，但是這還債的重責仍落在金水嬸頭上，為了躲債，落得個「在臺北替人幫傭，洗衣煮飯帶小孩」。三叔公把金水嬸的兒子們批判了一句：「這種時代，天地都變了，養兒子還不如把錢扔到水潭裡還會咚底一聲響。養兒子？唉！想了就手軟！」這樣的兒子，實在也是「不可思議的，不可相信的」因為作者沒有刻畫這批兒子「何以」會如此。

〈金水嬸〉這篇故事主要是刻畫一位母親的形象，和〈炸〉裡刻畫一位父親的形象一樣。從他們的身上我們可以看到偉大的父母在為兒女的將來所做的努力、犧牲，他們這種犧牲是真誠的，不祈求報償的，忘我的，無論遇到什麼挫折，都不足以損害他們這種偉大的愛一分一毫。金水嬸最後到仙公廟為兒子們祭煞補運時，「像以前在八斗子挑雜貨出來賣的時候一樣，愛講笑話、開朗，對前途充滿了希望」。〈炸〉裡的興旺嫂，自己的兒子死了，想得到一個兒子，逼使水盛以兒子做抵押品。水盛受傷住院，她獨自悄悄去看生病的阿雄時，「她激動地奮力把孩子抱過來，緊緊地擁在懷裡，把她圓滾的臉龐貼在發著高燒的額上……」這時她自責地說：「我怎麼會用這種手段對付這一家人呢？我怎麼會變成這樣沒有心肝的人呢？」自私的放高利貸者通過愛成為阿雄的母親！「母愛」戰勝了「利」。可見王拓也否定了人際關係均以「金錢」為準的說法了。

漁村中看到的另一種改變表現在〈望君早歸〉中，就是邱永富這個人

物的出現給漁民們帶來的新聲音，這聲音要喚醒被欺騙的漁民為了自己應享的權利和應得的利益而睜開眼睛，而奮鬥。邱永富是個知識分子，水產學校畢業，在漁會做職員。他的父親遇難後，船公司不發撫恤金也沒有任何其他金錢上的補助。於是他決定為漁民服務。〈一個年輕的鄉下醫生〉中的義雄抱有理想，放棄了在臺北的發展機會，回到偏僻的故鄉服務，但義雄最後是受挫與失望。邱永富的行動更有力，他像個巨人般站在那裡揭發船公司對受難者的漠不關心和對受難家屬的欺騙，他攻擊市政府的代表和船公司是一個鼻孔出氣的。他知道漁民們必須團結一致才能產生力量，才能迫使船公司屈服。「船都沉了，哭也沒有用。現在，重要的是，我們大家要聯合起來……我在漁會做了幾年事，最知道這種事情……如果大家不聯合起來，就只有統統被船公司吃得死死的，他說多少就是多少……其實，一條人命連著一家人的生死，那裡才值得三五萬？篩伊娘，船老闆沒有一個有良心的。」但是受難者的家屬受了船公司的欺騙，「等邱永富聯絡好記者時，大部分的船員家屬都已經領了錢蓋了章了。」這並沒有使邱永富失望。「幹！還是要拚，一定要拚到底！」「不拚就永遠沒有出頭天，永遠被這些船頭家吃得死死的。而且，司法機關也在調查了，船頭家難道不緊張？只要成功一次，開一個先例，以後才好過日子！」他有勇氣，也敢行動。沉默的漁民們總算有了一個為他們講話的人，把他們的艱苦訴諸社會人士以尋求公平待遇的人，雖然他第一次激起的浪又平靜了下去。我們看到的是邱永富的目的是把這些不公「讓報紙登出來，電視來採訪」，公眾輿論同情受難者，政府的調查，了解真相，這些迫使船公司屈服而顧及漁民的權利與利益。

　　另外一組是敘述工商業界的問題的故事，其中以〈獎金二〇〇〇元〉的主題寫得最明顯，一個製藥公司的推銷員為了拿兩千元的獎金給太太買一件大衣，因為「結婚一年多了，她跟我吃鹹吃苦，我從來也沒錢買什麼東西送給她。現在，冬天到了，她穿來穿去還是當年做小姐時那幾件毛衣外套」，所以他盡最大努力爭取那筆獎金。為了它，這位推銷員冒雨從臺北

到宜蘭，由宜蘭在黑夜中返臺北，他被公司老闆稱讚為「公司最好的資產」。但他因車禍受傷，不但獎金未得到，連差事也丟掉，這件事激起陳漢德的憤怒。他是另一個邱永富，為受迫害的人講話，大罵公司老闆「你這吃人肉、喝人血的東西，╳你媽的！你不是人！」他的怒吼把老闆「嚇得猛地一退，整個人摔在皮椅裡」。陳漢德雖然「猶自咬牙切齒地，憤恨難消」，但又有什麼辦法呢，除了把自己的薪水袋交給鄭文良太太？作者在結尾象徵地說：「……但他仍然握穩了機車的把手，迅速地向前飛奔了過去。」

　　〈春牛圖〉寫得相當長，篇幅跟〈望君早歸〉差不多，但內容卻沒有〈望君早歸〉那麼豐富，那麼鮮明，那麼有力。在這篇故事裡，我們看到的只是為了錢而罔顧友誼，藥商為了賺錢而販賣偽藥，而用女色勾引醫院中的醫師，所以那些女性推銷員成了餌。主角劉昭男雖然為老同學老朋友所欺騙而憤怒，在一次業務檢討會上對老闆邱德彰為外務員幹部鳴不平。「這種頭家有什麼好跟的？我們跟也要跟一個有度量、有良心、有作為的人……像華倫這種公司，大家都看得很清楚了，只會吸我們的血，壓榨我們的勞力……」劉昭男對邱老闆就「咬牙切齒地痛恨了起來」，最後不得不拿了二十萬離開華倫。等坐吃山空將竭山窮水盡之時，他的良知使他拒絕另一個藥房老闆的請求，因為他不願幹「製造春藥還兼營應召」的犯法的事。最後因為兒子住醫院沒有錢而向藥房老闆借兩萬元時，也只好屈服於老闆。「大概藥廠由你管理，你是藥劑師，你對藥內行……」他將「製造幾種那一類的藥」了。這篇故事使我們看到社會上的一些黑暗面，而商人們之願昧良心做為害社會的事，敢於違法，只不過是為了賺錢。劉昭男也是跟陳漢德一型的人物，敢於抗拒老闆，以至於失業。但失業之後呢？生活的壓迫使他們走怎樣的路？劉昭男顯然是放棄理想了，那麼陳漢德要生活必須轉一家公司做推銷員，家家公司都是一樣的嗎？讀完這篇故事，我覺得劉昭男這個人物實在令人不解。他之主持公道，攻擊華倫的老闆不公不義是因為邱德彰在金錢地位上有虧於他，這使他看穿邱的自私和騙人，

逐漸成為一種新的「道德」的聲音。好，劉昭男睜開眼睛了。但是為什麼他最後又為「錢」而屈服於藥店的老闆呢？他的道德勇氣又去哪裡了？為什麼不把他寫成一個為真理奮鬥到底的人物呢？

　　王拓的三篇敘述為人師者的生活的故事沒有一篇是成功的。讀完之後，就有一種感覺，就是作者先有一個概念，例如，教員在學校只是賣首飾談股票，訓育人員蠻不講理地毆打學生，於是找幾個人物解釋一下，對於這些人物做這些事情的動機分析不夠透澈，敘述的事情又拉雜，正如顏元叔所說的「人物造型上把握不穩，情節上墜入片斷，文體上拉雜冗贅」。〈墳地鐘聲〉是兩個故事拼在一起的，第一個寫漁夫杜滿福因為兒子阿生受到黃老師不公的責罰到學校論理的故事。杜滿福一登臺就是「滿肚子氣沒地方出」的憤怒膺胸，從打罵孩子到罵老師，無時不氣得臉發紫，於是「幹伊娘」地一路罵到底，「單單為了補習費就把學生打成這個樣子，還做老師？幹——豬狗禽獸都不如。做老師？做老師還去勾搭別人的女人？新聞都刊得那樣大，呸！你以為你做老師稀罕？高尚？幹——垃圾鬼！」「幹伊祖公的太媽，欺負我討海人沒讀書。給我記住！路頭路尾給我碰上，我就幹伊老祖公——」罵得實在痛快過癮，如此而已；但滿福何以會如此「恨」老師？只是為了他兒子挨打嚜？是否作為一個沒有讀過書的討海人受盡窩囊氣而洩一時之憤呢？作者應該深入一些考慮這些問題。第二部分則寫一個學生賴靖順淹死在倒塌的廁所中，村民們都說那兒有鬼的故事。在這裡，作者介紹了一個為學校所愛的老校工，他是一個批判的聲音。做為一個清醒冷靜的觀察者，他批評學校的敗類。〈祭壇〉寫一個拍老師馬屁的研究所學生，他同時在一所學校做教師；為了謀得留在學校，這位研究生奴顏婢膝地逢迎諂媚。故事寫得很凌亂，只是對這個人物的零星諷刺。

　　因為篇幅的關係，我簡單地把近年來最受人注目的兩位小說家的作品分析了一下。我發現他們確然是「關心社會，敢於逼視現實中的問題的年

輕作家，已經莊嚴地承續了這個不可壓抑的使命」[17]，他們也以現實主義的
手法來寫他們的作品，雖然在這兒把「現實主義」這個詞兒用在他們兩位
的作品上並不太符合它的原意。他們並沒有嚴格地做為無我的冷靜的觀察
者，忠誠地把現實生活記錄下來，像左拉所主張的。當然作家的任務也不
止於翔實的記錄，他也必須分析、選擇，也必須通過自己的想像、智慧、
理解而具體地表現出來。感情的恨與憤怒不可免，但文學作品──如果認
為文學作品不是新聞報導而是藝術品的話──不能依賴煽情，例如盲目地
大發脾氣。我引用一位「知識分子讀者」的話結束這篇文章，「作家的創作
良心在於如何根據現實去表達他的靈視；在表達的境界和層面上，必須考
慮到作品的長遠藝術價值……一切作品，既冠上文學兩個字，最高目標在
藝術表現之高下。生活的時空是既定的、廣闊的，文學處理則為藝術性、
選擇性的，換句話，作品本身的內在完整生命不容破壞」[18]。

民國 67 年 2 月底

──選自《中外文學》第 6 卷第 11 期，1978 年 4 月

---

[17]許南村，〈試評〈金水嬸〉〉，《金水嬸》，頁 14。
[18]蔡源煌，〈文學目標在藝術表現〉，《小說新潮》第 1 卷第 2 期（1977 年 10 月），頁 219～220。

我國當前的社會寫實主義小說
（節錄）

◎顏元叔*

　　近年來，作品發表很多的王拓，也值得在此略加論述。王拓的主題和上面談到那些作家的主題，大致是相同的，也就是經濟對人生的影響。不過，王拓的興趣似乎更有社會性，因為他喜歡處理職員與老闆間的經濟關係。在〈獎金二○○○元〉裡，他寫一個小推銷商如何為了爭取兩千元的獎金，終至於把自己的大腿摔斷在車禍裡。富於社會性的一面，是鄭文良出了車禍，躺在醫院裡，他作為推銷商的價值消失了，於是他立即被老闆以「留職停薪」的名義，給甩掉了。從人情人道的觀點來說，這是極殘酷的；但是，從老闆經營企業的觀點來說，這是很「合理」的措施，正如他自己所說，他開的是一個公司，不是一個慈善救濟機構。鄭文良養傷失業，既無儲蓄，又無收入，而他太太快臨盆了，眼前的醫藥費老闆也不管了，他的確是一籌莫展的。但是，他若參加了勞保，大概醫藥費就不用愁了，他作為職員與僱主間若有契約規定，受傷之後的生活費也可能不致中斷。所以，〈獎金二○○○元〉並不予人一種深撼內心的危機感。此外，我們知道，鄭文良之所以沒命地要爭取獎金，為的給他太太買一件大衣，讀來似乎不太有可信性：手段太激烈，而目的太浪漫，有點美國電影的況味。

　　故事中打抱不平的陳漢德，與公司老闆爭吵的一幕，倒是很有社會含

---

*顏元叔（1933～2012），湖南茶陵人。散文家、文學評論家。發表文章時為臺灣大學外國語文學系教授。

義。陳漢德雖然有好心腸，替鄭文良爭利益也有好理由，可是他只是一個「個人」；相反的，那老闆雖然冷酷無情，唯利是圖，他代表的卻是一個「機構相衝突時，個人永遠失敗，機構永遠勝利」。譬如說，一個教員若與校長衝突，校長永遠立於不敗之地，因為他是一個機構的化身。我不知道在什麼社會裡面，在什麼體系之下，個人與機構相衝突時，沒有註定永遠失敗的命運。

王拓的〈望君早歸〉，在主題上，還是「機構」與「個人」衝突的問題。一個漁船在海上遇到颱風沉沒了，遇難船員的家屬們要求適當的撫卹賠償，漁船公司只願意作象徵性的安慰，每人給三萬元——「三萬元一條命！」這個故事就在這個爭執下，伸展開來。漁船公司首先是欺騙，說是派船派機去打救遇難者，繼之聯絡漁會及有關方面，開所謂協調會，軟硬並施，迫使家屬接受三萬元的補償，了結這個案子——而漁船公司方面，因為有保險付給，可能還因此賺了錢！遇難船員的家屬可說是烏合之眾，也就是說都是「個人」，而漁船公司是一個「機構」；個人經不起長期的掙扎，於是機構把他們各個擊破，故事終結時，船難一案也結束了。

特別值得注意的是，〈望君早歸〉裡也有一個陳漢德式的人物，他叫邱永富，而邱永富似乎比陳漢德高一手。當漁船公司在耍花招，迫使家屬就範的時候，邱永富呼籲大家要團結，大家要一條心，不要被公司各個擊破——不過，他還是失敗了。換言之，邱永富是想聚合「個人」，自成一個「機構」，才能和漁船公司對抗：以「機構」對「機構」。在社會權力掙扎上，邱永富似乎是一個覺醒的人，但是我們不可過分申引，以免歪曲了他的身分。就邱永富看邱永富，他是一個值得欽佩的人——尤其是當我們想到那漁船公司的老闆，坐著烏溜溜的轎車一溜煙而過的時候。

〈望君早歸〉在結構上有一個分歧。秋蘭對萬福的悲傷與懷念，占了篇幅至少三分之一強，這全是私人的、情感的、家庭的，寫得相當動人，卻是與爭取撫卹費無關。王拓應該努力把秋蘭的個人情感世界，如何納入到那個經濟世界中去，或者說把經濟世界納入到情感世界裡來，這樣便會

使全篇結構統一起來；更重要的是，這樣便也更真實，更切合人生現實。
如今，王拓把秋蘭寫成一個純情的少婦，一個斷腸的寡婦，一個瞪視海浪
的化石人，這其中帶著一絲紅樓閨閣怨婦味道，想必是這個故事的原型離
作者太近，無法作客觀的審視，以致抒情地理想化起來了。

　　王拓近來發表的另一個故事，〈一個年輕的中學教員〉，在人物造型上
把握不穩，情節上墜入片斷，文體上拉雜冗贅，完全是一個敗筆，引故事
主人翁的口頭禪：「毫無道理。」王拓是不是想借這個故事來批評知識分
子，我在故事裡看不見清楚輪廓，平常王拓也寫些理論文字，揭示他的文
學立場或見解。不過理論是抽象的，抽象的很可能是自限的，限制的，狹
隘的，這樣容易引起「誤解」。我的看法是：理論讓給批評家去談，作家抓
住人生，呈現人生，只要有真實感，只要生動感人，他就完成了他的任
務。引用當年胡適的一句話，「少談主義多談問題」。作家談問題，就是通
過人生的具體形象談問題，這樣便可以避免抽象，避免誤解了。

——選自顏元叔《社會寫實文學及其他》
臺北：巨流圖書公司，1978 年 8 月

關懷現實的漁村子弟王拓

◎高天生*

> 漁民的問題絕對不是孤立的，要解決漁民問題絕對不是用頭痛醫頭，腳痛醫腳的方式可以解決的……占我們這個社會絕大多數人口比例的中下層勞動民眾，與在商場裡被僱傭的人們，他們的命運與我熟知的漁民們的命運是多麼的類似！
>
> ——王拓

基隆八斗子的漁村子弟

　　王拓，本名王紘久，1944 年出生於基隆市漁村八斗子。在一篇報導裡，王拓曾自述說：

> 我是一個貧困的漁民子弟，自從我的祖先們漂洋過海到臺灣來，直到我的父兄輩，都一直以捕魚為業。我有一個哥哥因海難而死亡……
>
> ——〈小事情所反映的大問題——八斗子所見、所聞、所思〉

　　討海人的生活是困苦的，生命也沒有保障，因此，他們往往懷抱著犧牲的精神，把希望寄託在下一代身上，冀盼他們能擺脫「賺半年」的討海生涯，在陸地上過較為穩定的生活。王拓 12 歲時喪父，母親是個堅強、善良的典型傳統婦女，她為了使下一代擺脫宿命的悲劇，挑著雜貨擔穿梭於

---

*文學評論家、資深媒體人。發表文章時為《暖流》雜誌編輯。

八斗子的大街小巷，雖然生活極端艱苦，仍然鼓勵孩子上進，盡量爭取受教育的機會，王拓因此得以完成大學、研究所的教育。

在眾多漁民子弟中，像王拓一樣接受高等教育，能拿起筆桿寫作，實在是少數中的少數。然而，王拓所以能夠有今天的成就，卻也不能完全歸諸於「僥倖」，他堅苦卓絕的毅力和不間斷的努力，是奠定他日後成就的主要基礎。從小學開始，他就利用課餘在街上賣油炸粿、賣冰棒、撿破爛、撿煤炭等，來協助母親維持家計。高中到大學畢業間的假期，他曾到臺電公司深澳發電廠當臨時工，也曾在基隆碼頭的煤場挑煤、在造船廠磨鐵鏽、幹油漆工，做的都是苦力工作。學校開學期間，他則去當家庭教師。大學畢業後，教了兩年書，他又以半工半讀的方式讀政治大學中文研究所，獲得碩士學位。

由於王拓生於漁村、長於漁村，對漁民有一份特殊的感情，他們的遭遇和不幸，王拓除了感同身受外，還進一步「自覺有義務，有責任來替這些人講出他們心裡的話」。童年、少年的經歷，以及長期不斷的思考，王拓了解到漁民問題絕對不是孤立的，頭痛醫頭、腳痛醫腳的方式解決不了實質的問題，為了想了解「這個社會比較全面的實際情況」，他甚至在民國 64 年，不惜辭去大學教職，深入到自己不熟悉的商場。在民國 67 年 8 月自費印行的《民眾的眼睛》一書自序中，他感慨地說：

> 漁民問題實際上是整個社會問題與政治問題中的一個環節，當許多社會問題與政治問題不能解決時，漁民問題又怎麼可能得到合理的解決呢？當我再度深入漁村時，我以上的這些看法果然得到了充分的印證。而當我再度深入礦場、工廠，深入農村和商場時，我也發現了占我們這個社會絕大多數人口比例的中下層勞動民眾，與在商場裡被僱傭的人們，他們的命運與我所熟知的漁民們的命運是多麼類似！

1978 年的中央級民意代表選舉，王拓挺身參選，即是種因於此種社會

整體的認知和悲憫。後來，美國中共建交，選舉暫停，王拓遂失去為更多人代言的機會；翌年年底，他更牽涉發生於高雄的不幸事件，被移送司法審判，而致身繫囹圄，日漸茁壯的文學生命，亦暫時中斷。然而，不以成敗論英雄，王拓和同時受牽連的工人作家楊青矗，是 1970 年代臺灣文學界掌大旗的中堅作家，他們的作品是這個時代的有力見證，在我們亟欲窺探臺灣文學未來走向的今天，對王拓的小說作一完整的考察，實在有其必要。

高擎筆劍討伐不公

在〈當代小說所反映的臺灣工人〉一文的結論裡，王拓說：「我一直相信，文學是與社會一切不公不義的邪惡面鬥爭的最好利器之一；我也相信，一個優秀的作家必須先有一顆廣博的愛心與正義感，當他看到不公的事情時，他會昂然而起，拿起巨筆來與邪惡鬥爭……」這段話原本是拿來期許「工人作家」楊青矗的，但王拓自己的小說創作，也是這種現實主義理論的實踐。大致說來，王拓小說反映的對象是漁村貧困的討海人和在都市商場被僱傭的推銷員，他和以描寫工廠作業員生活為主的楊青矗，是 1970 年代中期臺灣文壇最受人矚目的兩位寫實派作家。

王拓已結集的小說有《金水嬸》[1]、《望君早歸》[2]兩冊，內收〈金水嬸〉、〈吊人樹〉、〈望君早歸〉、〈春牛圖〉……等 13 篇，還有一篇〈妹妹你在哪裡？〉，發表於 1978 年 10、11 月號的《雄獅美術》第 92、93 期。

〈吊人樹〉是王拓對外發表的第一篇小說，曾收入《五十九年短篇小說選》，內容敘述迷信的討海人，在 3 月 23 日「弄獅」祭拜媽祖，全村為此痴狂，賴家出錢做了個新獅頭，並由海生賣力地弄獅頭祈神治病，但他的媳婦阿蘭，卻於當天夜裡，吊死在吊人樹凸出的枝椏上。這篇小說，王拓花費了許多工夫於文字、意象的講求，例如形容鑼鼓聲為：「輕郎！狂！輕郎！狂！」、「痛！痛！痛痛痛！」、「痛愴！痛愴！」、「情！痛！狂！

---

[1] 王拓，《金水嬸》（臺北：香草山出版公司，1976 年）。
[2] 王拓，《望君早歸》（臺北：遠景出版社，1977 年）。

情！痛！狂！」，在情節進行中，企圖帶給讀者更直接的宣示，但其效果並不是很理想，因此，其後所寫的小說，王拓便沒有再刻意花費時間多所講求，而改弦易轍訴諸豐富的內容和「令人感動的善良人性具體的表現」。

〈吊人樹〉、〈海葬〉、〈金水嬸〉、〈望君早歸〉、〈炸〉、〈墳地鐘聲〉六篇小說是王拓「充滿夢魘淚痕的童年生活的寫照」，在這些篇章裡，王拓「執著於對生活中飢餓迫辱的描寫，尤其著力於揭發造成漁民生活困境的原因」。對於八斗子漁村那些貧困的鄉親，王拓基本上是同情和悲憫的，正如他接受《夏潮》雜誌訪問時所說：「貧窮的人絕對不是罪惡的，他們也許無知、迷信，也許也偶有犯罪，但是，這是貧窮帶來的，因此，對貧窮的人來說，他們只有不幸，沒有罪惡。」[3]〈吊人樹〉裡的迷信、〈炸〉裡的賭博和高利貸、〈海葬〉裡的傳統制約、〈望君早歸〉裡的欺壓、〈金水嬸〉裡商業拜金主義的侵襲、〈墳地鐘聲〉裡不落實的教育，這些都是造成漁村困境的主要原因，王拓在揭露的當兒，忍不住展現其怒容和抗意，這是王拓作品所以被人認為陷入「偏頗」的最主要原因；然而，憑情而論，王拓對這些「休戚與共」的事件，如果表現得和在旁觀者的人一般「冷靜」、「理性」，才真正讓人覺得奇怪呢！

王拓以漁民為題材的作品中，〈金水嬸〉是最受人稱道的一篇，在小說裡，他不只處理漁村討海人的生活，同時更重要的是揭露漁村小人物，在社會變遷過程中，所遭遇的困境。金水嬸在八斗子是個「挑了雜貨擔在八斗子的每一戶人家走動兜售化妝品、家庭的日常用品、以及小孩們的糖果餅干。」她雖然從事經商行為，但倫理觀念、價值系統仍是老舊和非商業化的。她有六個兒子，個個讀到大學，且「做經理的做經理，當船長的當船長，個個都成才」，這為她贏得村人的尊敬，但也將她帶入另一個困境。當她在兒女慫恿投資的事業失敗，會錢催索甚急時，她的兒子們卻只是講求享受、講究氣派，不肯拿錢出來還債，最後逼得她只好跑到臺北替人幫

---

[3] 鍾言新，〈訪問王拓〉，《夏潮》第 2 卷第 1 期（1977 年 1 月），頁 29～36。

傭、洗衣煮飯帶小孩，賺錢慢慢攤還，企盼有一天還清債務，清清白白地重新回到八斗子。商業化社會裡，人們重視的焦點，已由親情、人與人的關懷，蛻化為地位、金錢和外在的物質，金水嬸一家兩代的衝突，所突顯的正是兩種不同型態社會的衝突，因此，金水嬸的故事，不是單純一個家庭的故事，而是時代社會的縮影。

商業化社會裡被扭曲的人性

〈春牛圖〉、〈獎金二〇〇〇元〉是王拓深入商場，所觀察到的與漁民命運類似的被僱傭者的生活寫照。〈獎金二〇〇〇元〉敘述外務員為了兩千元獎金拚死拚活，更因而騎機車摔斷腿，但公司沒有勞保，老闆只貼補兩千元醫藥費，同事陳漢德氣不過，挺身和老闆爭吵，卻遭開除的命運。〈春牛圖〉裡，王拓揭露人與人間的強烈疏離感，為了金錢地位可以罔顧朋友，為了推銷商品可以出賣色相，喪失人的尊嚴，偽藥和春藥泛濫，社會一片奢靡淫風。劉昭男和邱德彰是大學同學，又同在一家藥廠當了好幾年外務員，兩人遂合股創辦公司，但劉由於家貧，出不起錢而出力，卻遭到兔死狗烹的命運，最後又因耐不住生活煎熬，而走上製造春藥的歧途。在比這兩篇小說更早發表的〈一個年輕的鄉下醫生〉裡，王拓也曾描述了一個年輕、有理想的醫生，返鄉服務四年後，在環境強大壓力下逐漸變質，他對於這個名叫陳義雄的醫生的轉變，曾有所說明，他說：

我們可以理解到陳義雄的轉變，原來是這個商業化的，拜金的社會現象刺激的結果。他原來無私與服務的精神，使他一直只能處於物質上低度的滿足，這種情形在與自私的只為自己而發了財的人比較之下，他的替人服務的高遠理想與無私的意志都潰敗了……早先那樣義無反顧地回到故鄉服務，僅是一種知識青年浪漫的、英雄式的幻想在作祟，是一種不成熟的，年輕的浪漫主義。

為替這種年輕的浪漫主義辯護，王拓特別強調：在這樣高度商業化，人們只為自己打算的社會裡，要求一個人去做完全無私的奉獻與犧牲，恐怕不僅是不公平，並且也是極不人道吧？但王拓這樣的辯解，並不能使人信服，同時還有人懷疑其筆下的「理想」和「意志」到底有多少真誠？然而，不管如何這些人身上所表現出來的掙扎、無奈和屈服，無非都是一種商業化社會裡被扭曲的人性罷了！

王拓還有一些作品，尖銳地揭露教育界的「黑暗面」，〈祭壇〉寫研究所的研究生，對老師諂媚逢迎，曲膝卑恭，同學間則勾心鬥角；〈一個年輕的中學教員〉則描述一個國文教員，由於指導學生辦刊物遭挫折，遂喪失理想，隨波逐流。前面已提過的〈墳地鐘聲〉，由於將學校描繪得過度混亂，甚至引起銀正雄以〈墳地裡哪來的鐘聲？〉攻擊其臉上「赫然有了仇恨、憤怒的皺紋」，成為「鄉土文學論戰」的前哨接觸。

在〈一些憂慮——談歐陽子的《秋葉》〉一文裡，王拓曾強調題材選擇對作家的重要，他說：

> 我認為，越是優秀的作家，對同一文化環境下所共同面臨的問題，越能有充分的了解，也越有能力來處理這些人們共同關切的問題，這同時也是一個作家應該自覺到的責任。

讀完王拓的小說，我們發現他是非常有「自覺」的作家，而他對題材的選擇，也豐富了小說的內容，使他的小說成為大家矚目的焦點！

期待作家從各階層輩出

一般人對王拓小說的指摘，大致集中在他強調現實主義，忽略小說技巧的講求，作品「往往不斷的、單向的指向人物的苦悶或人性的險惡，如是，作品易流乎概念，人物個性亦無法突顯出來，如此，雖有可貴的題材，仍不易令人感動」，這樣的說詞，乍看似乎言之成理，但其實他們把

「小說技巧」講得太僵化了！試想，世界上是否有一套置諸萬世而皆準的「小說技巧」？古今中外的文學史上，又有哪一部偉大作品是依照這套小說技巧寫成的，因為所謂小說技巧，是後人研究前人優秀的小說歸納出來的，它能夠幫助我們閱讀、理解前人的小說，但卻絕對不是評斷當代小說的唯一標準。職是之故，我們認為用「小說技巧」來論斷王拓，實在也只是一種偏執之見罷了！

王拓在 1970 年代臺灣文壇的主要成就，乃在於一方面在創作上繼承日據時代以來的作家，如賴和、呂赫若、楊逵、鍾理和、張文環，及光復後作家，如陳映真、黃春明等的寫實傳統，一方面又在寫實文學中摻入自己嶄新的解釋，擴大影響面，使其生機勃興，例如他在〈廿世紀臺灣文學發展的動向〉中，曾歸納出兩個結論：「一、文學必須扎根於廣大的社會現實與人民的生活中，正確地反映社會內部的矛盾，和民眾心中的悲喜，才能成為時代與社會真摯的代言人，而為廣大的民眾所愛好和擁戴。而這種具有明顯、強烈的『現實主義』精神的文學，因為具有較真誠的道德勇氣，較強烈的愛心和熾烈的感情，所以也往往更具有感動人心的說服力。二、文學的發展必須與當時的社會發展相一致，文學運動必須能發展為一種社會運動，或與社會運動相結合，文學才能更有效地發揮它改良社會的熱情和功能。」雖然，這兩個結論發表的當時，曾引起極大的爭論，並遭受來自官方文人的強烈攻擊；但是，王拓身體力行企圖將文學從虛脫、無力階段，拉拔至有用、有力境界的嘗試和努力，確實對年輕一輩的創作者，發生了啟示和鼓舞作用。

葉石濤先生有一次接受李昂筆談訪問時，曾感慨地說：

從臺灣新文學運動開展以來，我們擁有達幾半個世紀的文學史，但所有作家幾乎都屬於有產階級；因為這些階級才能接受較好的教育和文化陶冶的關係；但同時也是這種階級的本質限圍了作家的意識形態，因此，我們始終無法產生一位偉大的作家。有一天，當我們的作家從各階層裡

輩出的時候，才是真正的文學能夠開花結果的時代。

然而，從 1970 年代作家身上，例如王拓、楊青矗，我們已可嗅出一些氣息：「意識形態上同一般讀者很接近，而且也頗能了解廣大人群的喜怒哀樂，自然他們的作品和一般大眾的切身利害有息息相關的地方」，這也正是葉石濤先生所稱道，一些日據時代傑出作家獨具的特色，因緣於此，我們可以樂觀地相信臺灣文壇作家從各階層輩出、開花結果的時代，會在不久的將來，翩翩然到臨，為臺灣文學史開展嶄新的一頁！

——1982 年 7 月《暖流》第 2 卷第 1 期

——選自高天生《臺灣小說與小說家》
臺北：前衛出版社，1985 年 5 月

王拓的小說

◎王晉民*

一、王拓的社會意識與文學觀

　　王拓原名王紘久，1944 年出生於基隆市八斗子漁村。他是臺灣當代著名鄉土作家，創作成就比較顯著。原為臺灣政治大學講師，著有小說集《金水嬸》、《望君早歸》，和評論集《街巷鼓聲》等。

　　據作者自稱，他家是從大陸遷臺的，到他父親是第五代，以捕魚為生。少年時代家境異常貧苦：常常是靠炒鹽巴吃稀飯過日子；每當颱風天氣，從破屋頂上漏下來的水，使全家人無棲身之地，衣被全給打濕；他經常到附近的工廠撿破爛，以換取幾個錢交給母親維持一家幾口的生活；他的很多親人都死於海難。少年時代的貧窮生活，對作者後來的思想和創作發生了很大的影響。

　　王拓的思想具有如下幾個特點：

　　（一）對臺灣下層人民的貧困生活和不幸遭遇表示深切的同情。他說：貧窮帶給人許多的不幸，帶來大量的無知、迷信和犯罪。但是貧窮的人絕對不是罪惡的，他們也許無知、迷信，也許偶有犯罪，但是，這是貧窮帶來的，因此，對貧窮的人來說，他們只有不幸，沒有罪惡。[1]因此作者懷著深厚的同情，描寫了許多掙扎於生活之中的下層勞動人民的形象，如〈炸〉中的陳水盛、〈金水嬸〉中的金水嬸、〈望君早歸〉中的秋蘭等。

---

*王晉民（1935～2008），廣東興寧人。發表文章時為中山大學中國語言文學系副教授。
[1]鐘言新，〈訪問王拓〉，《街巷鼓聲》（臺北：遠行出版社，1977 年），頁 201～202。

　　（二）對社會的不平和貧富懸殊等表示憤慨。他說，事實上，在我們社會裡，也確實因為人所擁有的金錢的多寡而自然的把人形成各種不同的類別，最有錢的人是一類；次有錢的又是一類；沒有錢的人又是一類。不同類的人對同樣的事情往往有極不相同，甚至完全對立的看法與立場；而同類的人雖然也不能完全沒有差異，但同類的人對同樣的事情的看法與立場卻明顯是比較一致的。而每一類的人卻往往為了他們各自的利益而互相你爭我奪。社會對富人是慷慨而仁慈的，對窮人卻是極小器、極吝嗇且缺乏愛心的。一個有一千萬的人要再賺到另一個一千或二千萬，在我們的社會裡並不困難，但只有一千元的人要賺到一千元卻是非常的困難。因此，有錢的人便更有錢，沒錢的人就更沒錢，結果便造成了社會貧富之間的更大的距離。在這個社會裡，金錢所扮演的角色的重要性與決定性，已經遠遠違背了一個正常、合理、公平的社會所應有的尺度，這是一種不可忽視的不公平的現象。[2]

　　（三）明確的奮鬥目標。他說：有許多人在一生中沒有找到奮鬥的目標，貧窮和貧窮的人卻幫助我找到了人生奮鬥的目標與方向，這就是建立一個公平合理的社會，使窮人掙脫貧困，使人能生活下去，生活得更美滿。[3]

　　在文學上，王拓提倡現實主義的創作理論。他的文學思想包含著如下幾個方面的重要內容：

　　（一）文學是社會和時代反映的產物。他認為：任何一種思想，總有一個一定的客觀環境作它的背景，總是某個時代裡某些特定的社會與歷史條件的產物，代表著社會中某部分人的心理願望和要求。因此在討論文學的思想和理論時，是不能離開它的社會和時代背景的，否則我們就無法充分理解，何以歷史上各個不同的時代或不同的地區有各種不同的文學與文學思想；我們也無法理解何以在不同時代的人對文學往往有截然相異的主張和見解。任何一種思想既有它的時代性，那麼我們如果要判斷它的正確

---

[2] 鐘言新，〈訪問王拓〉，《街巷鼓聲》，頁202～203。
[3] 鐘言新，〈訪問王拓〉，《街巷鼓聲》，頁203～204。

與否，就不能把它從它們所屬的時代環境中抽離出來，而必須把它放在當時的客觀環境中，看它是否切合那個時代大多數人普遍的要求，是否在那個時代具有進步的意義。[4]

（二）臺灣文學應該反映臺灣的社會現實生活，描寫下層勞動人民的痛苦。他認為，既然任何文學都是時代和生活的反映，那麼，臺灣的文學也應該植根於現實生活，和民眾站在同一地位，去關心擁抱社會的痛苦和快樂。因此文學應該以服務社會為目的，應該讓大多數人看得懂，並應努力幫助滿足大多數人的需要，應該多關心一向被忽視的低階層民眾等等，以用來糾正社會和文學界所發生的時弊；為了反對壟斷社會財富的少數寡頭資本家，文學自然要對現行的經濟體制下各種不合理的現象加以批評和抨擊，自然要對社會上比較低收入的人賦予更多的同情和支持。[5]

（三）文學家和文學不能採取中立的立場。他說：數學家和物理學家所處理的對象是抽象的數字與自然界，而作家所處理的對象卻是人和人所生存的社會，兩者根本不同。數學家關心抽象數字，物理學家研究自然現象，作家當然應該關心人和人所生存的社會。數學家和物理學家的論文不曾表達他的社會良心，作家卻不能據此作為不關心社會和人的理由。[6]美感經驗是要受不同時代與不同區城下各種不同的文化條件和社會形態所影響所決定的。在不同的政治組織、經濟結構與倫理道德標準下產生的「審美標準」與「美學觀」是有很大歧異的。實際的情形是，政治的、經濟的、社會倫理的價值觀構成一個民族在某一個時期的「美學」，然後這美學回過頭來成為強而有力的一個標準，來影響大多數人的行為，因此，美學不能純粹，審美中必定摻雜著許多複雜的社會其他價值觀念在內，那麼「文學藝術中立」就是一種不攻自破的神話。[7]

---

[4] 王拓，〈評王文興教授的〈鄉土文學的功與過〉〉，《夏潮》第 4 卷第 3 期（1978 年 3 月）。
[5] 王拓，〈是「現實主義」文學，不是「鄉土文學」──有關「鄉土文學」的史的分析〉，《鄉土文學討論集》（尉天驄印行，1978 年），頁 100～119。
[6] 王拓，〈評王文興教授的〈鄉土文學的功與過〉〉，《夏潮》第 4 卷第 3 期。
[7] 王拓，〈評王文興教授的〈鄉土文學的功與過〉〉，《夏潮》第 4 卷第 3 期。

（四）文學家應該有對生活的理想。王拓認為，歷史上真正偉大的文學，沒有不是在現實的土壤中生長起來的。文學家也是人，而且他必須先是一個「人」，因此，他應該為追求人類社會更合理、更平等、更光明的新生活的理想之實現而奮鬥。因此，文學不僅應該「為人生」「為社會」，而且應該「為未來」而貢獻它的力量。藉著文學作品，我們不僅應該使讀者理解現實，更應該使讀者透過現實去認識人類偉大光明的未來，從而產生一種信仰、一種力量。因此，一個從事文學創作的人，不但要有廣博的生活經驗，而且要有一個敏銳、清楚的頭腦，以便能夠去分析複雜的社會現象。社會對作家的迫切要求，就是對社會現象正確而有力的反映。[8]

我們在這裡所以比較詳細地來介紹王拓的現實主義文藝理論，不僅是要讀者比較清楚地了解他的文藝思想和文藝主張，而且也因為王拓是臺灣鄉土文學的代表作家，通過他的現實主義文學的理論的介紹，也可以使我們看到臺灣鄉土文學的特點以及鄉土作家們的現實主義文藝理論的重要內容。

由於王拓同情下層勞動人民，提倡現實主義的文藝理論，臺灣當局一直對他進行殘酷的迫害。1977 年 8 月，在臺灣當局的操縱下，發動了對鄉土文學派的大規模的「圍剿」，公開批評王拓、陳映真等的鄉土文學就是鼓吹毛澤東的「工農兵文藝」、「製造憎惡和仇恨」，對王拓等人進行政治誣陷，企圖借刀殺人。1979 年，王拓應聶華苓夫婦的邀請，和大陸作家、香港、海外作家一起參加美國愛荷華大學的「國際創作室」主辦的「中國文學創作前途問題」的討論會，但王拓卻被臺灣當局阻攔，未能參加。在 1979 年 12 月臺灣「高雄事件」中，王拓和楊青矗兩位作家又被臺灣當局野蠻扣押和監禁。

二、王拓作品反映生活的廣度與深度

從 1970 年代開始，王拓就不斷地發表反映臺灣社會現實生活的真實面貌的作品，特別是反映臺灣下層人民困苦生活的小說，對臺灣文學的發展

---

[8]王拓，〈評王文興教授的〈鄉土文學的功與過〉〉，《夏潮》第 4 卷第 3 期。

作出了重要的貢獻。

王拓創作的一個重要特色，是對臺灣社會生活的反映有較大的廣度和深度。

著重真實地反映臺灣下層人民的生活，可以說是臺灣鄉土作家的一個共同特點。比方，陳映真主要描寫城市小資產階級的生活；黃春明、王禎和主要寫臺灣農村和小鎮下層勞動者的生活；楊青矗主要寫城市工人的生活。但是，王拓的作品所描寫的生活，卻似乎比他們更廣泛，知識分子的生活（如〈一個年輕的鄉下醫生〉）、農村農民和漁民的生活（如〈金水嬸〉）、城市工人和資本家的生活（如〈獎金二○○○元〉）等等，都在他的作品中得到清晰的反映。因此可以說，王拓的作品是臺灣各階層，特別是下層勞動人民生活的一個縮影。

王拓 1970 年代初的早期作品，主要是寫青年戀愛婚姻問題和知識分子的問題。這時期的許多作品，如〈吊人樹〉、〈墳地鐘聲〉、〈一個年輕的鄉下醫生〉、〈一個年輕的中學教員〉等，都有力地抨擊了舊的封建婚姻制度和臺灣教育界的腐敗，為我們塑造了各種類型的知識分子形象。在這類作品中，思想性和藝術性較高的是〈一個年輕的鄉下醫生〉。這篇小說的主人公陳義雄出身於窮苦的礦區，對窮苦的鄉親有著深厚的感情，上臺大醫學院時，鄉親們都來相送，他激動地握著鄉親們的手，表示畢業後一定回來為鄉親們服務。果然，畢業的時候，他辭謝了臺北私人醫院的高薪酬，放棄了美國的獎學金，毅然地、滿懷熱情地回到了自己的故鄉——「無醫村」，忘我地為窮鄉親們服務。但是幾年過去後，他看見舊日的同學一個個發跡起來了，他就開始對這種農村生活感到厭倦，埋怨他給了鄉親們很多東西，而鄉親們什麼也沒有給他。他又懷念起臺大美麗的校園和舒適的大學生活來了，並要求回到城市去工作。他對朋友說：「你不要再和我談什麼人道啊，理想啦，都是他媽的空話！人能靠理想和空話過活嗎？」陳義雄的形象及其思想性格的變化，生動地表現了知識分子的革命性和動搖性，同時也反映了一切以金錢為基礎的臺灣社會對知識分子的腐蝕和不良的影響。

　　王拓的中期作品主要是反映臺灣農村和漁村的困苦生活。如〈海葬〉、〈炸〉、〈金水嬸〉、〈妹妹你在哪裡？〉等，就非常清楚地反映了在外資侵入後臺灣農村的破產過程。為我們描繪了一幅幅今日臺灣農村農民困苦生活的圖畫。從〈炸〉這篇小說中我們可以看到，破產了的農民陳永盛為了替兒子籌集學費，不得不去賭博，去向高利貸者借錢，最後還冒險去炸魚，結果腿被炸斷。陳永盛的悲劇實際是許多臺灣農民的悲劇。〈妹妹你在哪裡？〉這篇小說所描繪的則是：臺灣資本主義城市的黑幫集團，如何將他們的黑手伸到農村，誘騙和綁架農村少女，作為黑市交易的貨物，從而從另一個側面揭露了臺灣資本主義社會的罪惡以及它給臺灣農村帶來的災難。

　　王拓的近期作品，主要是指他 1970 年代末寫的小說。這時作者已從描寫臺灣農村生活逐步擴展到描寫城市工人和資本家的生活。如〈春牛圖〉、〈獎金二〇〇〇元〉、〈望君早歸〉等。這些作品的出現，標誌著作者創作題材方面的一次突破，說明作者的創作視野越來越大，反映的生活面越來越廣。在這類作品中，〈望君早歸〉是有代表性的，它是繼〈金水嬸〉之後的又一篇力作。小說寫的是臺灣漁業工人在海上遇難的悲劇故事。在一次颱風襲擊中，臺灣某漁業公司的一條漁船上的漁業工人全部犧牲了，但是公司老闆卻見死不救，不但在遇難時不派飛機船隻去搶救，而且在遇難後也不去尋找。為什麼呢？就是漁業工會會員邱永富所揭露的：老闆在保險公司買了保險，船沉了，工人死了，他反而可以賺更多的錢。小說深刻地揭露了資本家殘酷貪婪、毫無人性的本質，同時也表現了臺灣工人階級的逐步覺悟和作者對工人的悲慘遭遇的深切同情。

　　王拓的作品不僅反映的生活面比較寬廣，而且也具有較大的深度。這種深度，不僅表現作者在許多作品中，能夠透過臺灣經濟的所謂「繁榮」和「起飛」的表面現象，真實地反映出外資侵入給臺灣農村農民和城市工人、貧民帶來的貧困和災難，而且更主要的表現在，作者在反映臺灣社會生活時，並沒有停留在描寫外資的侵入給下層人民所帶來的物質生活方面的災難，而是更深入一步，真實而深刻地描寫了資本主義的思想道德給臺

灣人民和社會帶來的無形災難，表現了資產階級的腐朽思想和道德觀念，如何毀壞了中國勞動人民的傳統思想和美德，扭曲了人性，破壞了人與人之間的正常關係。如〈金水嬸〉、〈春牛圖〉、〈一個年輕的鄉下醫生〉、〈一個年輕的中學教員〉等作品，都表現了這一主題思想。〈金水嬸〉中的主人公金水嬸，靠著挑雜貨擔的辛勤勞動，供養了六個兒子上大學，而且個個都有了出息。她為培養這些兒子們上大學，負了一身的債務，但是這些兒子們大學畢業爬上資產階級的上層之後，一個個都不願意替她還債，裝窮叫苦。金水嬸左思右想，無論怎麼都想不明白：一個個乖乖的孩子，為什麼突然變得這樣？為了償清債務，最後金水嬸只好到臺北去做傭人，但她還是到廟裡去燒香，祝福她的孩子們不要交厄運。

　　馬克思在《共產黨宣言》中曾經一針見血地指出：「資產階級在它已經取得的地方把一切封建的、宗法的和田園詩般的關係撕破了……它使人和人之間除了赤裸裸的利害關係，除了冷酷無情和『現金交易』就再也沒有任何別的關係了。」又說：「資產階級撕下了罩在家庭關係上溫情脈脈的面紗，把這種關係變成純粹的金錢關係。」金水嬸的悲劇故事，十分有力地揭露了資產階級的冷酷、自私，以及資本主義的赤裸裸的金錢關係、拜金主義是如何的腐蝕著人們的靈魂，破壞了傳統的道德和家庭關係。〈金水嬸〉是王拓小說創作的一個高峰，不論從反映生活的深度還是從藝術描寫的真實性來說，都超過了他以前的作品而且為他以後的作品所莫及。

三、王拓作品中的「有堅定道德力量」的人物

　　王拓小說塑造的人物大致有三類：第一類是普通的、渾厚樸實的、勤勞善良的勞動者的形象。如〈金水嬸〉中的金水嬸，就是舊中國偉大母親的一種典型，在她身上集中了我國勞動婦女的許多美德；第二類是剝削階級的形象。如資本家邱德彰（〈春牛圖〉）和高利貸者興旺嫂（〈炸〉），作者生動深刻地描繪了這些剝削者的自私、冷酷、奸詐和貪婪的本質；第三類

是先進人物的形象。如邱永富（〈望君早歸〉）、陳漢德（〈獎金二〇〇〇元〉）等。在這三類人物中，第三類先進人物，是作者創作中的一種嶄新的因素，它構成了王拓創作的一個重要特色，而且幾乎自始至終貫穿在他的作品中。用臺灣評論家蔣勳的話來說就是，王拓的小說描寫了臺灣 1970 年代「有堅定道德力量的人物」。

　　王拓描寫先進人物有一個發展過程。他早期作品中的先進人物，主要是勤勞、正直、見義勇為的勞動者的形象。如〈墳地鐘聲〉中的工人老潘，在學校一片烏煙瘴氣之中，他勤勤懇懇，把學校收拾得乾乾淨淨，讓學生們有個好的學習環境，因而受到學生的愛戴。小學生賴靖順由於廁所倒塌被壓死，他非常難過，常常半夜起來敲鐘，以發洩他的悲憤心情；他反對校長關於廁所倒塌是有鬼作祟的迷信說法，指出主要是地基不牢，揭露學校不負責任。〈金水嬸〉中的三叔公也是這類人物，在鄰居金水病時，他細心照顧，金水死後，他痛斥金水的兒子們忘恩負義、財迷心竅，不肯為死去的父親出送葬費，不肯替母親還債。在老潘和三叔公身上，作者所描寫的主要是中國勞動人民的勤勞和助人為樂、愛打抱不平的傳統美德。

　　王拓中期作品中出現的主要是具有階級友愛和階級反抗精神的工人形象。如在〈獎金二〇〇〇元〉中的陳漢德，當老闆對因公負傷的工人鄭文良給予「留職停薪」的處分時，他痛斥老闆，並把自己一個月的工資全部交給鄭文良的妻子，毅然離開了公司。和老潘、三叔公這兩個人物比較起來，我們看到陳漢德身上，固然有許多中國勞動人民的美德，但更多的是表現了臺灣工人的階級友愛和階級仇恨，多少表現了臺灣工人階級的自發的反抗情緒。

　　在王拓近期作品中出現的先進人物，是比較成熟的工人形象。如〈望君早歸〉中的邱永富，他是基隆漁業工會的職員，他的父親和侄子都死於海難。但是他對公司老闆的仇恨不僅出於個人和家庭的仇恨，更多的是對所有貧困的漁業工人的處境的同情，因而他獲得許多漁業工人的擁護和愛

戴，成為漁業工會裡漁民的代言人。邱永富跟〈獎金二○○○元〉中的陳漢德不同。陳漢德具有的更多的是本能的階級反抗意識，而邱永富卻對資本家的本性，對黃色漁業工會的性質，都有比較清醒的認識，有比較高的階級覺悟和鬥爭經驗。他不僅敢於鬥爭，而且善於鬥爭，他不像陳漢德單槍匹馬地與資本家鬥，而是緊緊依靠群眾與漁業公司老闆鬥爭。他當場揭露了公司老闆不派船和租飛機去尋找失事的船，只是想撈取保險費；揭露黃色的漁業工會拿了老闆的錢替老闆說話；他號召遇難的海員家屬團結起來與漁業公司老闆鬥爭，使工人們認識自己的力量。他說：「這種事情不能靠漁會幫助我們，漁會，講得明白點，全都被把持了，不會管的，這種事情只有靠大家團結合作，大家一條心團結到底，把事情鬧得越大越好，讓報紙登出來，電視來採訪，不怕公司不答應。」鬥爭最後雖然因遇難的船員家屬受不住經濟壓力而失敗了，但是，邱永富的一系列行動說明，他是王拓作品中的一個嶄新的人物，他不僅具有自發的強烈的反抗精神，而且具有自覺的思想和鬥爭行動。邱永富形象的出現，不僅在王拓的創作中注入了新的因素，而且預示著臺灣鄉土文學將進入一個新的階段。

　　王拓筆下的先進人物塑造基本是成功的，這主要表現在：（一）作者比較注意描寫勞動人民的傳統美德和工人階級優秀品質的結合。如〈墳地鐘聲〉裡的工人老潘，既有我國勞動人民的勤勞善良、樂於助人的品質，又具有工人階級的正直和階級友愛精神；（二）注意描寫先進人物的個性和共性的統一。如〈獎金二○○○元〉中的陳漢德，他的剛烈暴躁的個性和對資本家的嫉惡如仇的階級反抗精神就較好地融合在一起；（三）注意描寫先進人物的理想與行動。如〈望君早歸〉中的邱永富，作者描寫他號召漁業工人及其家屬團結在一起與資本家鬥爭，一定能夠取得勝利，說明他是有較高覺悟的人物，但是作者又十分注意描寫他的深入細緻的工作作風，與死難者家屬的密切的關係。當然王拓筆下的先進人物也有缺點，就是往往著墨不多，因而有的人物性格不夠豐滿，個性也比較單調，如性格剛烈的先進人物就較多，有雷同化的現象。

四、王拓作品在藝術上的探索

　　王拓的小說在藝術表現手法上，是比較多種多樣的。他的小說基本上繼承了我國古代和「五四」以來傳統的寫實主義手法，但同時又注意吸收西方文學的技巧來表現豐富複雜的內心世界。他的小說，有的是運用中國傳統的寫實主義手法寫的；有的主要是運用西方文學的意識流；有的主要運用西方文學的象徵手法；有的則是上述各種藝術手法的綜合運用。

　　作者在小說〈金水嬸〉中運用的就是典型的寫實主義手法，在這篇小說中，人物性格的刻畫，主題思想的揭示，都是通過人物的對話，細節的生動描寫和故事情節的發展去表現的。除此之外，我們覺得〈金水嬸〉的寫實主義特別表現在如下幾個方面：

　　（一）對環境描寫的真實性。如小說對金水嬸的房間就有這麼一段出色的描寫：「金水嬸家的房間裡，為了省錢，連一盞燈都捨不得裝，只有屋頂上開著一個小小的天窗。天光灰黯地從天窗漏進來，正好照在床尾那只大尿桶的周圍，房間裡散發出一陣陣微微的霉濕與尿臭混合的味道。金水嬸擁著棉被弓起膝蓋，靠坐在床尾，膝蓋的棉被上平穩放著一只臉盆，水一滴滴從屋頂上落下來，發出輕脆的『滴！嗒！』『滴嗒！』的聲音。金水平躺在床頭。兩個人似乎都已經睡著了。屋裡靜悄悄的，只聽見滴嗒的水聲和重濁的呼吸。」在這段文字裡，作者把主人公這所破房子的聲、光、色、味、形都真實地描寫出來了，它不僅表現了金水嬸夫婦的節儉、窮困和孤獨，反襯出兒子們的忘恩負義和資產階級的冷酷自私，而且富有很強的生活實感，彷彿使我們真的看到了這所房子的灰黯的天光，聞到了陣陣霉濕與尿臭混合的味道，聽到了越來越大越來越急的「滴！嗒！」「滴嗒！」的漏雨聲和兩個老人的重濁的呼吸聲。這種窮困的環境，我們很多人都是經歷過、看到過的，所以富有很強的感染力。

　　（二）人物描寫的分寸感。作者沒有把一切好的東西都堆在好人身上，也沒有把一切壞的東西都堆在有缺點的人物身上。而總是從生活出

發，從人物在生活中所處的地位，從人物與人物之間的複雜關係，從人物在不同的場景去描寫活生生的人和人的感情。如金水嬸和金水結婚三十多年，金水對金水嬸不是打就是罵，非常粗暴，但作者並沒有把他們描寫成一對仇人，而是真實地描寫了在封建婚姻制度下結成的一對痛苦而又有真摯感情的勞動夫妻。作者對金水嬸的感情作了這樣的描寫：她跟他活了三十幾年，感到金水有許多缺點，使她流了幾十年的眼淚，但是她又感到他終究是她的，實實在在，而兒子長大了，大學畢業了，娶妻成家了，一個個忘了父母，只是一場空夢。因此，丈夫金水生病時，她十分細心地照料他；金水死後，她十分悲痛，她坐在金水靈前的熒熒如豆的燈火下淚流滿面。而金水呢？平常不管家庭孩子的事，家裡的事都由金水嬸負責，心情不好就打人罵人，拿老婆孩子出氣。但是，他對金水嬸這次所負的債務卻非常關切，他親自去臺北向兒子們要錢，向人借債，直到臨終前，他還口中念念有詞：「阿蘭！」「錢！」擔心金水嬸還不起這些債務。在這裡，作者既描寫了金水嬸對金水身上的夫權思想和家長制作風的憤恨和憎惡，又十分真實地描寫了金水嬸與金水在長期的夫婦生活中所建立起來的真摯感情；同樣，作者既刻畫了金水對金水嬸的暴虐，也刻畫了他的正直和對金水嬸的深切同情。

（三）人物語言的時代色彩和地方特色。如漁民婦女月裡第一次買尼龍三角褲時，捏弄了半天說：「十五塊？嚇死人！怎麼這樣貴？薄稀稀，洗不到三次就破了。不好！」旺嫂也湊過臉來，尖聲怪調地說：「薄稀稀，遮都遮不住，這是要怎麼穿？」這些語言都反映了資本主義商品輸入臺灣農村初期，臺灣農民對這些洋貨充滿好奇而又不信任、不習慣，具有濃厚的特定時代的色彩。又如月裡和金水嬸因帳目問題爭論起來了，月裡說：「金水嬸，妳不要這樣跟我番來番去好不好？」金水嬸說：「我賣了這麼久的雜貨，從來也沒有跟人家這樣番過。」旺嫂看金水嬸進村時說：「噯喲金水嬸，你怎麼這樣會摸？聽見你的聲音老半天了，怎麼現在才來。」金水死時，三叔公把手放在金水的鼻尖，搖搖頭說：「老了！」這些對話中所說的

「薄稀稀」、「番來番去」、「這樣會摸」、「老了」等等，都是活脫脫的臺灣群眾的口頭語，不僅用得準確生動，而且使作品增添了一層濃郁的生活氣息和地方色彩。

〈蜘蛛網〉在藝術上鮮明的特色是象徵手法的成功運用。作者曾四次用象徵的手法寫蜘蛛網。第一次是早晨起來時，為自己的職業和前途憂慮了一夜的主人公、失業青年冬林一睜開眼就看到窗口上掛著的一張蜘蛛網，一隻金頭蒼蠅竟盲目地撞在蜘蛛網上，而一隻黝黑而龐大的蜘蛛，正向那掙扎著的金蒼蠅爬去；第二次是冬林去街上尋找職業毫無結果時，站在郊區高處，看見東南西北縱橫交錯的公路，忽然想起了蜘蛛網，「恍然覺得網絲一條一條黏住他的頭，纏縛他的四肢」；第三次是回到家裡，冬林迎頭又遭到暴虐的老祖母的一頓咒罵，這時他覺得老祖母臉上的皺紋，忽然像蜘蛛網一般，一條一條地在眼前伸展開來，排得密密麻麻的；第四次是他夢見自己拿了老祖母箱子裡的錢去上大學，竟然用家裡劈柴的斧子砍死了虐待他的祖母，受到了警察的追捕，這時窗口上的蜘蛛網「織得更大更密，裡裡外外層層疊疊地交織著」，「一隻有無數長腳的毒蜘蛛，正在吸吮他的血漿。」這四次象徵手法的運用，都十分形象地表現了臺灣失業青年內心的苦悶、潦亂和絕望的情緒，以及他們在現實生活中走投無路的困境，讀來頗有新鮮感。

〈海葬〉運用的主要是意識流的手法。小說通過主人公賴水旺在媽祖日所引起的意識流動，不僅真實地表現了一個面臨農村破產困境的臺灣漁民的矛盾複雜的心情，而且把賴水旺一家三代的不同生活和思想也清晰地表現出來了，使讀者看到隨著資本主義的侵入，臺灣農村逐步瀕於破產和傳統的家庭觀念逐步崩潰的過程，在藝術上也避免了平鋪直敘的單調手法。〈一個年輕的中學教員〉和〈一個年輕的鄉下醫生〉則是在平實的記敘中穿插著意識流的手法。總之，作者在繼承民族文學傳統的基礎上，注意吸收外國小說的表現技巧，使他的小說的表現手法顯得比較豐富多采。這對一個強調寫實主義的鄉土作家來說，在藝術上可以說是一個比較大膽的嘗試。

　　王拓的小說除藝術表現手法比較多種多樣外，還有濃郁的臺灣鄉土氣息，這種特色，主要體現在對人物的性格、語言、人情風俗和自然環境的描寫上。臺灣鄉土作家的語言，特別是作品中的人物語言，大都具有臺灣群眾語言的樸素、生動、形象的特點。同時出於大部分的臺灣人都是由大陸的閩南和廣東的客家人搬遷去的，因此，鄉土作家中的人物語言和大陸這些地方的群眾語言很相似，令我們讀起來感到很親切。如〈金水嬸〉、〈炸〉、〈海葬〉等，就具有濃郁的臺灣群眾語言和廣東客家語言的特點。〈吊人樹〉、〈海葬〉描寫 3 月 23 日媽祖節時的迎神賽會、舞獅子、演戲、鬥賭攤，〈墳地鐘聲〉中討海人在八斗子漁村小學的招魂，這些描寫都使我們看到臺灣農村的民情風俗。王拓的寫景也有鮮明的地方色彩，如許多小說中寫到的節日的度天宮和媽祖廟，呼嘯的海風，白色的海浪，金色的海灘，棕色的漁網，濃綠的大榕樹，海邊一排排棺材似的小船等等，這些景物描寫都具有顯著的臺灣鄉土特色，因而增強了作品的真實性和感染力。

　　王拓是一位具有強烈的現實主義精神的鄉土作家，他對臺灣社會的觀察和描寫是比較深刻、真實的。他的作品反映了資本主義侵入臺灣後，臺灣由農業社會向工商社會轉變這一歷史時期，臺灣農村和城市的變化，表現了臺灣下層勞動者陷入貧困、破產的困境，揭露了資產階級的自私、貪婪的本質，這對我們認識臺灣社會的本質，是很有幫助的。王拓的作品在藝術上所作的探索和濃郁的鄉土氣息，對我們的文學創作也是有啟發的。但是王拓的作品也有一些不足之處，如對知識分子的描寫就有一些片面性，他筆下的知識分子形象幾乎都是消極的、反面的；在藝術上，有些作品結構不夠嚴謹，語言也欠簡練。

五、臺灣關於王拓的評論

　　在臺灣的所有評論王拓的文章中，蔣勳的〈臺灣寫實文學中新起的道德力量〉一文對王拓作品的特點及其歷史意義是分析得比較好的。他是從臺灣當代文學作品中人物形象的歷史變化和比較中來分析王拓的創作特點

的。他認為，1960 年代的白先勇和陳映真的作品，分別描寫「沒落貴族與市鎮小知識分子的彷徨」，從王禎和到黃春明的人物變化，是寫「從苟活到尊嚴、自信的小人物」、而楊青矗和王拓，主要是寫「1970 年代出現的道德力量」。

蔣勳說：無論是以漁村為背景，或是以都市新勃起的推銷員生活為題材，王拓在這本新集子中所處理的人物，最不同於兩年前的，是在於正面人物的增加與強調。正面人物有兩類，以〈望君早歸〉做例子：婦女罔市是一類，代表了群眾情緒式的正義和勇敢；另一類是邱永富，代表了知識分子理智的、清醒的、具有分析能力的、不畏惡勢力的、不為利益誘惑的道德力量。臺灣 1949 年以後的寫實文學終於塑造了一個有堅定道德力量的人物，然而這人物卻從怎樣慘苦的、挫辱的、受欺壓的苦痛成長過程中一點一點學來的啊！臺灣寫實文學的發展終於出現了這樣堅定的、具有道德力量的正面人物，不能不說是一個嶄新的階段，而這只是一個開始，我們相信類似王拓這一類的文學在方向上將更確定、在局面上將更壯大，足以掃掉前一個階段為時不短的、文學界的陰霾、模糊與軟弱無力。

蔣勳這篇文章是王拓《望君早歸》一書的〈序言〉，它不但概括了王拓作品的特點與意義，也概括了白先勇、陳映真、王禎和、黃春明、楊青矗作品的特點及臺灣當代文學發展的輪廓和趨向，這是寫得簡練而深刻的一篇不可多得的文藝評論。

臺灣著名作家和批評家陳映真為《金水嬸》寫的序言〈試評〈金水嬸〉〉，對王拓的作品也有許多精闢深刻的論述，這裡介紹一下他對〈金水嬸〉的故事背景、主題、人物的分析。

談到〈金水嬸〉的故事環境與時代背景時，陳映真說：金水嬸的雜貨擔子告訴我們一個故事：工商主義經濟早已透澈地領導了臺灣的經濟生活。即使在一個偏遠的漁村，人們的生活早已嚴密地組織到商品所飢餓地尋求的市場裡。單純的物物交換、自給自足的前‧近代的經濟生活早已結束，內衣、毛巾、肥皂、牙膏、針線，甚至於香水和三角褲，都通過金水

嬸的雜貨擔子流到漁村裡去。〈金水嬸〉這篇小說，便以這樣一個強烈和鮮明的社會變動做背景而展開了。

陳映真認為，〈金水嬸〉的主題主要是批判資本主義對人性的扭曲。他說：〈金水嬸〉描寫了一個貧困漁村中破敗家庭的兩代間的故事。我們不難看到王拓對於起自貧困，受到「良好」教育，躋身於工商社會的第二代的強烈的批判。這一個批判的基礎，卻不在於傳統的忠孝節義那一套。因為我們不曾聽見王拓引用過一句舊道德去非難這些兒子們。他的批判的起點，不在想維護一個父嚴子孝、兄友弟恭的「美好古老的日子」。他們所非難的，毋寧是使人性——在〈金水嬸〉中，人性是具體地表現在父（母）子關係、村莊中鄰（族）人關係上——在以貨利的追逐和保有為最高目的工商社會下歪扭的一股力量。倘若社會規律是一個狂暴的力量；是一股人的主觀意志所不能左右的法則，那麼，王拓的抗議，便在他於一片物質繁榮的頌歌中，毅然同那遮天而來的規律對決，揭開了人性普遍的曲扭，並以之為無法忍受的羞恥的這一點上，散發出人道主義的、熠人的、凜然的光芒。

說王拓的〈金水嬸〉的主題是批判資本主義的物質和金錢造成人性的扭曲，同時表現了人道主義的思想，這是對的。但是認為王拓的〈金水嬸〉的抗議，是在他於一片物質繁榮的歌頌中，「毅然同那遮天而來的社會規律對決」，這種提法恐怕欠妥，也不符合王拓作品的實際。資本主義社會發展取代封建主義的社會，這是一個不以人們意志為轉移的歷史發展規律，王拓所反對、所抗議的並不是這種發展規律，他所反對的只是資本主義社會發展過程帶來的拜金主義、以及重利薄情等各種資產階級思想道德觀念和人與人的冷漠關係。資本主義社會對封建社會來說，是社會發展的一個進步，這點恐怕王拓是看到的。如果連這一點都看不到，甚至如陳映真所說的，是對資本主義發展規律發出一種抗議，則實際把王拓看成是站在封建階級的立場來批判資本主義了，這就勢必降低了王拓的作品及其批判的意義。我們想，這不是陳映真的本意，因他在談〈金水嬸〉的主題思想這段文字開頭，就說明了王拓批判的基礎，並不是封建階級的忠、孝、

節、義等一套舊的道德。可能這是陳映真在行文上的一種疏忽。

　　陳映真對〈金水嬸〉中的金水嬸作了這樣的分析：〈金水嬸〉中有許多人物，但貫穿其中，著筆最有力的是金水嬸。她是一位具有無比豐厚生命力的人物。她個性樂觀、「愛講笑話、開朗、對前途充滿了希望」。她是一個擁抱一切，滋潤一切的「地母」一類的女性。她直接訴諸於我們對於母親的情感，給予讀者深刻的印象。然而，當我們看到金水嬸經歷了一切苦難、錯愕和悲傷以後，只不過是繞了一個圈子，去回到同一平面上的原來的起點，我們感到金水嬸變成了一個靜止的、沒有運動的人物，徒然消減了這個人物底性格上的生動、感人的力量。王拓在結束故事的「尾聲」中，色調一反通篇的沉悒，看來有一份刻意設計的鮮明煥發之感。或者王拓有意藉著這種明快的色澤暗示他對於人性、對於世界的「前途充滿了希望」。但是，面對一個在金錢的暴力下人性歪扭、墮落的問題的讀者，像金水嬸這種「生命豐厚」的、不易的母性，卻未必是一個好的解答。據我想，像一切初初寫作的人一樣，他的這篇比較重要的作品中，帶有若干自敘性質。也許王拓在自敘的現實上，動了情感，以至於忽略了必須通過作者予以集中起來的藝術上的現實性和思想上的現實性所致，亦未可知。

　　陳映真在這裡提出了一個很重要的問題：金水嬸的塑造是否過於靜止，缺少發展變化，是否在結尾「刻意設計的鮮明煥發」，以表示作者對「前途充滿了希望」。一句話，金水嬸這個人物是否過於理想化，小說的結尾是否作者刻意製造了「光明尾巴」。按照陳映真的意見，金水嬸這個人物多少有點概念，思想性和現實性沒有很好結合起來。

　　我們不同意陳映真的這種看法。關於金水嬸的形象，我們在上面已作過分析，不再敘述。這裡談兩個問題：（一）金水嬸的形象是否靜止，沒有發展變化？（二）〈金水嬸〉的結尾，是否作者有意加添而不符合現實的一個光明的尾巴？我們覺得從小說來看，金水嬸的性格是有發展變化的，小說開始她在八斗子漁村出現時，從她與漁村婦女的交談中，我們可以看出她是一個樂觀開朗的婦女，但是隨著小說情節的發展，金水嬸受到標會的騙局、兒

子忘恩負義、債主們難看的臉色等一連串打擊後，她變成一個十分陰鬱、憂愁的人物了。小說結束時，她到臺北去做傭人，是因為她是一位正直善良的中國勞動婦女，不肯因為自己的不幸而拖欠借別人的錢；她到廟裡去燒香，祝福孩子們交好運，是因為她是傳統社會孕育出的典型「賢妻良母」，所以雖然孩子們忘恩負義，她仍然十分溫文寬厚。金水嬸這些行為，是和她的性格和環境相符的，並沒有脫離人物所處的地位和現實土壤，使人感到概念化，是作者有意加添的「光明尾巴」。當然，小說結尾，也可處理為金水嬸受到一連串打擊後，一直的錯愕和悲哀下去，像魯迅〈祝福〉裡的祥林嫂一樣，但那就不是王拓的金水嬸，而是另一個金水嬸了。

　　臺灣著名文藝批評家何欣對王拓的兩篇作品中的人物處理提出了不同的意見。一個是〈炸〉中的興旺嫂。他說：〈炸〉裡的興旺嫂，自己的兒子死了，想得到一個兒子，逼使水盛以兒子做抵押品。水盛受傷住院，她獨自悄悄去看生病的阿雄時，「她激動地奮力把孩子抱過來，緊緊地擁在懷裡，她把圓滾的臉龐貼在發著高燒的額上……」這時她自責地說：「我怎麼會用這種手段對付這一家人呢？我怎麼會變成這樣沒有心肝的人呢？」自私的放高利貸者通過愛成為阿雄的母親！在這裡，這種態度的突然改變說明興旺嫂的胸膛裡燃燒著的母愛之火焚毀了「金錢欲望」，等於否定了王拓所說的一切人際關係均由金錢決定，人性裡有超越金錢欲的東西。[9]何欣這種批評是十分中肯十分有見地的，如果貧苦人民的痛苦能使剝削階級發生慈愛之心而使他們改惡從善，則世界上就不會再有剝削者了。

　　何欣對〈春牛圖〉中的劉昭男這個形象也提出了質疑。他說：劉昭男表現得很有勇氣，為什麼最後又屈服了呢？當然，為了救兒子的命。作者既有意使他成為有道德勇氣的人，就不該屈服，能成為貧賤不能移的人才是。他的道德勇氣豈不是又洩了氣？[10]我們認為劉昭男的情況與興旺嫂有點

---

[9]何欣，〈七〇年代的使命文學──論楊青矗和王拓〉，《中國現代小說的主潮》（臺北：遠景出版社，1979年），頁169。
[10]何欣，〈七〇年代的使命文學──論楊青矗和王拓〉，《中國現代小說的主潮》，頁172。

不同，劉昭男原來也是拚命向上爬的一個公司的經理和知識分子，他反對老闆主要不是由於他具有「道德勇氣」，而是因為他在爭奪公司控制權的過程中和老闆發生了矛盾，並被老闆一腳踢開，所以，他在反對老闆的一段時間裡表現了一些「道德勇氣」，替一些職工說了一些公道話，但後來又向老闆屈服，這是完全符合他作為一個小資產階級知識分子和資產階級商人、經理的性格發展的邏輯性，這正好說明小資產階級的動搖性、軟弱性和患得患失的毛病。

——選自王晉民《臺灣當代文學》

南寧：廣西人民出版社，1986 年 9 月

金水嬸的兒子：王拓

◎林雙不[*]

　　我要介紹的本土小說家是王拓，王拓 1944 年出生，一般人對他比較熟悉，因為他在美麗島事件中曾經被捕，關了四年多才出來。王拓在臺灣北部的一個漁村長大，在入獄前就寫了很多小說，這些小說每一篇都很感人，對當時的社會政治環境提出相當嚴肅的抗議。比如說，他曾寫過一篇小說叫做〈金水嬸〉，金水嬸辛辛苦苦賣雜貨賺錢供應她幾個兒子讀書。這些兒子陸續從大學畢業，在都市定居，上班做生意，村裡的人都說金水和金水嬸出頭天了、很好命，大家很羨慕；但是羨慕只是表面的，沒有人知道他們的苦衷。這些兒子在尚未結婚以前是老母的兒子，結婚以後就變成太太的兒子，老爸老母所賺到的僅僅是一個虛名而已。這些兒子在什麼時候會想到老爸老母？只有在做生意失敗要周轉的時候，回來拜託老爸老母幫忙借錢。村裡的人看那些兒子那麼有前途，為了賺利息錢，當然把錢借給他們。不料，沒多久，生意倒了，全部的債務由金水嬸承擔下來。債主上門討錢討得很難聽，金水與人打架死了。栽培兒子讀書竟落到這種下場，講起來這個金水嬸應該很沮喪、很洩氣才對，但王拓把她處理得很堅強。這個金水嬸很有志氣，是一個真正的臺灣人，她到臺北做工，幫人家打掃房子，錢雖然不多，但她把錢寄回去還債。每逢初一、十五她就到仙公廟拜拜，說大兒屬什麼，現在住在哪裡，老二屬什麼住哪裡，老三屬什麼住哪裡，祈求神明保佑。她下決心有一天一定要回到村裡，把欠人家的錢完全還清。金水嬸是一個很清白、很有勇氣的婦人，這篇小說曾經引起很大的注意。

---

[*]作家。曾任教師及機要公職 23 年多，2005 年放棄年資，隱居務農。

　　不過，他最傑出的小說是在獄中完成的。王拓在獄中寫了一部很大部頭的長篇小說叫做《台北，台北！》，也寫了另一部長篇小說叫做《牛肚港的故事》。這兩部小說是在寫愛情或者在寫電視上演的那種「你愛我，我愛你」的故事嗎？不是的，他完全在寫國民黨統治下的臺灣，年輕的大學生與工人如何在奮鬥，如何在發展組織，後來如何被抓去，如何被迫害的故事。我已經 37 歲了，不太容易感動了，但我在看《台北，台北！》時，連續兩個晚上沒睡覺全部看完，看到我們臺灣人「番薯仔」在被人家迫害、在被人家毒打的時候，我克制不住，淚流滿面。這部作品真能感動我們臺灣人的心靈。

　　我與王拓到目前為止尚未見過面，因為我是一個個性很內向的鄉下囝仔，不會做人，也不會講話，平常不太喜歡與人交往，都躲在家裡看書、寫字。王拓入獄後，我想他是一個文學作家，寄了一本書給他。他出獄以後，有一天來員林找我，那時我剛好因為身體不好，去基督教醫院開刀，剛回家中休養，在樓上躺；王拓來到樓下時，只有我女兒在客廳，那時我女兒還沒讀小學，王拓跟她說要找我，我女兒說：「我爸爸人不舒服在睡覺！」王拓就走了。

　　我女兒有眼無珠不識泰山，她不知道來的這個人為我們臺灣做了多大的犧牲，什麼手術不能下來！？我即使正好在接受手術，也要叫醫生稍停一下，跟他握個手，表示我的敬意。否則，我們對這些受難的人能表示什麼？人家在獄中坐牢時，我們在外面逍遙，我們在吹冷氣、喝咖啡；前輩在犧牲，人家的苦心我們也沒辦法去體會。所以與王拓失去見面的機會，我一直感覺很遺憾。王拓出獄以後，沒有固定工作，聽說最近在賣飼料，這個文學碩士，這麼優秀的小說家在賣養鰻魚的飼料。我一直在想，他的生活如果能夠安定一點，繼續發揮他的才華，為我們的臺灣文學與我們臺灣民主運動來打拚，不曉得該有多好！

——選自林雙不《大聲講出愛臺灣》

臺北：前衛出版社，1989 年 2 月

作家王拓
當代臺灣文學管見

◎山田敬三著[*]
◎涂翠花譯[**]

一、前言

　　王拓本名王紘久，名列臺灣當代十大作家之一。從 1970 年代初期開始活躍，是小說家，也是評論家。1944 年，王拓誕生於基隆港東北部的八斗子漁村，這個漁村三面環山，只有西北部朝向大海，是一個天然港灣，百分之九十五以上的居民都是漁民。[1]他的祖先從大陸遷移到臺灣，而後世代從事漁業，到他父親時已經是第五代了。因此，他的親人之中也有死於海難。例如，他的三哥就是在出海捕魚時，被海浪捲走，一去不回。由於父親早逝，母親一手經營雜貨店，同時也替人幫傭，維持一家生計。而王拓也是半工半讀完成學業；大學畢業後，曾一度在藥品公司工作。回顧過去貧苦的生活，王拓如此描述道：

> 　　我的童年生活之貧苦，現在想來猶歷歷在目。每逢颱風的天氣，我們睡
> 覺的床上幾乎沒有一塊完整的、乾燥的地方可棲身，通常，我和我的家
> 人都在棉被上放一個臉盆，或用簑衣、膠布蓋在棉被上，以免被沿著屋

[*]發表文章時為日本神戶大學文學部教授，現為神戶大學退休教授。
[**]日本筑波大學國際學碩士（日本近代文學專攻），現從事翻譯工作。
[1]鍾言新，〈訪問王拓〉，《街巷鼓聲》（臺北：遠行出版社，1977 年 9 月初版），頁 197～222。本處
引用該書第三版（1979 年 8 月刊）。王拓也在訪問中提到，他希望在 1977 年年底以前，出版他的
「第三本書」，書名《從書房到街頭》。大概就是指《街巷鼓聲》吧！

頂破洞滴下的雨水給弄濕。我哥哥們的童年生活遠比我的童年更為窮
苦，他們經常訴說全天只能炒鹽巴喝稀飯水過日子的經歷給我聽。

即使家庭環境如此困窘，王拓仍然念完了師範大學，並前往花蓮中學
任教，而後又進入政治大學中國文學研究所攻讀碩士。取得碩士學位之
後，便留在政大擔任講師。[2]大約在這個時期前後，他參與了政大中文系尉
天驄教授主辦的雜誌《文學季刊》的編輯，開始他的創作活動。同時也陸
續在林海音創辦的《純文學》上發表作品。下列作品是拙文的管見範圍，
依發表先後排列：

（發表）		（作品）	（刊物名）
1970 年	9 月	吊人樹	《純文學》第 42 期
1971 年	6 月	墳地鐘聲	《純文學》第 54 期
	7 月	海葬	《臺灣文藝》第 32 期
	8 月	蜘蛛網	《純文學》第 56 期
1973 年	6 月	祭壇	《現代文學》第 49 期
	8 月	廟（散文）	《文季》第 1 期
	9 月	旱夏	《中外文學》第 2 卷第 4 期
	11 月	炸	《文季》第 2 期
1974 年	5 月	一個年輕的鄉下醫生	《中外文學》第 2 卷第 12 期
1975 年	8 月	金水嬸	《幼獅文藝》第 260 期
1977 年	4 月	春牛圖	《中國時報》副刊
	5 月	車站	《中國時報》副刊
	6 月	望君早歸	《中國時報》副刊
	7 月	獎金二〇〇〇元	《中外文學》第 6 卷第 2 期
	8 月	一個年輕的中學教員	《現代文學》復刊第 1 期

---

[2]張默芸，〈王拓和他的小說創作〉，《新文學論叢》1982 年第 1 期（1982 年 3 月），頁 71。

　　上述作品中，處女作〈吊人樹〉以下五篇和〈炸〉以下三篇，都收在第一部創作集《金水嬸》之中；〈春牛圖〉以下五篇則收入第二部創作集《望你早歸》之中。[3]此外，還有執筆中的長篇小說〈羅定邦與他的朋友們〉，以及前述〈訪問王拓〉之時談到的寫作計畫──〈王魁與桂英〉、〈盲婦怨〉、〈傷逝〉、〈哦！凱麗！〉等作品。但是，後來他捲入了不幸事件，以至於這些作品都無法完成。在〈訪問王拓〉一文中，他也提到構想多年的「報導」文章〈臺北橋〉。

二、漁民素描作家

　　王拓是出身漁村的知識分子，討海人離開大海而進入大都市，簡直是我們難以想像的問題。而能夠向這個難題挑戰，膽敢逃離漁村的人，在他逃出的那一刻，他已成了故鄉的異類。更何況王拓曾就讀臺灣數一數二的大學，而後又擔任該校教師，像他這樣的勞心者，是萬萬不可能再回去做個討海人的。儘管他心中對故鄉有無限依戀，漁民們卻只把他當作一個異鄉人而已。於是，知識分子王拓開始單戀他的故鄉。他的早期作品（1970年代前半），多半取材於故鄉八斗子。

　　收在第一部創作集《金水嬸》中的八篇作品，其中有七篇的舞臺是八斗子。〈一個年輕的鄉下醫生〉是唯一的例外，但是字裡行間仍然流露出濃厚的鄉土色彩。而且這部作品的主要人物都是故鄉的異鄉人：「村裡的人都稱呼義雄『陳先生』，也稱我『林先生』，連輩分尊高的土炭伯公都是這樣的。」

　　如此一來，王拓的「單戀」愈發不可收拾。《金水嬸》八篇之中，幾乎所有的角色都是漁民。他以細緻而寫實的筆法，描述漁民們日常生活中的無奈，頗有日本的「自然主義」之風。[4]第二部創作集《望君早歸》的舞臺

---

[3]介於二者之間的〈早夏〉，未見其文。〔編按：〈早夏〉發表於《中外文學》第 2 卷第 4 期，作者署名為王浩，應不是王拓的作品。〕

[4]譯註：自然主義 naturalism 是 19 世紀後半，以法國為中心而流行於歐洲的文藝思潮。最大的特色是以銳利的眼光剖析社會黑暗面，再以科學方法與科學態度描述這些社會問題。而所謂「日本的

轉移到都市的商業社會,但是其中〈望君早歸〉的背景還是八斗子漁村,而且故事是根據他三哥的死難遭遇改編而成。

　　由於學校幾乎是王拓從漁村脫身的唯一轉機,因此在他的多數作品中,都可以看到學校或升學問題之類題材。王拓本身是藉著這種方式離開家鄉,而後以教職為謀生之道,所以能夠輕而易舉地描寫這類題材吧!〈墳地鐘聲〉透過一位老先生的眼睛,對教育界的腐敗現象做了一番輕描淡寫。而在〈海葬〉中,漁民賴水旺為兒子的升學問題傷透腦筋。〈蜘蛛網〉描寫因為母親去逝而不得不放棄念大學的少年的悲哀。〈祭壇〉和其他作品略有不同,內容描寫一位大學畢業後任教於中學的青年,一心想回母校任教,於是千方百計討好大學恩師,而且處處扯同窗後腿。將凡夫俗子那俗不可耐的醜陋面,以戲劇性手法表現出來。在〈炸〉之中,一位殷實的漁民染上賭博惡習,最後不惜觸犯禁止炸魚的法令,終於因炸魚而賠上一命。可憐他只不過是想籌措兒子的升學費用而已。

　　〈一個年輕的鄉下醫生〉描寫一位青年在村人期待下,進入臺大醫科就讀,後來放棄留美獎學金,回到沒有醫生的家鄉服務。然而,當四周的現實環境使他大失所望之時,都市生活的美景再度浮現在他心中,於是他陷入苦惱之中,無以自拔。〈金水嬸〉述說了一個悲慘的故事。故事中的母親含辛茹苦,一手栽培兒子們念完大學,誰知兒子出人頭地之後,竟然棄雙親於不顧,甚至把債務完全推到他們頭上來,結果父親再度發病而撒手塵寰。唯一令人感到安慰的是故事的結局──金水嬸被討債鬼逼得逃離八斗子之後,替人跑腿賺錢,一點一滴地清償債務,從這樣的生活中找到了活下去的意義。

　　王拓先描述升學是脫離貧困漁村的唯一途徑的事實,接著又描寫那些脫身成功的人們往往變得冷漠無情,而那些守著家鄉堅苦奮鬥的人們反而

自然主義」,其社會性與科學性相當稀薄,作品中沒有理想,也沒有解決之道,只有抒情與感傷,把現實生活中的悲哀和幻滅描寫得十分徹底。大約在明治 35～43 年(1902～1910)之間流行於日本。

比較富有人情味。不過，這些漁民的現實生活之艱辛也是可想而知的。他們每天都活在死亡的陰影下，時時探尋著死裡逃生的可能性，而這種可能性事實上是少之又少的，王拓忠實地說出了這個事實。他的處女作〈吊人樹〉是他的文學生涯的起點指標，在這篇作品中已經可以看出相同的筆法。下面是作品內容的概要：

3 月 23 日聖母媽祖生辰那一天，太陽炎熱得像爐火一般，八斗子漁村處處都是節慶的氣氛。阿旺伯的兒子賴海生在廣場上拚命地舞獅。他舞獅的主要理由是為了祈禱妻子阿蘭的精神病早日痊癒。少女時代，阿蘭去臺北做女傭，和一個男人交往過密，她父親擔心她受騙，硬把她帶回村裡，讓她嫁給海生。從此以後，她變得很神經質，而且從去年年底開始病情越來越嚴重。當時，村裡來了一個賣膏藥的，通常，賣膏藥的不會在冬天來的。這個男人把膏藥拿給村民看，並且講了一個非常有趣的故事。他說他出來賣膏藥不是為了做生意，而是為了找尋一個女人。那個女人懷了他的孩子，可是她的父親以誘拐未成年少女的罪名控告他，使他被捕下獄。出獄後三年來，他為了找她，走遍了臺灣各地。這時，阿蘭和丈夫海生帶著孩子一起來看膏藥，當她一看到男人的臉孔時，轉變得面無血色，一個人先回去了。後來，男人看到海生帶來的孩子，就目不轉睛地盯著他看。第二天，他發狂似地敲擊銅鑼。把膏藥免費送光之後，在賴家門口的大榕樹上吊死了。從此以後，阿蘭的精神病更是嚴重。廣場上的抬神轎和舞獅，使大拜拜的氣氛達到最高潮。海生拚命舞獅，祈禱妻子的康復。隔天早上，阿旺伯想去打掃門前的廣場時，發現了吊死在榕樹上的阿蘭。

老漁夫頑固地著根於大地上，甚至切斷了年輕一代的生路，讀來令人不勝唏噓。而漁村熱鬧滾滾的大拜拜風俗，在王拓筆下有如妙筆生花，引人入勝。接下來是第三篇作品〈海葬〉，故事中又見為兒子升學問題而苦惱的父親。

也是媽祖生辰的 3 月 23 日。白天的戲臺已經落幕了，人們在廣場上賭得正興起。賴水旺來到阿花婆的逍遙茶室散散心。白天，林老師去他家訪

問，說服他讓兒子海生念大學。不錯，林老師說得對。年輕人應該出去見見世面。回想 30 年前，他也曾有過這樣的機會。村子裡為了大拜拜而請來一個戲班，各家各戶分別招待他們住宿；那時，分配在他家的是秋桂和秋菊二位女演員。他迷上了秋桂，她叫他出去看看外面的大世界，使他有茅塞頓開之感。當時，他不敢向父親表明心跡，但是後來收到她的信件時，他和父親之間起了爭執。後來，如果父親沒有死於海難，也許他會有不同的人生。儘管如此，他覺得兒子海生對他不孝。枉費他造了一艘新船，海生卻好像一點也不想繼承他的衣缽，做個漁夫。夜空星斗消失無蹤，突然下起雨來。水旺想起秋桂，想著海生，也想到自己的一生，不由得感到無比的空虛與寂寞。

身不由己而不得不終老漁村的男人，當他面對兒子想念大學的心意時，卻也免不了一番心理掙扎。假如父親賴水旺如願以償，兒子繼承了他的衣缽，那麼這個兒子將來就會成為〈吊人樹〉裡的賴海生吧（〈吊人樹〉中的「阿旺伯」想必就是〈海葬〉中的「賴水旺」）！這個時期的王拓並沒有在作品中，明確地判斷年輕一代離開漁村的作法是對是錯；他只是一五一十地描寫上下兩代站在人生的叉路上僵持不下的情景而已。同時，他似乎也有意在一連串作品之中，暗示一輩子著根於漁村，是一種悲慘得難以言喻的現實。

可是，以「升學」做為離開家鄉的跳板，是否真的能為他們帶來平安呢？作者不見得有樂觀的看法。第一，對一般漁民而言，他們根本沒有能力離開漁村。因此而造成的悲劇，在下一個階段的作品〈炸〉之中，描述得很清楚。第二，即使有人能順利離開漁村，也是絕無僅有的例子；而且往往給留在漁村的親人帶來更大的劫難，如〈金水嬸〉便是一例。脫離漁村的人們習慣了都市生活之後，執意想保有他們的新生活，甚至不惜把養育自己的人踩在腳底下。頭頂炎陽，四處行商，辛苦拉拔六個兒子長大成人的金水嬸，卻因為失去丈夫，又負債累累，以至於亡命他鄉。由此可見，〈海葬〉的賴水旺並不是杞人憂天而已。

　　前無出路，後無退路。1970 年代前半期，王拓懷著無限摯情，以全副心力描寫那個沒有任何出路的漁村的現實面，十分生動感人。在這些作品中，看不到理想，也看不到解決之道；這段時期，王拓的作品風格，和過去日本的自然主義作家的作風如出一轍，讀者看到的是映在他眼底的漁村真相。

三、都市叛徒

　　1975 年發表〈金水嬸〉之後，王拓的創作出現了長達兩年之久的空白。在這兩年中，是否沒有任何作品呢？此時此刻難以下定論。1970 年代後半期的作品有兩個明顯的變化，相信讀者都可以看出來。其一，故事背景從漁村轉移到都市。其二，作品中的人物動態上，開始出現明確的現實批判。

　　先討論第一個變化。收錄在《望君早歸》之中的五篇作品，有四篇的舞臺設定在大都市。〈望君早歸〉是唯一的例外，它的創作動機比較特殊，是為了悼念七年前死於海難的三哥而作。而且，主角的行動模式，不同於〈金水嬸〉之前的作品。現在來讀讀王拓第二階段（1970 年代後半）的作品，就從開頭第一篇中篇小說〈春牛圖〉開始吧！

　　地點是臺北市內一家叫「華倫藥品公司」的中小型藥品銷售公司。五年前，劉昭男和大學同學邱德彰一起成立了這家公司。他們曾經在同一家製藥廠一起做過推銷員。成立以來，業績快速成長。但是，劉經理對邱老闆的經營方針有所疑問。公司成立時，名義也登記在邱的名下。業務員的工作量很重，待遇卻不好。因此，業務員的流動率很高，如今以人手不足為由，分派劉昭男跑外務。他強忍怒火，帶著新助理趙秀燕跑醫院、跑藥房。公司方面為了促銷，用低級照片和色情書做贈品，甚至還強迫女性業務員和醫生發生不正常關係。在月初的業務檢討會上，邱提出了比過去更苛刻的工作條件。忍無可忍的劉昭男在大家面前批評邱德彰，全體業務員和他同步，放棄了那一天的工作。但是，隔天，邱成功地將他們各個擊破，劉陷於完全孤立。劉拿著公司逃稅和違法的證據文件與邱抗爭，但是

在同學的調解下，收了二十萬元和解費，退出了公司。幾個月之後，他四處奔波，找不到合適的工作，連生活費也沒有著落。那時，他接受了吉安藥房高老闆的提議，決定販賣春藥圖利。雖然他一度拒絕了這項提議，但是孩子得了急性肺炎需要錢付住院費，因而債臺高築，不得已只好接受了高的提議。

題名中的「春牛」一詞，是指在立春前一天的豐年祭上，被主祭者鞭打的紙牛。本文中則是指祈求事業有成的供品，用來諷刺稍有良心的經營者。這是王拓離開漁村之後的第一篇作品，發表於 1977 年 4 月。內容描述一位經營者想要抗拒苛刻的工作條件和貪得無厭的銷售戰，卻落得一籌莫展，最後終於成了商業公司內的唐吉訶德。

〈春牛圖〉發表在《中國時報・人間副刊》。同年 5 月，又在該報發表短篇小說〈車站〉。內容描寫一個被工廠裁員而失業的男人，不但從此一蹶不振，甚至把妻子賺回來的僅有的生活費拿去買醉，還對妻子拳打腳踢。女人忍無可忍，抱著襁褓中的幼兒，流落在車站的候車室。身無分文，前途茫茫。男人後來接她回家，可是她一點也不肯妥協。最後還是因為擔心留在家中的兩個孩子，才打消了離家出走的念頭。在作品中，作者所描述的不只是失業造成了天倫夢斷這類常見的題材；這篇作品的主題，倒不如說是女性對意志薄弱的男人的暴行，給予最嚴重的抗議之後，卻又被迫放棄她的抗議。

繼上述兩篇都市小說之後，1970 年代後半期的第三篇作品〈望君早歸〉，背景又回到他的故鄉八斗子。不同的是，他為這篇作品寫了獻詞，說明本作品是為了紀念七年前死於海難的三哥，並且向獨自撫育遺孤的嫂子致敬。此外，作品中的主角邱永富，是水產學校畢業的漁業合作社職員——這一點使本作品和過去的漁村小說之間，出現了決定性的差異。

邱永富代表遇難的兩艘漁船的漁民遺族，出面向慶昌漁船公司交涉，據理力爭。例如：遇難之際，公司方面未曾展開搜索行動；發給遺族的撫恤金太少；調解人漁業合作社理事長、見證人市政府官員及船公司三者之

間有不可告人的關係等等。但是，調解委員會只有公司單方面的說明就結
束了，從此沒有再召開第二次會議。不久之後，連每天的生活費都成問題
的遺族們，拿了公司發給的三萬元撫恤金便失去鬥志，脫離戰線了。這段
期間，遇難的華豐一號船長的妻子秋蘭，聽了算命的人的話，相信丈夫一
定會平安回來，於是每天看著大海，望眼欲穿。婆婆金水嬸和她的生母擔
心她會自殺，夜裡也難以成眠。某日午後，一群人敲著銅鑼，抬著桶棺湧
進慶昌公司的辦公室。桶棺內裝著飄流到海邊來的漁民的屍體。這是由邱
永富帶頭的漁民們的抗議行動。金水嬸心中充滿了感動，在窗裡看到這一
幕的秋蘭淚如泉湧。

　　雖然只是一篇小說，但是從成立的過程來看，可能大部分情節都是真
人實事吧！遇難的華豐一號船長王萬福是王拓的三哥，而他的妻子秋蘭則
是王拓的嫂嫂。海難發生之後，船公司的處理態度和小說情節大概相去不
遠。而且，作品中的金水嬸應該是王拓的母親。如此一來，王拓用以表現
漁村人物之極致的理想女性「金水嬸」，很可能就是把他的母親加以形象化
而來的；在他的記憶中，母親始終溫暖著他的心。不過，〈望君早歸〉中的
金水嬸只是個配角，而死去的三哥或等待三哥回來的嫂嫂，也都不是主要
人物。作者筆下想要塑造的人物形象，其實是邱永富這類叛逆型的知識分
子。即使舞臺在漁村，但是人物形象確實是屬於 1970 年代後半期。

　　〈獎金二〇〇〇元〉的舞臺又回到臺北市內。地點也是〈春牛圖〉中
描述的華倫藥品公司，但是主題並不是經營者之間的內部紛爭，而是企業
老闆和從業員之間激烈的階級對立。在戒嚴令下的臺灣，這必然是個近乎禁
忌的題材。作品中詳細描述一位高中畢業的年輕推銷員，想要爭取 2000 元
的工作獎金，以便買一件大衣送給懷孕中的妻子，因此騎著摩托車四處奔
波。直到夜深人靜時。結果出了車禍，被送醫急救。公司方面只支付了
2000 元的住院費用，從第二個月起就停發薪水。大學畢業的年輕職員──
一位實習業務員──目睹了事情的全部經過，一氣之下，把老闆痛罵了一
頓，然後拎著自己的薪水袋，衝入雨中的市區，直奔醫院去了。「你這個吃

人肉、喝人血的東西，╳你媽的！你不是人！」的怒吼，在法律禁止勞資糾紛的臺灣，恐怕是勞工們唯一的抗爭手段吧！

〈一個年輕的中學教師〉的主角是臺北市一所中學的國文老師，他曾任教於花蓮某中學，卻由於傾心於提倡個人主義和自由民主的胡適，而寫了一篇〈胡適──一個新文化的開拓者〉發表在學生刊物上，結果成為他被迫離開該校的原因。然而，臺北這所中學的教職員休息室的氣氛，對他這個理想主義者而言，也不見得令他滿意。

> 在臺北這樣的環境裡，他反而強烈地感到一種在花蓮那樣偏遠的鄉下所不曾感到的現實生活的威脅，那裡的人倒還有一點人情味，而臺北──噢！什麼都是錢呀！老師們還在學校裡作股票生意、推銷珠寶……

他愛上他的同事──一個現實的女老師，結果失戀了。失戀後，他把身上僅剩的生活費拿去買了一瓶高粱酒，喝著酒和著淚水，逐漸沉入夢鄉……

1970 年代前半期，王拓寫過〈祭壇〉，主角也是中學教師。那位教師俗不可耐，描寫得很戲劇化。而這一回的中學教師倒沒有那麼戲劇化；在「理想與抱負」四處碰壁而粉碎之後，青年教師感受到極大的挫折感──這應該是作者在本作品中的描寫重點吧？

從上述作品的內容來看，可以發現王拓的小說以 1975 年為分界線，前後有明顯的差異。1970 年代前半期作品以漁村為背景，在抒情格調中有濃厚的鄉土色彩，而作者所愛的八斗子漁民，終究沒有找到通往未來的出口。王拓描寫他們的筆觸也僅止於「自然主義」式的描述，其中沒有任何理想，沒有任何解決方法，只有無奈的現實真實地呈現在你我眼前。連那些有千載難逢的機會，而能脫離漁村的少年們，也逃不過相同的筆觸。

1970 年代後半期，王拓把小說的舞臺從漁村轉移到都市，同時開始關心各種社會問題，例如：近代勞資關係的畸形發展，失業所造成的家庭問

題，以及瀰漫各地的拜金熱等等，並塑造出與這些問題抗爭的叛逆型人物。這些人物多半是大學畢業的知識分子，他們的抗爭行動往往是死路一條。作者早期描述的漁村知識分子，作為總是和故鄉的期待背道而馳；如今，他開始摸索知識分子的另一條新路徑，塑造完全相反的人物形象。從「自然主義」式的描寫，轉而嘗試「寫實主義」式創作的王拓，後來也被迫在更苛刻的條件下，選擇了這些受挫的知識分子一樣的命運。我們可能有一段時間見不到作家王拓了。

四、從評論到實際行動

　　王拓也是個評論家，據說很久以前他就發表過文學評論集《張愛玲與宋江》。[5]但是，筆者並沒有看過那篇文章，所以在此只能依據 1977 年 9 月出版的《街巷鼓聲》，探討王拓在評論方面的特色，同時也補充說明與他後來的動態相關的若干事實。先看看收錄作品一覽表：

1.從當代小說看知識分子的迷惘與徬徨

2.當代小說所反映的臺灣工人

3.俄羅斯草原上的鼓手

4.是現實主義文學，不是鄉土文學

5.廿世紀臺灣文學發展的動向

6.讓文化建立在我們的土地上

7.歷史潮流中的進步與倒退

8.瘋狂邊緣——談談洪通和他的畫

9.期待一個藝術家的成長——看朱銘木刻的感想

10.期待一批現代的「陳達」

11.梁山泊的崛起與沒落

　　以上 11 篇評論的發表時間，大約是 1974 年 2 月到 1977 年 5 月之間的

---

[5]高鵬，〈臺灣省文學簡介（下）〉，《當代文學研究叢刊》第 2 輯（1981 年）。

兩年多[6]，和小說第二部創作集《望君早歸》的創作時間大致重疊。不過，作品收錄順序不是依據發表年代先後，而是把內容相近的作品收集在一起。如果要分類的話，最前面的五篇是和文學有直接關係的評論；接下來的〈讓文化建立在我們的土地上〉，是承續前五篇的論調而發展出來的鄉土文化論。中間的〈歷史潮流中的進步與倒退〉和〈梁山泊的崛起與沒落〉，與其說是評論，倒不如說是學術論文。前者討論胡適的思想與文學研究的關係，後者是依據《水滸傳》原作分析宋江的思想。〈瘋狂邊緣〉以下三篇，各談論畫家、雕刻家和音樂家——他們的作品都扎根於民族傳統之中。

開頭的〈從當代小說看知識分子的迷惘與徬徨〉，透過四篇小說探討高度商業化的臺灣社會，如何受到金錢至上的功利主義和拜金主義的毒害；而知識分子處在這種社會風氣中，又如何陷入了「迷惘與徬徨」之境等問題。同時也針對自孔子以來輕視勞力的傳統加以批判，並且盛讚在泥土地上生根、勞動的樸實民眾，說他們是最理想的人物形象。

〈當代小說所反映的臺灣工人〉（發表刊物不詳）是一篇作家論，評論有「臺灣唯一的工人作家」之稱的楊青矗。這篇評論不僅是上選的作品和作家論，同時也意圖以尖銳的筆觸，分析臺灣社會的僱用制度之不合理，以及社會制度的殘缺不全。如果說王拓想在這篇評論中，假評論楊青矗的作品之名，實則討論他無法在自己的小說中觸及的勞工問題，也未嘗不可。

〈俄羅斯草原上的鼓手〉（1974 年 2 月 27 日《中國時報・人間副刊》）一文，談到遭受蘇聯政府迫害的諾貝爾文學獎得獎作家索忍尼辛和巴斯特納克，以及他們的支持者。臺灣的知識分子可能有不少人望文生義，以為這是一篇單純批判蘇聯文藝政策的評論而已。筆者則認為，在長達三十多年的戒嚴令下，處在無人敢談論國家大事的社會中，這篇評論正是王拓所選擇的暗喻法——是否只是筆者太多心呢？讀讀下面兩段文章，難道

---

[6]〈當代小說所反映的臺灣工人〉及〈梁山泊的崛起與沒落〉二文之發表時間與發表刊物皆不詳。
〔編按：此二篇文章雖在《街巷鼓聲》中未標註其發表時間，但〈梁山泊的崛起與沒落〉一文曾發表於《臺灣政論》第 1 期（1975 年 8 月）。〕

讀者閱讀之時不可能代換成其他狀況嗎？

> 國家是全國每一個人的國家，不是一個黨或一個個人的私有財產，因此
> 在面對統治者的謊言與不義時，真誠的愛國者如巴斯特納克、洗尼阿夫
> 斯基、但尼爾與索忍尼辛，就不得不把歷史的真相揭發出來了。
>
> 他們不怕俄國的落後與黑暗，因為落後總會有進步，黑暗終於會漸近光
> 明，如果有更多像巴斯特納克和索忍尼辛這樣的人──真正熱愛他們所
> 生長的土地，真摯地關懷和他們在同樣的土地上生長的同胞，攜手並
> 進，同甘共苦，那麼落後與黑暗是不難克服的。

　　如果用這兩段文章來印證作家王拓的整個文學活動的脈絡，就不難明
白這些文字確實具有十分深刻的意義。

　　「鄉土文學」一詞在臺灣由來已久。最初是指日據時代的臺灣作家為
了抗拒日本統治，因而特意以臺灣作為題材所寫出來的作品。但是時下的
「鄉土文學」，當然有和過去全然不同的意義。1960 年代，臺灣文學受到
歐美文學影響，一面倒向西洋文學，而喪失了本土性。現在所謂的「鄉土
文學」就是為了反抗這股西化風，而盛行於 1970 年代的文學。不過，王拓
稱之為「現實主義」──即「寫實主義」（realism）文學。〈是「現實主
義」文學，不是「鄉土文學」〉（1977 年 4 月《仙人掌》第 2 期）的內容，
就是評論這種「現實主義」文學之所以產生的由來和必然性。他所謂的
「現實主義」文學，其內容具有下述特色：

> 這種「現實主義」的文學是根植於我們所生長的土地上，描寫人們在現
> 實生活中的種種奮鬥和掙扎、反映我們這個社會中的人的生活辛酸和願
> 望，並且帶著進步的歷史的眼光來看待所有的人和事，為我們整個民族
> 更幸福更美滿的未來而奉獻最大的心力的。

比這篇文章晚一個月發表的〈廿世紀臺灣文學發展的動向〉（1977 年 5
月《中國論壇》第 4 卷第 3 期），一方面從日據時代開始著手，對臺灣現代
文學史作一番鳥瞰；另一方面更詳細地申述大致相同的寫實主義文學觀。簡
而言之，這是一篇很徹底的功利主義文學論，它的視點百分之百設定在民眾
的立場上。接下來發表的〈歷史潮流中的前進與倒退〉（1977 年 2 月《夏
潮》第 2 卷第 2 期），有一個副標題——「也論胡適思想及中國文學」。這篇
論文對胡適在白話文學史上所扮演的積極的角色，給予高度評價。而且也肯
定他的著作《白話文學史》，和有關舊小說的考證，自有其意義。但是另一
方面又嚴厲批判胡適的不是，說他不該在五四運動之後，「以西洋資本主義
社會的價值觀念為基礎」，用來解決所有的問題。同時期發表的小說〈一個
年輕的中學教師〉的主角李文舉，對胡適倒是倍極禮讚，內容和他的評論大
相逕庭（由此可知，小說中的知識分子有某種程度的戲劇性）。

〈瘋狂邊緣〉（1976 年 3 月 13～14 日《中國時報・人間副刊》）以下
三篇，各彰顯民族傳統的薪傳者：畫家洪通、雕刻家朱銘和音樂家陳達。
從這幾篇文章中，可以看出王拓對民俗藝能有很高的評價。不過，他倒不
是一味禮讚而已。尤其對陳達另有一番評語——他擅長彈奏月琴，吟唱傳
統歌謠，又是即興詩人，因而博得「民族樂手」之名，有廣大的樂迷。可
惜歌謠題材都是三十多年前的陳年往事，已經難以滿足現代的「新要求」
了。在這個時代，還是需要「新的陳達」。

最後的〈梁山泊的崛起與沒落〉一文，沒有記載發表時間和發表刊
物。也許在這部評論集中，是首次發表的作品吧！它的副標題是「論水滸
的『官逼民反』並評宋江的領導路線」。一般都認為「官逼民反」是《水滸
傳》的主題，夏志清在《中國古典小說》中則另有見解；但王拓仍然支持
「官逼民反」的說法。宋江本來是無意「造反」的。在小說中，「替天行
道」和「忠義雙全」這兩個相互矛盾的口號常被相提並論。前者是「與統
治者相敵對的，是站在被壓迫民眾的立場」，後者則是「忠於朝廷」之意。
最後，宋江想把「招安」導向對他們有利的方向，目的是「光榮的投降」；

結果他們都被殺了，梁山泊的武力於是乎完全瓦解。

　　以上的論旨是王拓針對《水滸傳》原文所作的精闢分析。寫這篇學術論文的王拓，他的身分應是中國文學研究者，而非評論家。其中當然也不乏論者的暗喻——主張與民眾並肩作戰之必要。而同樣是學術論文的胡適論也可以讀出相同的暗喻。

　　評論家王拓比作家王拓饒舌多了。在小說中揮灑不開的題材，便在評論中發揮得淋漓盡致。雖然他的評論多半得借助於暗喻，但是即使不能直接表達，讀者還是能夠充分理解他的弦外之音。有時，間接的表達方式反而更能加深讀者的印象。

　　然而，他終究不會甘心待在暗喻的世界裡。1978 年，他「競選民意代表，致力於社會改革和為大眾爭取人權」，終於被捕下獄。當時，他為了參加「國際人權日」紀念大會，從臺北趕到高雄；三天後，和許多黨外人士一起被憲警人員逮捕。這就是震撼臺灣社會的「美麗島事件」。[7]目前（指1982 年本文作者執筆之時），王拓因「叛亂罪」而被判刑六年徒刑；楊青矗也走上相同的命運，正在服刑中。王拓曾善意地批評楊青矗是「臺灣小說界的異軍」。這批 1970 年代活躍於臺灣文壇的作家們，他日是否能重新執筆，再展雄風？現在筆者也無法預知。不過，衷心喜愛他們的文學的許多臺灣人士，必然比任何人更期待著這一天的到來吧！

（1982 年 9 月 13 日完稿）

本文原載於《中國語學文學論集》——

伊地智善繼、辻本春彥兩教授退官紀念（1983 年 12 月）

1990 年 2 月 21 日

——選自《臺灣文藝》第 129 期，1991 年 2 月

---

[7]編按：1978 年王拓競選國大代表後因中美斷交選舉中止，1979 年王拓才因美麗島事件被捕入獄。

素樸的寫實風格
《金水嬸》

◎周昭翡[*]

　　《金水嬸》蒐錄了王拓在 1970 到 1975 年之間寫作的八個短篇小說，寫的是一系列臺灣濱海小村落的故事。描述 1970 年代臺灣經濟高度發展之際，工商社會對於處於村落之間，漁民生活所帶來的影響和衝擊，特別是拜金主義盛行之下，人性受到的腐蝕和扭曲。作品中深刻反映了個人的感傷和無奈，但同時展現了貧困中生存的強韌毅力。生長在基隆的王拓，可說是以澎湃的文學之筆，細譜他自己家鄉的真實故事，是一部寫實主義風格強烈的鄉土文學作品。

　　其中〈金水嬸〉描述一個變遷的社會過程中家庭的崩解，家族成員間對立、以及緊密的親情，和朋友鄰里間的分合與情義。母親，往往是每個人生命中最親的陌生人，更常常是每個家庭維繫的核心所在。所以，家庭成員的悲喜榮枯，從她們的身上都可以找到事件的痕跡。母親，這樣的樞紐角色，是現實的寫照，透過金水嬸這個人物的幅射，帶出她的幾個兒子，不論正直憨厚、或勢利取巧，讀者在他們身上，都可以看到自己以及臺灣社會中的酸甜苦澀！

　　《金水嬸》在 1976 年由香草山出版公司初版，是王拓的第一本小說集。他本人則在 1979 年因高雄事件被捕，受刑六年，1984 年出獄。該書在 1987 年由人間出版社重新出版。王拓的小說量少質精，那強烈的寫實風格，以素樸的語言對人性困境的闡述，關心社會、逼視現實，幾乎每一篇

[*]作家、資深編輯。曾任《聯合文學》主編、副總編輯、《印刻文學生活誌》副總編輯，現為中華民國筆會祕書長，並主持廣播節目「為臺灣文學朗讀」。

小說都引起文壇關注，評述者眾，不僅止於國內，更兼及海外。

2002 年臺視八點檔播出的《臺灣曼波》，即改編自〈金水嬸〉和王拓於 1977 年在《中國時報》發表的另一篇小說〈望君早歸〉。九歌出版社也於 2001 年再次出版此二書，此時距王拓寫作《金水嬸》已超過四分之一世紀，達 25 年之久。文化評論家南方朔評述這兩部小說：「《金水嬸》和《望君早歸》在臺灣文學史上有劃時代的意義，是鄉土文學破繭而出的代表」。

——選自《文訊》第 221 期，2004 年 3 月

為鄉土文學辯護
《王拓集》評介

◎彭瑞金*

　　王拓，原名王紘久，1944 年出生於基隆八斗子漁村。政治大學中文研究所畢業，歷任教師等職。1970 年代初開始發表小說，參加《文季》等刊物。八斗子漁村是他的文學源頭，第一本小說集《金水嬸》裡的八篇作品，有七篇以八斗子為背景，寫八斗子的人與事，其後亦有不少作品，偏好以八斗子為背景的情形，是臺灣文學史裡罕見的漁民文學作家。

　　1977 年，發生鄉土文學論戰時，他的作品也成為論戰雙方爭論的焦點。

　　王拓也是少數以作家身分挺身而出為鄉土文學辯護的作家。他在〈擁抱健康的大地〉一文中，三度呼喊：「這是我們的家園哪！」又說：「我們是兩腳深扎在這塊土地上的一群人，死了也還在這塊土地上，和這塊土地合而為一、混為一體……為她，我們願意流汗、流血；為她，我們甚至可以死！」慷慨激昂，表達他對鄉土的熱烈情感。1978 年投入選舉，第二年高雄美麗島事件時被捕，入獄六年，獄中仍持續創作小說，但出獄後，即將重心投向政治，現任立法委員。著有《台北，台北！》、《牛肚港的故事》等長篇小說，及政論《街巷鼓聲》等。

　　《王拓集》是短篇小說集，是前衛出版社出版之「臺灣作家全集」50冊中的一本，收錄〈墳地鐘聲〉、〈炸〉、〈金水嬸〉、〈春牛圖〉、〈一個年輕的中學教員〉五篇短篇小說，都是 1970 年代所寫的作品。

---

*發表文章時為靜宜大學臺灣文學系助理教授，現為靜宜大學臺灣文學系教授暨臺灣研究中心主任。

〈墳地鐘聲〉顧名思義即是寫與公墓相鄰的小學校舍——八斗國民小學，低年級的教室後面的丘陵地，就是一個個掘過的棺材坑，教室旁邊就是半倒屋的斷瓦殘垣。阿生因遲交補習費，遭老師打斷手骨、打腫手掌，討海人滿福到學校興師問罪，不得要領。三年級的賴靖順被倒塌的廁所壓住，溺斃在糞坑裡，從此，校園就不平靜，鬼影幢幢，人心惶惶。連校長宿舍都鬧「鬼」，賣魚的探頭看見禿頭校長和煮飯的春桃大白天全身光溜溜在辦事。

〈炸〉寫八斗子的漁民水盛，孩子的註冊費還沒有著落，卻把賣魚的錢兩百元拿去賭博輸光了。要向興旺嫂借錢，卻已經積欠三千五百元了，僅有的地契也早已作抵了，為了向興旺嫂再借五百元，她提出以模範生兒子春雄抵押的辦法，氣得水盛破口大罵。但走投無路，仍不得不屈從興旺嫂的條件，並且去幹那他過去絕不肯做的「炸魚」。由於沒有經驗，炸斷了整隻左手，重傷住院。興旺嫂只擔心自己借出去的錢要石沉大海，摸進水盛家裡，想找出幾樣值錢的東西抵債，無意中發現阿雄發燒臥病在床，良心始感不安。

〈金水嬸〉裡的主角「金水嬸」是八斗子漁村裡的代表性人物，她不是漁民，是終年挑著擔子行走漁村賣雜貨的行腳商人，雖然只賺取蠅頭小利，丈夫又不負起持家的責任，好吃懶做，生的六個兒子，卻個個都讀到大學，分別當銀行經理、稅務處專員、船長、大副，也都各自成了家。大兒子卻把她拖入都市人的金錢遊戲，不但她自己標會投資，還牽朋引戚參加，被人坑錢之後，兒子們都不肯伸出援手。本來這個漁村小行商，即使兒子們不拿錢供養她，她也可以自食其力，從事辛勤工作中，過著有尊嚴而自足的生活。為兒子拖累，一時無法清償這一大筆債務，「金水嬸」只好外出幫傭還債，誓言一分一釐、做牛做馬也要把錢還給親友、會頭，展現她倔強的人生風骨。和都市人倒會一走了之，甚至惡意倒會的情形，形成強烈的對比。

〈春牛圖〉是作者離開漁村八斗子背景，第一篇以都市為背景所寫的

小說。五年前，劉昭男和大學同學邱德彰一起成立「華倫藥品公司」，他們二人曾經同在一家製藥廠當推銷員，公司登記在邱名下，業務員工作重，待遇又不好，劉經理和邱老闆的經營理念不同。邱為了促銷，用低級色情照片、色情書做贈品，還強迫女業務員和醫生發生不正常關係，還要劉跑業務。劉忍無可忍，公開批評邱，帶領全體業務員罷工，第二天，邱卻順利各個擊破，劉陷入孤立。劉以公司逃稅和違法的證據抗爭，收下二十萬元和解費退出公司。但幾個月都找不到工作，孩子又得了急性肺炎住院，債臺高築，只好接受吉安藥房老闆的建議，販賣春藥圖利。

〈一個年輕的中學教員〉描寫年輕的中學國文老師李文舉，先是在花蓮的高中任教，滿腦子都是偉大的理想和抱負，指導學生搞社團、辦刊物，卻被上校退役的同事告他思想有問題，並在動員月會上炮轟校長支持這份刊物。有關單位真的到校調查，校長還要李文舉道歉。李調職臺北的國中之後，看見同事不是玩股票、推銷商品……不買書、不看書，一點都沒有理想性，對學生暴力相向，以作家自負的李某看不起他們，卻發覺一切向錢看的社會，不但年輕的女同事，甚至房東太太也看不起國文教員。他也變得暴躁起來，出手打了學生。

王拓的小說，可以說是他的寫實主義文學理想的實踐，他相信作家透過文學，可以為社會、大眾做一些事，「我相信，這些令我感動的，多數廣大的健康的人們所表現的心裡的愛憎和願望，以及他們在樸實的勤懇的日常生活中，為了下一代的幸福所作的犧牲和愛心，所表現的人性的光輝，是人類世界最寶貴，最值得珍視的東西。」

——選自李學圖編著《孕育臺灣人文意識——50 好書》
臺北：前衛出版社，2007 年 9 月

作家第一本書的故事
王拓與張愛玲

◎應鳳凰*

　　如果你問一位臺灣文學系研究生「王拓」是誰，也許他能答出：小說《金水嬸》的作者。一般對王拓的印象，大概會說他是「政治人物」，「前民進黨立委」。讀者是健忘的，或者說，文壇位置本來邊緣，文學潮流事件很快就煙消雲散。王拓在 1970 年代文壇，是活躍的「文學人」，不僅是「鄉土文學論戰」一員戰將，作為中文系出身的漁村子弟，他發表過不少「討海人」題材的小說。以後參與社會改革，1979 年因高雄事件入獄，才走上政治人的不歸路。

　　王拓第一部作品《張愛玲與宋江》1976 年出版，此「文學評論集」的內容題材與其學歷背景大有關係。基隆中學畢業後，王拓考取臺師大國文系，教書之餘再考進政大中文研究所。研究生時代多少受到尉天驄老師影響，也曾參與《文季》編務。這些歲月痕跡，都在此書裡留下印記。

　　書裡十篇評論，發表於 1971 到 1974 年之間。內容分成兩類：「當代小說」與「古典小說」各五篇。前者「論張愛玲」一口氣占了四篇，另一篇談歐陽子《秋葉》。古典小說類主題不集中，談《白蛇傳》、《西遊補》、《三國演義》、《水滸傳》。全書依「寫作時間排序」，作者書序說：如此安排「可以讓讀者明白看出我整個思想轉變的痕跡。」口氣甚大自視甚高，而他寫評論的動機：「我不是專門研究文學批評的人，我的學院訓練的基礎也很差。我之所以敢寫這類評論性文章，主要是作為自己在創作時的一種訓

*發表文章時為臺北教育大學臺灣文化研究所教授，現已退休。

練和參考。」看得出小說創作才是他寫作的重點。

　　只相差五個月，1976 年 8 月由臺北「香草山出版公司」出版的《金水嬸》是他生平第一部小說集。其中以王拓母親為藍本的短篇〈金水嬸〉原刊《幼獅文藝》，是他的成名作，曾由林清介導演改編成電影。小說主題呈現工商社會傳統倫理的式微，都會子女與農村父母的疏離──子女對陷入債務困境的父母，互相推諉見死不救，讓金水嬸晚年，在鄉村在城市皆受盡折辱。初版封底如此介紹作者：「王拓，本名王紘久，民國 33 年生於基隆市的小漁村八斗子。出身貧困，對窮苦人家的生活與感情有深刻的了解。他認為：『在這個時代做一個作家，只在書房裡寫作是不夠的。』因此以這個信念從事文學工作。」

　　大概是嫌「小說改革社會」速度太慢了吧。兩年後，即 1978 年他棄筆登記參選「基隆市國大代表」，雖因政府停止選舉而作罷，王拓從此活躍於黨外政治運動而成為民進黨員。如今事隔三十多年，聽說退出政壇的王拓欲重新提筆寫小說。回首前塵，不知政治與小說事業，終究哪一樣更有影響力呢？

──選自《鹽分地帶文學》第 46 期，2013 年 6 月

墳地裡哪來的鐘聲？

◎銀正雄[*]

　　民國 60 年，王拓有一篇小說〈墳地鐘聲〉發表於當時頗受文壇重視的《純文學》雜誌，後來這篇小說收入王拓最近的小說集《金水嬸》裡。王拓在〈墳〉內描寫的是一所國校的內部種種，這所學校就是八斗國民小學。我們知道，王拓是在「基隆市的小漁村八斗子」土生土長的（見《金》書後的作者介紹），他在《金水嬸》一書裡所寫的便是一系列的八斗子故事。王拓企圖在這本書內把從小到大的所見所聞以及他的感受，完全寫進這本書內，為從未到過八斗子的城裡人勾勒出捕魚社會的生活樣態，讓他們了解討海人是生活在什麼樣的環境下。〈墳地鐘聲〉所討論的教育在王拓而言，自然是重點之一。

　　在〈墳地鐘聲〉中，王拓藉著學校工友老潘（是八斗子裡的外鄉人，一個退伍的老兵）和漁村裡的漁民來看一所國民小學內部腐敗的情形。在這所八斗國民小學裡，王拓間接展示給我們的：是校長和女傭人通姦、是老師間的勾心鬥角和公然大吵，是老師和學生家長的為了補習費而衝突。在這樣一個混亂的環境下，從事教育的人自然無心致力於學校的建設，也自然導致了一場悲劇的發生：在一場「不過是比平常大一點的地震而已」之下，一棟才建了半年多的廁所倒塌了，壓死了一位正在如廁的小學生。

　　這樣的一個故事，經王拓歷歷寫來，叫我們驚心不已，因為我們發現在整篇小說中，除了工友老潘就沒有一個人是清醒的。而工友老潘之所以

[*]小說家。曾任陸軍軍職、時報文化出版公司文學主編、故鄉文化出版公司總編輯、中央日報資深核稿編輯，現專事寫作。

清醒主要在於他是個外鄉人，是個不屬於八斗子的圈外人，他能不受當地漁民的迷信力量所左右，然而他卻由於地位問題人微言輕，正如他所說的：「暮鼓晨鐘」，對於沉淪而不想自拔的人終歸是徒然。沉淪而不想自拔，恐怕也無力自拔的人是誰呢？第一個當然是八斗國民小學的校長和老師們，其次才是八斗子漁民。然而，我們認為作者在這篇小說中最主要的用意是在攻擊這所小學的教職員，八斗子漁民的迷信正是他藉以攻擊的工具。八斗子漁民認為廁所倒塌，校長家鬧鬼都是學校誤占墳地才召來的報應，因此他們才請道士招亡魂驅除惡鬼，但惡鬼是驅除不了的，因為鬼由心生，而且活生生的化成人的形象了，八斗國民小學的不肖教職員便是惡鬼的轉生。這就是王拓所要展示給我們看的。

毫無疑問，這是一篇鄉土氣息非常濃厚的作品，背景是基隆市的小漁村，小說語言用的有土色土香的閩南語（臺灣話），刻畫的人物除了不負責任的教育工作者，泰半都是拙樸而又鄙俗的討海人，如此我們應該可以把它列為「鄉土文學」的作品而無疑問。

但是我們要問，這樣的鄉土文學作品反映的是什麼？我們懷疑的是王拓寫這篇小說的動機。當然暴露社會黑暗面的小說不是不能寫，而且是絕對應該寫，同時我們也認為作者有選擇小說素材的權利，而這項權利又應該是作為讀者或批評者的我們，應該尊重而且不能干涉的。然而我們也覺得，小說作者不應濫用了這項權利，小說作者或者其他文學類型作品的作者固然可以「為藝術而藝術」，但卻不能不考慮他的作品小至對個人、社會、國家，大至對人類所構成的影響，而這便是讀者或批評者讀一篇作品時所應該要問的。從前孔子曾說：「學而不思則罔，思而不學則殆」。孟子也說：「盡信書，不如無書」。我們想，這可作為我們研究文學作品的參考。而且我們也認為只有作者、讀者能坦誠的彼此交換意見和禮讓的彼此尊重，我們的文學才會更有前途。

我們何以會懷疑王拓在寫〈墳地鐘聲〉時的動機？我們是由他所表現的技巧看出端倪。在這篇小說中，王拓使用的是全知觀點，照說用這樣的

觀點最能掌握住小說中每個人物的心理變化和情節過程，這是因為作者高高在上，好比站在山頂觀看塵世，對於故事中的人物不容易有喜怒好惡的偏愛感，也不易流入主觀敘述的窠臼。但是，這篇作品給我們的感覺卻全然不是如此，我們從它的字裡行間反而嗅到一股濃濃的火藥味，我們只覺得王拓對教育工作人員很不滿，對他們中某些不肖分子很氣憤，因此他藉工友老潘的感覺，來道出自己心中的話：

> 想起這件事情，老潘就覺得痛心，學校裡有熱情有愛心的老師多得很，但是，這世界原來就是這樣，大多數的好人總是被少數幾個敗類給害了。

這些敗類做了什麼害群的事呢？

小說一開始，王拓用直接而強烈的手法，讓我們看見漁民滿福和黃老師火爆的一場爭吵。這場爭吵的關鍵在於補習費，滿福的孩子阿生挨了黃老師的體罰，阿生母親認為這是因為他們沒交補習費，老師就藉故痛打她的孩子，因此逼著她丈夫滿福找黃老師理論。而黃老師卻堅持自己責罰阿生，不是因為補習費問題，是由於阿生偷了人家的東西，他認為自己沒有做錯。結果是滿福犯了眾怒，被半推半趕的逐離學校。作者雖沒有直言誰是誰非──因為吵架在火頭上，本來就口無遮攔不能算數的──但王拓卻藉著這樣的安排，點出了教育人員的理屈──惡性補習本來就一直是教育界的一個毒瘤，當然引不起讀者好感。同時，作者更藉此埋下一個伏筆，小說中，滿福罵說：

> 「……幹──豬狗禽獸都不如。做老師？做老師還去勾搭別人的女人？新聞都刊得那樣大，呸！你以為你做老師稀罕？高尚？幹──垃圾鬼！……」

　　「勾搭別人的女人」正是王拓要攻擊的第二個教育界的瘡疤。

　　在這篇小說中，一共有兩個從事教育工作的人做了這種「萬惡淫為首」的事，一個是李奇謀老師，另一個便是漁民阿火仔口中的禿頭校長。但這兩個人是否真勾搭女人，儘管作者有意讓我們以為是真的——因為他藉李、黃兩位老師的爭吵和阿火仔說他無意間看到校長和女傭人通姦的經過，來表示他這一看法，我們卻覺得很有問題。首先以為王拓在處理李老師和黃老師的爭吵情節上，使用的對比技巧有很大的問題存在，因為李老師究竟有沒有「勾搭別人的女人」，在法律上是要講求證據的，不能靠傳言就把人一口堵死。小說中，黃老師罵李老師：

　　「……垃圾鬼！人家罵的是誰？媽的！我都不好意思說你，你倒教訓起我來了。報紙刊得那麼活靈活現，當明星的是什麼人，我破壞學校名譽？……」

　　「報紙刊得那麼活靈活現」，王拓並沒有指明報紙報導的是什麼，但卻會使讀者聯想起前面滿福罵的「勾搭別人的女人」的話，於是認為原來李老師就是那個「勾搭別人的女人」的害群之馬。在電影中，導演常常用表面上看似無干的幾項事物，經攝影機的鏡頭透過對比的處理，使觀眾明白導演所要表達的真意。但在這篇小說中，作者用這種蒙太奇的手法對李老師是不公平的，因為報紙的報導不盡可靠，而作者卻藉此使讀者產生教育界是一團糟的印象。

　　其次，校長和女傭人阿桃的通姦，只有阿火仔一個人看到。他在什麼時候看到的呢？小說中，阿火仔說是「前幾天我挑魚到學校宿舍去賣」時看到的，賣魚的時間絕對不會是晚上，那麼就是白天了，這就使我們產生在時間上是不可能的感覺。因為身為校長的人，想必是一個讀過書的知識分子，他白天必然有許多事務要處理，他再慾火中燒也不會笨到把校務完全推開，在光天化日之下就同女傭人幹起可能惹火燒身的勾當。我們不信

這位校長會沒有顧忌，既有顧忌，那麼阿火仔的說法就有問題。然而，王拓何以要如此寫呢？我們推敲了一下，也許王拓有意把這座學校寫成是一座上樑不正下樑歪的學校，因為連校長都是一個禽獸不如的東西，無怪乎老師要下效其行了。而小學生阿順仔的慘遭壓死，實際上可以說就等於死在這批人的手裡一樣，因為他們只顧財和色，當然忽視了學校的建設。作者藉漁民的嘴中道出這所學校原來是蓋在墳地之上。其實就在影射八斗國民小學就是墳地的化身，而墳地居然會傳出鐘聲豈不是一件咄咄怪事？作者的題目「墳地鐘聲」用在這篇作品上，實具莫大的諷刺性。

平心而論，我們不能否認我們的教育界，的確發生過王拓所指責的這些怪現象，問題在攻擊並非就解決了問題，因為破壞畢竟只是手段，建設才是它的目的。但如果是惡意的攻擊就另當別論，因為它根本就無意建設。純就小說而論，校長和李老師是否真的和別人的女人通姦實在很成問題，而作者卻運用了暗示的技巧，有意使我們認為他們是幹了使孔門蒙羞乃至摧殘民族幼苗的壞事，使我們不得不懷疑作者創作這篇小說的動機何在？

此外，即使小說中的校長和李老師真的幹了如作者所指責的惡事，我們也認為作者的態度很有問題，因為我們覺得人生在世，沒有一個人天生就願意自甘墮落，我們也相信世界上沒有一個人是百分之百的壞蛋。每一個人的行為都必然有他們的原因，正如王拓寫這篇小說有他的動機一樣。如果王拓真的關懷教育問題，那麼他是不是應該追問何以黃老師要惡性補習？校長和李老師為什麼「勾搭別人的女人」？我們覺得如果王拓真是用心在此，則他小說的重點應是深入挖掘的探討、描寫這三個角色的生活，而非像目前顯示在我們面前的以暗示、烘托的手法來醜化他們行為的一篇小說。

因此我們以為一個小說家，一個真正對他的小說事業抱著虔誠、謙虛的小說家，他在創作一篇小說之前，態度應該是嚴肅、誠懇而慎重的。他對於他所要表現的人物應該沒有不平之心，他應該解脫喜怒愛憎這些足以

影響他創作的因素，儘管他筆下的人物個個都有喜怒哀樂的感情，在他則應跳離；他了解但是他不陷入。不然他一旦陷入了，他喜歡這個就會憎惡那個，他的小說勢必有偏頗，而他所要表達的觀念也就必然會產生負面的作用。

也許有人會認為〈墳地鐘聲〉不過是王拓的一篇作品，我們不能因此而論定他作品的價值。事實上，收在《金水嬸》一書中的其他作品如〈蜘蛛網〉、〈祭壇〉、〈金水嬸〉等都不可避免的在創作動機與敘述態度上有令人懷疑的地方，而這樣的影響又是相當叫人擔心的。

但是，真正使我們憂慮的倒不是王拓作品的價值好壞問題，我們以為單就王拓的作品而言，沒有人會否認它不是「鄉土文學」，然而使我們關懷憂慮的也在這裡；因為「鄉土文學」早在民國 50 年到 60 年間便已植根、發芽，而最近又有人高喊在文學上要「回歸鄉土」；但荒謬的是，我們卻不知「鄉土」為何？它代表著什麼？要如何回歸？我們一切都不知，竟然有人就跟著行動了，而如今我們看到了所謂「鄉土文學」的王拓的小說，我們不得不憂慮，也不得不懷疑「鄉土文學」是不是走入了一個偏差的方向？萬一是，那麼隱藏在這背後的心態就很值得探討了。

本來，提倡「鄉土文學」是絕對應當的事，因為就它所發生的背景而言，乃是對民國五十幾年間甚至到現在，都可能還有的文學逐漸傾向西化的一種反動。因此如果提倡「鄉土文學」是旨在使我們的文學返璞歸真，那麼它是一種絕對有意義的文學運動，我們應該舉雙手贊成。猶記得黃春明的〈看海的日子〉、〈鑼〉、〈癬〉、〈蘋果的滋味〉以及王禎和的〈嫁妝一牛車〉發表時，帶給我們的怦然心動的喜悅。那時「鄉土文學」作品所表現的精神確實是拙樸而純真，給當時的文壇注入一股清新健康的氣質。我們覺得今日我們若真是要提倡「回歸鄉土」，該以鼓吹、恢復文學內在的拙樸純真的生命力為其依歸，才有意義。

然而，民國 60 年後，「鄉土文學」卻有逐漸變質的傾向，我們發現某些「鄉土」小說的精神面貌不再是清新可人，我們看到這些人的臉上赫然

有仇恨、憤怒的皺紋，我們也才領悟到當年被人提倡的「鄉土文學」有變成表達仇恨、憎惡等意識的工具的危機，譬如我們今日討論的〈墳地鐘聲〉便是一例，在這篇作品中，我們感覺不到作者悲天憫人的胸懷，也不覺得裡面的人物有什麼可愛的地方，更體會不到「鄉土」作品中應有的那份純真精神。

更叫人遺憾的是，原來寫「鄉土」小說寫得那麼溫煦甜美的黃春明、王禎和，我們在他們最近的作品中，也竟然找不到原來擁有的「鄉土」精神了。

以黃春明的〈莎喲娜啦‧再見〉而論，它是一篇非常情緒型的作品，作者極可能是在激動的狀況下來寫它的，因為小說中含有大多作者的意見，而這種意見很明顯是作者藉書中主角的嘴巴說出來的。因此讀者在這篇作品中所得到的，完全是作者的訴諸說教，而非從全篇作品的感悟而來。〈莎〉文的故事重點，是敘述日本商人玩弄臺灣妓女與對當前大學生崇洋媚外的嘲諷。然而我們卻從這裡發現了幾個值得商榷的問題，第一是故事主角與大學生的對立，由小說中，讀者都已知他是未失真純的鄉土人物，而後者卻是面目可憎的都市人物，在作者的安排下，前者愈顯單純而後者愈顯卑鄙，我們覺得這是不公平的。當然，現實而又自私自利的大學生在我們這裡不可諱言沒有，然而值得挖掘的是這個不良現象的病根，但黃春明並沒有去討論它，反而藉誇張的嘲諷來表達這個現象。我們認為這正是倒果為因。而由此引出的大學生不知有國家的問題，自然顯得偏頗而且不公平，同時我們認為黃春明提出的民族觀念實在是情緒化而又狹隘的。

可惜的是，當時的批評家為狂熱的愛國熱情所矇蔽，他們以為黃春明這篇小說既寫日本人又責大學生，相當富於民族氣概，頗值鼓勵，於是便劈劈啪啪的鼓起掌來，然而他們忘記了建立在情緒上的民族意識是危險的，是不健康的，他們只知愛國是對的，不知盲目的、偏頗的、狹隘的、情緒化的愛國熱情常常也會引起反面的影響。他們不惜花費筆墨去歌頌

他、讚美他，使得黃春明受到了鼓勵，再接再厲寫出了一篇以臺北中山北路為背景，講越戰時來臺度假的美國大兵玩臺北妓女的故事為主的〈小寡婦〉。可是我們的批評家這時卻噤口不言了，也許這回黃春明寫的老美是我們的忠實盟友，使得他們有了顧忌，不敢再多說什麼了。我們且不提〈小寡婦〉在文學價值上的等而下之，我們痛心的是，從這兩篇作品中，再也找不到黃春明早期作品中擁有的清甜純真的「鄉土」味道了。

王禎和的〈小林來臺北〉，則是另外一種情形。在小說中，小林出身於鄉下，是個非常拙樸的年輕人，他到臺北是希望能做出一番事業，然而當他看到他服務的航空公司一些職員的醜惡嘴臉，卻使他非常氣憤，認為這些人真是敗類，都市到底也不如鄉村。我們承認，在臺北這個大都市中確實存在許多假洋鬼子，他們的作為的確令人齒冷。但問題是假使今天我們把這批假洋鬼子都趕盡殺絕，再過幾年我們仍然會看到又有一批新的假洋鬼子出現在我們的社會裡，這是因為我們只注意到了現象的發生就破口大罵，而不知反省造成假洋鬼子的背後因素。我們相信沒有一個人天生下來就是假洋鬼子，他們之所以成為人所痛恨的假洋鬼子，一定有他痛苦無奈的原因。也許在他們年輕時，他們也痛罵他們的上司是假洋鬼子。然而為什麼假以時日他們居然也變了？我們覺得一個小說家如果有意探討這個問題，那麼他就應該深入挖掘這個原因，否則今天王禎和藉小林的口痛罵某些人是假洋鬼子，他敢擔保多年後，他筆下的小林不會成為這些勢利而又自私無比的高級華人中的一個？在王拓的小說〈金水嬸〉裡，金水嬸三個令人齒冷的兒子，便是從八斗子這個拙樸無比的漁村走出去的，他們的不孝、貪婪與原來就生活在都市裡的人根本就沒有兩樣。

然而王禎和小說的問題也正就是王拓所犯的毛病，在他們的小說中，他們都利用烘托、對比的技巧刻畫出鄉土人物的拙樸與都市人物的惡劣的強烈對照。然而鄉土人物個個都是可愛、天真、純樸的嗎？實際上我們從他們的其他作品中也會發現這些鄉土人物有他們自私、愚昧之處，我們也不信都市人物真是壞得無可救藥了，但是我們若去觀察他們的作品，就會

發現他們根本很少甚至沒有提到關於這些都市人物是否也在掙扎向善（如果他們真的很壞）的問題，這正好反映他們小說中流露的自大而又褊狹的地域觀念。為什麼這些鄉土人物到了都市以後會變得那麼壞？為什麼活在工商業社會底下的都市人在他們的作品中就真的那麼黑心？他們對於社會難道一點貢獻都沒有？而我們的「鄉土文學」作家都不曾回答過這些問題，我們也不得不懷疑他們在創作時有沒有想過這些問題。

　　「鄉土文學」走到今天居然變成這個樣子，真是令人寒心，而今天又有人高喊在文學上要「回歸鄉土」了。問題是「回歸」什麼樣的「鄉土」？廣義的「鄉土」民族觀抑或褊狹的「鄉土」地域觀？如果走的是後面這條路，我們要問那跟 1930 年代的註定要失敗的普羅文學又有什麼兩樣？我們值得「回」這樣的「歸」嗎？我們相信，答案是否定的。我們認為今天在文學上不僅僅是要「回歸鄉土」，更重要的是要從「鄉土」中重新出發，走向「民族文學」、走向「世界文學」的殿堂。我們要使我們的文學能在「世界文學」中占重要的地位。而今天我們當務之急是要恢復我們「鄉土文學」的本來面目，就是要使我們的文學作品能再洋溢一片溫馨、純真，有清新、健康的生命力的精神，這才是我們今日的目的。

（民國 66 年 4 月 1 日《仙人掌》第 2 期）

——選自尉天驄編《鄉土文學討論集》
尉天驄印行，1978 年 4 月

彭歌、余光中與王拓、陳映真的論辯

◎陳芳明*

　　鄉土文學論戰的真正交鋒，發生於 1977 年 7 月《中央日報》總主筆彭歌的發難。整個戰火的擴大，延續到 1978 年元月中旬的「國軍文藝大會」。在長達半年的論戰，鄉土文學議論的焦點，不再集中於歷史的解釋，而是轉移到階級問題的辯論。對階級議題的討論，始自彭歌於當年 8 月 17 日至 19 日在《聯合報》連載題為〈不談人性‧何有文學〉的長文，針對王拓、陳映真、尉天驄三人予以一一批駁。緊接著在 8 月 20 日的《聯合報》，又有余光中發表〈狼來了〉的文字。彭、余二人的重點，並非在辯論鄉土文學，而是在質疑王拓、陳映真、尉天驄等人的政治立場。

　　就像朱西甯之質疑忠誠度，陳映真之指控分離主義，這次輪到彭歌詰問陳映真的政治立場。在彭歌所有討論鄉土文學的文章裡，臺灣歷史是根本不存在的。代表當時執政者權力象徵的彭歌，向陳映真提出「民族主義和愛國主義」的要求，呼籲鄉土作家應該精誠團結。彭歌不談臺灣歷史，是可以理解的。因為在右派中華民族主義的指導下，臺灣文學與臺灣歷史原本就是未曾發生過的。在國民黨建構的教育體制裡，臺灣不僅不容存在，而且還是徹底被擦拭淨盡的。所以，彭歌在質問陳映真之際，並不是不談臺灣的歷史與文學，而是在他整個思想裡全然沒有這樣的概念存在。

　　因此鄉土文學論戰的炮火拉開時，文學的討論就立刻變質了。陳映真在出版短篇小說集時，曾經以「許南村」的筆名寫了一篇自剖式的序文，

*作家、評論家。發表文章時為政治大學中國文學系教授，現為政治大學講座教授。

題為〈試論陳映真〉。[1]在這篇短文裡,陳映真有兩處地方檢討了臺灣的知識分子。

一、「在一個歷史轉形的時代,因著他們和那社會的上層有著千萬種聯繫,無力讓自己自外於他們預見其必將頹壞的舊世界。另一方面,也因著他們在行動上的無力和弱質,使他們不能作出任何努力使自己認同於他們在矇矓中看見的新世界。」二、「陳映真的小說中的小知識分子,便是懷著這種無救贖的、自我破滅的慘苦的悲哀,逼視著新的歷史時期的黎明。在一個歷史的轉形期,市鎮小知識分子的唯一救贖之道,便是在介入的實踐行程中,艱苦地作自我的革新,同他們無限依戀的舊世界作毅然的訣絕,從而投入一個更新的時代。」

針對陳映真的這兩段文字,彭歌緊迫追問「舊世界」與「新世界」的意涵。[2]從今天的發展來看,陳映真的內容是很清楚。所謂舊世界,便是指終於要崩壞的國民黨中國;而所謂新世界,自然就是暗示社會主義中國。但是,在 20 年前的臺灣社會,這種含蓄的語言只能曲折表達,而不能公開宣稱。彭歌的文章顯然是要陳映真在政治立場上表態。這樣的質疑方式,正好顯示當時右派中華民族主義的氣勢之盛。

公開揭露陳映真政治立場的,當推余光中〈狼來了〉一文的發表。[3]這篇短文,未嘗有一語提及鄉土文學,而是直接稱之為「工農兵文藝」。余光中指出,工農兵文藝不同於大眾文學,而是源自 1942 年毛澤東的〈在延安文藝座談會上的講話〉。他指控鄉土文學作家的理念與主張,有其特定的政治用心。他呼籲鄉土文學作家,應該「先檢查檢查自己的頭」。余光中的文字,使鄉土文學論戰不再是文學的討論,而是思想的檢查。這樣的變質,自然使整個論戰越來越偏離文學的議題。

右派中華民族主義者,對左派中華民族主義者的挑戰,恰好可以凸顯

---

[1] 許南村,〈試論陳映真〉,《鄉土文學討論集》(尉天驄印行,1978 年),頁 164～175。
[2] 彭歌,〈不談人性‧何有文學〉,《鄉土文學討論集》,頁 245～263。
[3] 余光中,〈狼來了〉,《鄉土文學討論集》,頁 264～267。

一個事實，雙方所認同的土地都是中國，而非臺灣。右派民族主義者，全然不討論臺灣歷史。如果提到歷史的話，也只是討論中國文學史上的唐詩與宋詞，左派民族主義者，則是把臺灣社會納入近百年中國現代史的發展過程之中。因此，論戰裡發表的無數文字，真正涉及臺灣文學的，只有葉石濤與王拓而已。除此之外，都只見證不同意識形態的對決與分立。

——選自陳芳明《後殖民臺灣：文學史論及其周邊》

臺北：麥田出版公司，2002 年 4 月

「鄉土」的定義（節錄）

◎邱貴芬*

究竟什麼是「鄉土文學」？當時並無定論，而是爭論焦點。[1]一般認為，鄉土文學論戰點火於彭歌、余光中在 1977 年發表文章批判鄉土文學以階級對立為訴求，「鄉土文學」被視為帶有濃厚「共產黨同路人」指涉意味的「工農兵文藝」。彭歌與余光中的文章視臺灣「鄉土文學」為以階級鬥爭為訴求的政治文學[2]，暗中呼應毛澤東延安座談的工農兵文藝政策。[3]在右翼文人眼中，「鄉土文學」在此論戰初期顯然被視為左翼「階級鬥爭文學」的代名詞，參照尉天驄在〈文學為人生服務〉（發表於 1977 年 8 月 1 日）這篇文章裡對鄉土文學的定義，其實可以理解何以他們會有這樣的疑慮。根據尉天驄的說法，「我們要關心我們的現實，寫我們的現實，這就是鄉土文學。它最主要的一點，便是反買辦、反崇洋媚外、反逃避、反分裂的地方主義……這樣的鄉土文學當然不是僅僅以農村、工廠、下層社會為目標了。但是，那天在淡江文理學院仍然有人問：鄉土文學搞到最後會不會變成工農兵文學？我認為：臺灣是一個自由的社會，知識分子既然可以寫他們的文學，工農兵為什麼不可寫他們的文學呢？」[4]

王拓在〈是「現實主義」文學，不是「鄉土文學」〉裡，試圖釐清「鄉土文學」與「鄉村文學」、「現實主義文學」的關係，顯然當時「鄉土文

---

*發表文章時為清華大學臺灣文學研究所教授，現為中興大學臺灣文學與跨國文化研究所特聘教授。

[1]王拓，〈是「現實主義」文學，不是「鄉土文學」〉，《鄉土文學討論集》（尉天驄印行，1978 年），頁 100。

[2]彭歌，〈不談人性・何有文學〉，《鄉土文學討論集》，頁 263。

[3]余光中，〈狼來了〉，《鄉土文學討論集》，頁 264～265。

[4]尉天驄，〈文學為人生服務〉，《鄉土文學討論集》，頁 159。

學」也常常被視為「鄉村文學」：

> 就我所知，有許多人是把所謂的「鄉土文學」理解作「鄉村文學」，認為
> 它只是以鄉村社會和鄉村人物為題材，並大量運用閩南語方言的文學。
> 但是就我們前面的分析，這種文學之所以會被普遍接受並引起廣泛的重
> 視和愛好，是基於一種反抗外來文化和社會不公的心理和感情所造成
> 的。因此所謂的「鄉土文學」事實上是相對於那些盲目模仿和抄襲西洋
> 文學、脫離臺灣的社會現實，而又把文學標舉得高高在上的「西化文
> 學」而言的……[5]

王拓認為「鄉土文學」不等同於「鄉村文學」，不僅描繪鄉村人物與生
活，也涵蓋都市人的都市文學：

> 凡是生自這個社會的任何一種人、任何一種事物、任何一種現象，都是
> 這種文學所要反映和描寫、都是這種文學作者所要了解和關心的。這樣
> 的文學，我認為應該稱之為「現實主義」的文學，而不是鄉土文學……[6]

在此，「鄉土文學」脫離了「鄉村文學」的指涉，被冠以「現實主義文學」
之稱，以描繪「臺灣現實」為對象。此處的「鄉土」已隱然指涉「臺灣社
會」。葉石濤在〈臺灣鄉土文學史導論〉裡進一步提出「臺灣中心」和「臺
灣意識」為核心概念的「臺灣鄉土文學」定義，則是進一步發揮這個重
點。「鄉土」＝「臺灣」的論點已浮上檯面。陳映真在隨後一個月發表的
〈「鄉土文學」的盲點〉中便表達了對這樣的「鄉土」論述隱含的「分離主
義」發展取向不以為然的態度：

---

[5] 王拓，〈是「現實主義」文學，不是「鄉土文學」〉，《鄉土文學討論集》，頁116。
[6] 王拓，〈是「現實主義」文學，不是「鄉土文學」〉，《鄉土文學討論集》，頁119。

有過這樣的立論：臺灣淪為日本殖民地之後，日本在臺灣進行了臺灣社會經濟之資本主義改造……一種近代的、城市的、市民階級文化，相應於日本帝國對臺灣之資本主義改造過程；相應於在這個過程中新近興起的市民階級而產生。於是一種新的意識──那就是所謂「臺灣人意識」──產生了。立論者將它推演到所謂「臺灣的文化民族主義」，倡說臺灣人雖然在民族學上是漢民族，但由於上述的原因，發展了分離於中國的、臺灣自己的「文化的民族主義」。

這是用心良苦的，分離主義的議論。[7]

顯然此時「鄉土」的意義已有分裂，與中國民族主義有別的臺灣民族主義之說已呼之欲出。對尉天驄、陳映真而言，「鄉土」是空間化的中國想像，葉石濤和王拓的「鄉土」卻有強烈而明確地理概念的「地方意識」（sense of place）。[8]1982 年陳若曦在《臺灣時報》所安排的南北作家聯誼及座談會中的發言，明顯看出鄉土文學陣營內部的歧異路線：

北部作家希望學習第三世界反帝國主義、反殖民主義、反封建主義的經驗，與南部作家主張植根鄉土、從最眼前的事做起，這兩種不同的追求方向都應受到重視，同時，彼此也要互相尊重，不要發展出對立或互相排斥的局面來。[9]

總結以上討論，「鄉土文學」時期的「鄉土」的定義並不固定，早期「鄉土文學」指涉敘述中夾雜以福佬語，以鄉村人物為主角的作品，懷舊的味道往往遠重於社會政治批判。王禎和、黃春明早期的小說，如〈嫁妝

<hr />

[7]陳映真，〈「鄉土文學」的盲點〉，《鄉土文學討論集》，頁 96～97。
[8]有關空間與地方的關係與差異，請參考 Arif Dirlik, "Place-based Imagination: Globalism and the Politics of Place," in *Places and Politics in an Age of Globalization*, ed. Roxann Prazniak and Arif Dirlik (Lanham, Md.: Rowman & Littlefield Publishers), 2001, pp.15-51.
[9]引自高天生，《臺灣小說與小說家》（臺北：前衛出版社，1994 年），頁 249。

一牛車〉、〈來春姨悲秋〉、〈鑼〉、〈看海的日子〉是此類「鄉土文學」的代表。但是「鄉土文學」以社會現實中的庶民人物為主角，也發展出具有濃厚左翼色彩的文學創作取向，透過政治經濟結構中受壓迫的底層階級的困境來抒發作者的政治意見。當具有這樣階級關懷重點的「鄉土」文學與「反西化」、「反買辦經濟」論述結合時，鄉土文學便呈現濃厚的（中國）民族主義。另一方面，由於「鄉土」與「現實社會」往往被視為同義詞，「現實社會」指向臺灣而非遙遠陌生的中國，「鄉土意識＝臺灣意識」之說遂有發展的契機。「鄉土」文學與「臺灣意識」結合時，「鄉土文學」透過詮釋角度就與主流中國民族主義呈現一種角力狀態。不過，大體而言，分裂的「國族」並非此時鄉土文學的主力，「反西化」與「階級」關懷才是重點。這是戰後難得的左翼文學發展時期。

——選自陳建忠、應鳳凰、邱貴芬、張誦聖、劉亮雅合著《臺灣小說史論》

臺北：麥田出版公司，2007 年 3 月

鄉土文學與論戰：反帝、左傾與地方色彩

◎蕭阿勤[*]

　　相較於其他類型的文化活動，文學率先感受到新時代的脈動，並觸及社會經濟變遷所引發的相關問題。在 1977 年「鄉土文學論戰」興起之前，臺灣的現代詩受到主張「為人生而藝術」的評論者接連不斷的攻擊。臺灣現代詩的形式與內容，包括語義含混、過度使用西方意象和句法、耽溺於個人情感、逃避當前社會現實等，都招受嚴厲的指責。[1]

　　對現代詩的攻擊，代表著對文學現代主義之主導地位的公開反抗。1970 年代初期的社會政治變遷，激發了這股新興的文學潮流。尉天驄（外省籍）及其同仁是《文季》雜誌的編輯，而這本雜誌正刊載了對臺灣現代詩的批評，並且出現了一連串針對臺灣現代主義小說的嚴厲評論。《文季》率先公開批判臺灣的文學現代主義，並且提倡社會寫實主義，以此為該雜誌的信條。事實上，《文季》及其前身《文學季刊》（1966～1970）、《文學雙月刊》（1971），培養了鄉土文學的主要作家，如陳映真（1936～2016）、黃春明（1935～）、王禎和（1940～1990）等人，而他們都是本省人。

　　當 1974 年 8 月《文季》停刊時，文學氣氛已有明顯轉變。「鄉土」和「寫實」成為文學討論中的流行用語。1977 年鄉土文學論戰發生的前幾年

---

[*]發表文章時為中央研究院社會學研究所研究員兼副所長，現為中央研究院社會學研究所研究員。
[1]這一系列嚴厲的批評，主要出自兩位學者，亦即海外華裔的英國文學教授關傑明，以及在臺北擔任客座數學教授的唐文標。關傑明和唐文標分別於 1972 年 2 月與 1973 年 8 月發表批評。見 John Kwan-Terry, "Modernism and Tradition in Some Recent Chinese Verse," *Tamkang Review* 3, 2 (1972): 189-202；唐文標，〈詩的沒落：香港臺灣新詩的歷史批判〉，《天國不是我們的》（臺北：聯經出版公司，1976 年），頁 145～191。

間，各種雜誌和報紙上大量出現支持鄉土文學的文章。在這段時期，王拓（1944～2016）和楊青矗（1940～）也成為著名的鄉土文學重要作家。[2]王拓與尉天驄、陳映真，又成為鄉土文學理念的主要闡述者。

鄉土文學基本上以小說作品為主，而使鄉土文學獨樹一幟的便是它介入現實的入世精神。典型的鄉土文學作品，通常描寫鄉下人和小鎮居民在經濟困頓下的艱難處境。鄉土文學的故事場景經常是工廠、農村、漁港或某個日漸凋敝的城鎮，幾乎所有主角都出身卑微。這些作品也通常運用社會下層民眾的對話，不過這些對話是用「國語化」的福佬話來陳述。再者，鄉土文學作家和提倡者認為，臺灣是以犧牲農民和工人為代價，才得以實現經濟的快速成長，而過度依賴日本與美國的投資，也讓臺灣變成「經濟殖民地」。[3]根據劉紹銘的說法，鄉土小說流行的主題可以歸納如下：

> 1.在各個層面上反抗日本與美國的「帝國主義」，尤其是在文化與經濟層面上；2.要求社會福利改革和財富公平分配；3.讚美小鎮或鄉間「小人物」的基本美德；以及4.在面對「醜陋的美國人」和「貪欲的日本人」的傲慢無禮和粗俗下流時，要堅持民族自尊。[4]

從上述的反帝國主義觀點出發，臺灣所引進的文學現代主義看起來便是由沒落的西方資本主義所生產，並且由「文化買辦」所販賣的貨色，而這正是《現代文學》雜誌所代表的。臺灣的文學現代主義就是出現於上個世紀末、不健全的西方世界觀點的仿製物。臺灣的現代主義文學則因極度的菁英主義、逃避主義、個人主義和「為文藝而文藝」的中心思想，而遭受指責。[5]

---

[2]呂正惠，《文學經典與文化認同》（臺北：九歌出版社，1995 年），頁 57。

[3]陳映真，〈文學來自社會，反映社會〉，《仙人掌雜誌》第 5 期（1977 年 2 月），頁 68；王拓，〈是「現實主義」文學，不是「鄉土文學」〉，《鄉土文學討論集》（尉天驄印行，1978 年），頁 109。

[4]Joseph S. M. Lau, "Echoes of the May Fourth Movement in Hsiang-t'u Fiction," in *Mainland China, Taiwan and U.S. Policy*, ed. Huang-mao Tien (Cambridge, MA :Oelgeschlager, Gunn & Hain, l983), p.147.

[5]蔣勳，〈臺灣寫實文學中新起的道德力量——序王拓《望君早歸》〉，《望君早歸》（臺北：遠景出版社，1977 年），頁 2；王拓，〈是「現實主義」文學，不是「鄉土文學」〉，《鄉土文學討論集》，頁 112；許南村（陳映真），《知識人的偏執》（臺北：遠行出版社，1976 年），頁 77～78。

　　相較之下，鄉土文學作家與提倡者呼籲要創造一個「根植於現實生活，和民眾站在同一地位，去關心擁抱社會的痛苦和快樂」的人民或民族的文學。[6]就這種寫實風格、入世精神和人道關懷來說，鄉土文學相當類似中國現代小說的傳統，尤其是 1930 年代所流傳下來的作品。[7]

　　事實上，對國民黨政府和許多強烈反共的作家和評論家（一般而言是外省籍）而言，這個發展中的鄉土文學，意味著過去在中國大陸的意識形態戰線上打敗國民黨的左翼、社會寫實文學，又重新出現。[8]1977 年 8 月，外省籍而與國民黨關係密切的評論家彭歌（1926～），對鄉土文學發動了最早的公開攻擊。他以一系列的報紙文章，批評王拓、陳映真和尉天驄的反帝主義和階級分析。彭歌認為，反帝主義的目的必須要對抗共產主義者的帝國主義，而中共才是這種帝國主義的罪魁禍首，而不是日本與美國在臺灣的資本主義投資。此外彭歌也認為，用階級概念來處理社會議題，譬如王拓、陳映真和尉天驄的做法，只會挑動更多的社會衝突。他強調只有共產主義才會以這種方式解釋社會變遷，因此影射王拓、陳映真、尉天驄是左派異端分子。[9]

　　接著彭歌的批評所出現的，是藍星詩社成員中傑出的外省籍詩人、曾

---

[6]王拓，〈是「現實主義」文學，不是「鄉土文學」〉，《鄉土文學討論集》，頁 114。

[7]Leo Ou-fan Lee, "'Modernism' and 'Romanticism' in Taiwan Literature," in *Chinese Fiction from Taiwan: Critical Perspectives*, ed. Jeannette L. Faurot (Indiana: Indiana University Press, 1980), p.21.

[8]1919 年五四運動之後，中國的智識潮流和政治發展的主要趨勢是：仿效西方自由民主國家而要解決中國社會政治問題的改良主義與實用路線，逐漸被受到蘇聯所啟發的激進路線所取代。這個潮流的演變，也影響了中國文學的發展。1928 至 1937 十年間，亦即從全中國統一在國民黨領導的國民政府下，到中日戰爭爆發，雖然中國共產黨受到政治壓制和軍事挫敗，但共產黨人在文化界的影響卻逐漸上升。1930 年 3 月，在魯迅（1881～1936）──文學史家公認為現代中國最優秀作家──和另一位重要作家茅盾（1896～1981）的支持下，四十幾位作家於上海創立「中國左翼作家聯盟」。大部分的發起人，都是當時不久前被列為非法的共產主義文學組織的成員。見 C. T. Hsia, *A History of Modern Chinese Fiction: second edition* (New Haven: Yale University Press, 1971), pp.117-119, 124.這個聯盟要求其成員「站在無產階級的解放鬥爭的戰線上」，並且「援助而且從事無產階級藝術的產生」。此外，它也宣稱文學「必須簡明易解，必須用工人農民所聽得懂以及他們接近的語言文字；在必要時，容許使用方言」。這個左翼的聯合陣線，此後主導了 1930 年代的中國文壇。見 Leo Ou-fan Lee, "Literary Trends: The Road to Revolution 1927-47," in *The Cambridge History of China, Vol.13, Republican China 1912-49, Part 2*, ed. John Fairbank and Albert Feuerwerker (Cambridge: Cambridge University Press, 1986), p.429.

[9]彭歌，〈不談人性，何有文學〉，收錄於彭品光編《當前文學問題總批判》（臺北：青溪新文藝學會，1977 年），頁 3～23。

任《現代文學》編輯的余光中，他提出了更嚴厲的指控。余光中認定鄉土
文學等同於 1942 年毛澤東於「延安文藝座談會」上提倡的「工農兵文
藝」。[10]大量呼應彭歌和余光中論點的文章，緊接著出現在各種由國民黨和
政府所扶持的報紙與雜誌中。從 1977 年秋天批判的浪潮湧現之後，鄉土文
學支持者也不得不替自己辯護。

　　不久後，國民黨召開全國「文藝會談」，會中指控鄉土文學灌輸讀者顛
覆性的思想，亦即共產主義關於文藝的異端邪說，因而敗壞社會。[11]另外，
鄉土文學作家也因為專門刻畫臺灣的社會經濟現實，而被懷疑提倡「地域
主義」、甚至「分離主義」。文藝會談中的強硬措辭，顯示國民黨打壓鄉土
文學發展的決心。[12]綜合來說，鄉土文學之所以無法見容於國民黨政府，主
要因為它的左傾特質、與毛澤東所謂的「工農兵文學」明顯相似、以及濃
厚的地域主義色彩。

　　為了駁斥這種指控，尉天驄指出「工農兵文學並沒有什麼不好」，因為
文學本來就應當替這些人說話。[13]此外，王拓也申論鄉土文學既非「鄉村文
學」，也不是「鄉愁文學」。王拓寫道，在鄉土文學討論中，

> ……所說的「鄉土」……所指的應該就是臺灣這個廣大的社會環境和這
> 個環境下的人的生活現實；它包括了鄉村，同時又不排斥都市。而由這
> 種意義的「鄉土」所生長起來的「鄉土文學」，就是根植在臺灣這個現實
> 社會的土地上來反映社會現實、反映人們生活的和心理的願望的文

[10]余光中，〈狼來了〉，收錄於彭品光編《當前文學問題總批判》，頁 24～27。
[11]這一次的會談召集了二百七十多人與會，包括黨、政、軍中負責文藝業務的官員、民間文藝社團
負責人、報紙藝文副刊和文學雜誌編輯、廣播與電視文藝節目主持人、大專院校文學系系主任，
以及國內外作家等。攻擊鄉土文學的相關言論，參見 Jing Wang, "Taiwan Hsiang-t'u Literature:
Perspectives in the Evolution of a Literary Movement," in *Chinese Fiction from Taiwan: Critical
Perspectives*, ed. Jeannette L. Faurot, pp.45-56 所引用的全國文藝會談宣言。
[12]1977 年 8 月 29 日的《聯合報》社論，即是懷疑鄉土文學作家提倡地域主義的例子之一。見彭品
光編，《當前文學問題總批判》，頁 286～287。
[13]見明鳳英，〈中國文學往何處去？——中西文藝思潮座談會〉，《民族文學的再出發》（臺北：故鄉
文化出版公司，1979 年），頁 29。

學。……凡是生自這個社會的任何一種人、任何一種事物、任何一種現
象，都是這種文學所要反映和描寫、都是這種文學作者所要了解和關心
的。這樣的文學，我認為應該稱之為「現實主義」的文學，而不是「鄉
土文學」。[14]

在王拓的看法中，鄉土文學的題材不應局限於工人或農夫。作家們必
須描繪不同的社會議題，並且處理社會各種人群的心理狀態。作家應當關
懷社會整體的現實。事實上，因為所有鄉土文學的主要作家都誕生並成長
於臺灣，臺灣成為他們唯一熟悉的社會環境。如同王拓所說的，「鄉土」所
指的就是臺灣，作家眼前的首要任務，就是運用社會寫實主義的技法描寫
鄉土的現實。其他居領導地位的鄉土文學作家，如陳映真、黃春明、楊青
矗，以及鄉土文學的主要提倡者尉天驄等人，也都有類似的看法。[15]

臺灣的政治異議人士，一直要到 1980 年代初期，才開始對國民黨的統
治提出民族主義的公開挑戰。[16]一般而言，這段時期或許可以認定為 Hroch
的民族主義運動三階段理論中的「階段 B」。1980 年代上半葉確實可以看到
反國民黨的政治反對運動人士推動臺灣民族主義，而且得到愈來愈多臺灣民
眾的支持。因此對某些人來說，1970 年代「回歸鄉土」文化潮流，也許就適
切地充當了 Hroch 理論架構中「階段 A」的角色──這個意思是說，當時臺
灣知識分子熱切探索臺灣的文化與社會特質，並且積極鼓吹，使人們對這些
特質有所覺醒，奠定了 1980 年代時勢發展的基礎。然而如果就引領回歸鄉
土文化潮流的文學的主要動機和意識形態來說，簡單地將 1970 年代的文化
活動及其影響當作是臺灣民族主義運動的「階段 A」，是有所誤導的。

---

[14]王拓，〈是「現實主義」文學，不是「鄉土文學」〉，《鄉土文學討論集》，頁 118～119。
[15]陳映真，〈文學來自社會，反映社會〉，《仙人掌雜誌》第 5 期，頁 76；楊青矗，〈什麼是健康的文
學？〉，《鄉土文學討論集》，頁 297。黃春明的看法，可參見尉天驄等，〈當前的中國文學問題〉，
《鄉土文學討論集》，頁 777；尉天驄的觀點，則可參見明鳳英，〈中國文學往何處去？──中西
文藝思潮座談會〉，《民族文學的再出發》，頁 31。
[16]王甫昌，〈族群同化與動員──臺灣民眾政黨支持之分析〉，《中央研究院民族學研究所集刊》第
77 期（1994 年 6 月），頁 1～34。

一個重要的理由是，鄉土文學作家們的地域主義不應被過度強調，也不應被視為與中國民族主義對立的分離主義。就像先前所提到的，二二八事件後在海外進行的臺灣獨立運動，對臺灣政治少有影響。做為接受戰後國民黨統治下學校教育的第一代成員，鄉土文學的主要作家都懷抱著中國意識。為了反駁那些認為鄉土文學過於狹隘而不足以反映中國問題的批評，黃春明指出，因為臺灣是中國的一部分，臺灣的問題也就是中國的問題。他強調，描寫臺灣社會的生活與困境，也就是創作中國的民族文學。[17]另外一位重要作家楊青矗，如此駁斥地域主義、甚至是分離主義的指控：

> 凡寫的是以中國的某一土地為背景，以當地社會發生的現實，都是中國的鄉土文學，何必過敏說有地域觀念。寫臺灣鄉土的人，局限於他生於此，只了解他身處的社會狀況，一份責任心抒寫自己鄉土所發生的愛與恨，他無法……到日夜夢縈的大陸住一段時間，去感受自己這塊大鄉土所處的苦難，為這一代的中國人做見證，他只有寫他自己身處的鄉土，為它盡一份棉薄的責任，並無不對。近來一些知識分子掀起寫鄉土的高潮，無非要作家們不要跟在洋人屁股後面迷失自己，為自己的社會創造自己的東西，提倡的有外省人也有本省人，這是社會的需要，相信大家都沒有褊狹的地域觀念。[18]

楊青矗清楚地指出鄉土文學提倡者的首要目標，亦即反抗現代主義文學所代表的親西方和個人主義的巨大潮流，並且要求作家關懷社會議題與鄉土文化。

就本質上來說，鄉土文學的推動，是對戰後臺灣的政治經濟依賴外國強權——特別是美國——的一種反抗。它也是對文化西化的一種抗拒，雖然在國民黨的壓制下，這些作家與批評家並未觸及政治課題。釣魚臺主權爭議與

---

[17]見尉天驄等，〈當前的中國文學問題〉，《鄉土文學討論集》，頁777。
[18]楊青矗，〈什麼是健康的文學？〉，《鄉土文學討論集》，頁297～298。

隨後一連串外交挫敗事件激發了廣泛的「回歸鄉土」文化潮流，而文學的發展事實上是這個文化潮流的一部分。正如王拓所明白指出的，和他同一個世代的知識分子「都是在這個（保釣）運動中被教育過來的人」。[19]王拓與其他的知識分子主張的反帝主義，與五四時期的那一代知識分子所倡導的理念，十分類似。兩者都出於中國被外國強權欺凌而來的道德憤慨。事實上，「保衛釣魚臺」的示威遊行裡，大學生使用了 1919 年五四運動的反帝國主義標語，將當前的政治處境與半個世紀之前的相互對照。對於鄉土文學作家與提倡者來說，戰後臺灣淪落成「經濟與文化殖民地」，以及 1970 年代初一連串的外交失利，都是中國受外國強權宰制和剝削的延續。他們乃從中國「百年國恥」的歷史脈絡，來理解這些經驗。

　　就鄉土文學作家與提倡者的中國民族主義來說，國民黨以及非官方的批評者認為鄉土文學是地域主義的、甚至是分離主義的，這種指控是相當沒有根據的。

　　真正讓這些指控者不安的，與其說是鄉土文學的地域主義，不如說是這些作品對既存社會經濟體系的批判。對國民黨政府而言，這些批判和 1930 年代中國左翼作家的批評都同樣有害，理由在於它們挑戰了國民黨的統治權威，尤其是在國民黨政府與中華人民共和國對峙的時刻。陳映真在為王拓的第一本小說集作序時，曾經清楚道出許多鄉土文學作家與提倡者心中典型的中國民族主義信念。他說：

> 20 世紀的中國，是一個交織著侵略與反侵略、革命與反革命的中國。為了國家的現代化；為了國家的獨立和民族的自由，她經歷無數的苦難，跋涉遼遠的坎坷。在這樣的中國現代史中，一個有良心的中國作家，是不能、也不屑於撿拾西方頹廢的、逃避的文學之唾餘，以自欺自瀆的。因此，帶著強烈的問題意識和革新意識的現實主義，從中國近代文學史

---

[19]王拓，〈是「現實主義」文學，不是「鄉土文學」〉，《鄉土文學討論集》，頁102。

的全局去看，是中國文學的主流。從這個觀點去看，王拓和臺灣多數關
心社會、敢於逼視現實中的問題點的年輕作家，已經莊嚴地承續了這個
不可抑壓的使命……為一個光明幸福的中國和世界之塑造，提供應有的
努力。[20]

　　陳映真的看法，代表臺灣在經歷過二十年的文學現代主義流行之後，
20 世紀上半葉中國的文學意識特有的「對中國的執念」，又再度興起。[21]其
中有沉重的中國民族主義的道德重擔，有沸騰的愛國熱血，這些都如同數
十年前在中國大陸所出現的一樣。

　　鄉土文學論戰持續大約一年，到了 1978 年初漸趨平息。多少讓人出乎
預料的是，鄉土文學並未遭到官方的彈壓，不過迄今為止，國民黨的決策
過程仍屬未知。[22]論戰結束後，鄉土文學被廣為接受。愈來愈多的作家探討
公共議題，文學作品也比以往更常檢視社會經濟的現實。

——選自蕭阿勤《重構臺灣：當代民族主義的文化政治》

臺北：聯經出版公司，2012 年 12 月

---

[20]許南村，《知識人的偏執》，頁 34～35。

[21]知名的中國現代文學史家夏志清曾經指出，中國文學現代時期——始於 1917 年的文學革命、結
束於 1949 年中華人民共和國成立——的特色，是某種「道德重擔」，亦即「它固執地關注於中國
做為一個民族如何受到精神弊病的折磨，如何因此導致中國無法自立自強，或者難以改變社會上
不重人道的積習。」因此這段時期的重要作家，無論是小說家、劇作家、詩人和散文作家，普遍
洋溢著愛國情操。但是這種愛國精神轉而產生某種「愛國的褊狹主義」，認為中國的處境是中國
人特有的，無法與其他地方相提並論（C. T. Hsia, *A History of Modern Chinese Fiction: second
edition*, pp.533-534, 536）。由於對國家厄運的擔憂盤踞心頭，這些現代中國作家在試圖理解自己
國家的社會政治亂象時，對文學內容的關注，遠大於對文學形式的興趣，而且偏向社會寫實主義
（Leo Ou-fan Lee, "Literary Trend I: The Quest for Modernity, 1895-1927," in *The Cambridge History
of China, Vol.12, Republican China 1912-49, Part 1*, ed. John K. Fairbank (Cambridge: Cambridge
University Press, 1986), p.451）。

[22]呂正惠，《文學經典與文化認同》，頁 58。

告訴他，我愛他！
《咕咕精與小老頭》評介

◎倪端*

　　說故事的方式有很多種。用書寫也好，用口說也好，那些將自己童年做為故事背景，一字一字透過文字或聲音在孩子心中載下記憶的人，最大的願望無非就是表達心中深深的愛意。

　　在《咕咕精與小老頭》書中，我看到類似個人兒時的情節，聞到一樣的流動氣息，熟悉的大海天空，還有……識或不識，像是我許久以前的朋友。那些看來淡而無味的平常小事，卻又如此強烈地吸引我走進去，再朝過往的蛛絲馬跡中為多年來一直懸而未解的謎，索取一點答案。

　　就像戀情的展開，總有它或多或少、雷同或不同的版本在進行著。作者是個真了解且懂得說愛的人。他將自己的童年重新書寫一遍，也為自己的孩子製造另一個幻想空間的童年。想來，這樣的溫柔企圖，雖在許多以各種方式對孩子表達愛意的父母親身上一樣發生，但它永遠都還是最美最好的方式。

　　這是一本有關人與人之間的羅曼史。從書的第一頁到最後一頁，作者在描述孩子與孩子、孩子與大自然、孩子與動物之間的關係，都是那麼地柔軟善意，用情至深。比如說，在〈大魚和小魚〉篇中，老人對孩子說：「如果每一個人都跟你一樣的想法，認為海這麼大，魚不會被捕光，因此連小的魚都捉起來，你說，有一天魚是不是會絕種呢？」但孩子也有他的質疑和主見，他問：「你說太小的魚要放生，等魚長大了才釣。但是，到底

*作家。曾任華視電視戲劇企畫／編劇、電影編劇、雜誌採訪編輯，*Cosmo*、*Elle*、*Vogue*、*Esquire* 等時尚生活雜誌專欄作家，現為中華國際形象禮儀文化交流協會創會長。

要多大才是大，要多小才是小呢？」這對我而言，是一種期待生命的浪漫。

當然，作者有意無意地安排各種對話與情節，終究還是為了傳達：「因為愛，所以才有希望！」的目的和想法。他常常利用書中的角色，製造順理成章的情境內容，傳遞他個人對社會的關懷與對人類情感交流的熱情。從「我們住在這裡，雖然看不見美國，看不見非洲，也看不見大陸同胞，但是地球就像一個大房子，裡面有許多小房間，住在這一間的人雖然看不見那一間的情形，但是每個房間的空氣卻是互相流通的……」這一段經過剪裁的演說中，可以清楚看到作者本人對於當時身陷無奈與痛苦的狀況下，如何藉著不斷地自我訴說以提醒自己堅定活下去的理由。表面上，他達到了為孩子造夢的工程；骨子裡，他為自己的理想找到了一種活動的出路。

這樣簡單流暢的故事，在書中沒有任何突兀的角色和高潮迭起的劇情。似乎，它就是這樣靜靜地以最平常最平凡的姿勢躺在那兒，不用奇招和花言巧語，安分地等待被靜靜地閱讀。而人生中最時常想起的那一段，不都是這般靜悄悄進駐我們心中最沉潛的底部且叫人難以忘懷嗎？

在閱讀本書的過程當中，幾次我想放下書本，因為那些書中的小悲小喜，讓我衝動地想緊緊地擁抱自己的孩子，告訴他我是多麼地愛他！

——選自《聯合報》，1998 年 6 月 29 日，41 版

政治小說？唉！

評王拓《牛肚港的故事》

◎龍應台[*]

　　小小的漁村牛肚港。一個 16 歲女孩子陳屍在懸崖下——懷著四個月的身孕。作孽的人，是她終日爛醉、不信鬼神的繼父？還是遊手好閒的魯直少年林四海？還是熱心國是卻受治安機構監視的國中老師趙孝義？

　　《牛肚港的故事》以這個命案懸疑引出其他兩條主線來：趙孝義與李娟的愛情關係，以及他的政治逮捕。作者一方面敘述命案偵察的過程，一方面描寫趙對未婚妻患得患失的心情，一方面交待趙這個愛國青年如何變成了政治犯。全書以趙在獄中的「覺悟」作為結局。

生動的鄉土素描

　　作為鄉土文學，《牛肚港的故事》樸實可愛。王拓的語言通順而平凡，平凡到缺乏創意的地步。譬如第一章的結尾：

> 這時，太陽還高高掛在西邊的山頂上，一片片捲曲的灰白色的雲，像一群綿羊，在藍色的大草原靜靜地嬉戲。白色的海鷗仍然曼妙地鼓舉著優美的翅膀，成群在空中飛舞著。[1]

　　把白雲比作綿羊，天空作草原，大概在國小的作文範本裡就有了。「曼

---

[*]作家、評論家。發表文章時為淡江大學美國研究所研究員，後任文化部長，現為龍應台文化基金會董事長。

[1]王拓，《牛肚港的故事》（臺北：自印，1985 年），頁 10～11。

妙」與「優美」也是非常抽象而通俗的形容詞。但是，這個通俗而平凡的
語言用來寫《牛肚港》卻並不令人失望；牛肚港既是個平凡的小鎮，精刻
細雕的語言可能反而顯得造作。題目也已標明這是個「故事」，既是故事，
就很可以有那麼一種信口說來、隨興而發的調調，平順的語言倒也貼切。

作者對於對話的傳真性顯然也很注意。受過教育與沒受教育的，鄉下
人與城市人，臺灣話與國語，都分得相當清楚。林四海這個鄉下混混說這
樣的話：「天公地公，海龍王，媽祖婆，哪吒三太子，天地眾神，我林四海
若講一句白賊話，若有做一點夭壽黑心事，甘願給雷公殛死……」。[2]受過
教育的警官則以這樣的語言回答「……請你去派出所，又不是把你看作賊
看待，你若沒做什麼犯法的事，何必緊張呢？」[3]

抱怨日本人侵占釣魚臺的漁民說：「伊娘哩……有一個四腳仔，矮堵堵
的，還用日本話罵我馬鹿野郎！我幹伊老母哩！」[4]而當老師的趙孝義的口
吻：「這牽涉到外交和國防的問題，一定要到中央才有力量解決。」[5]

「你是啞吧抑是臭耳聾？妳爸叫妳叫得喉嚨都快要破了，妳還沒聽到
嗎？」這是成人的惡罵。「人家在寫功課，沒聽到啦。」這是小學生的語
言。[6]

除了對話傳真寫實之外，王拓的鄉土人物也相當生動。譬如這個看屍
的老頭：

那矮老頭頭上戴了一頂沒有帽緣的黑色圓呢帽，帽子外面露出一片綿密
鬈曲的紅褐色的頭髮。雖然是火燒似的暑熱天，仍然穿著一件暗紅色毛
線衣……一條黑色的長褲，在兩個膝蓋和尾股上都貼了一塊大補丁。一
臉紅褐色的鬍鬚幾乎遮住了半個臉，臉上也是赤褐發亮，好像經年累月

---

[2] 王拓，《牛肚港的故事》，頁 48。
[3] 王拓，《牛肚港的故事》，頁 49。
[4] 王拓，《牛肚港的故事》，頁 121～122。
[5] 王拓，《牛肚港的故事》，頁 124。
[6] 王拓，《牛肚港的故事》，頁 24。

沒洗過似的。住在牛肚港一帶的人，不論男女老少，都稱他「紅毛伯」。
他沒有家，沒有親人，專門替死人挖墳、撿骨。一年四季……都是那樣
的裝束。[7]

毫無重要性的一個人物，信手帶出來，卻是個極為鮮明的形象。熟悉
鄉土風情的人大概也都知道，哪一個小鄉鎮沒有一個標幟似的人物——鎮
日醉臥水溝邊的男人、自以為是鎮長，每天面帶微笑巡視大街的白痴、或
是披頭散髮，站在夜市中指著人狂笑厲罵的瘋婦。「紅毛伯」像是鄉鎮風景
的一部分，讀來親切。

技巧上的缺失

小說開始的幾章中，說故事的人似乎是個熟悉牛肚港掌故的村裡人。
他知道據說「古早的時代，每次颱風一來，海浪就要越過沙灘，翻過屋
頂。所以，杜南山的祖父那一代的人，便在屋前種築了這樣一排榕樹和一
道石堤。」[8]他也知道「十七八年前」蓋媽祖廟的前因後果，以及所有附會
的傳說。對於這些傳說，敘述者說，「這些話現在聽起來雖然很有些怪誕，
但是，牛肚港老一兩輩的人卻都深信不疑。」[9]當然也有許多事，是他不可
能知道的，譬如廟祝陳進財的過去——「他的原籍到底是哪裡，似乎從來
就沒有人提起。」[10]既然從來沒人提起，敘述者也無從知道。

這樣一個中年的敘事者實在是個最理想的選擇，他不屬於那「老一兩
輩」對任何事都「深信不疑」，所以觀察事務能保持某種程度的客觀性、分
析性。他也不屬於年輕的一代，所以對牛肚港的歷史地理、風土人物都能
作詳盡的介紹，是個有充分資格談「牛肚港的故事」的人。

可惜王拓沒有掌握好這個敘事者的塑造。小說很快就由旁觀者的觀點

---

[7]王拓，《牛肚港的故事》，頁 47。
[8]王拓，《牛肚港的故事》，頁 4。
[9]王拓，《牛肚港的故事》，頁 13。
[10]王拓，《牛肚港的故事》，頁 13。

滑入全知觀點，一會兒深入趙孝義的內心，一會揭露李娟的心理，一會兒
又剖析楊美慧的觀點。敘事者變成一個全知全能的聲音，連陳進財和趙孝
義的夢都呈現在讀者眼前。同時，作者的主觀意識也藉著這個抽象的、全
知全能的聲音洩露出來：

> 浩淼的宇宙蘊藏著生命無限的奧祕，生從何來？死往何去？何以有生？
> 何以有死？那是人類智慧至今不能解答的謎。什麼是生？什麼是死？[11]

　　觀點選擇的不當嚴重的破壞了這本小說本來可以有的魅力。

　　如果作者一致的讓一、二章中那個「講古的人」以旁觀者的村民身分
來敘述，他可以有三個成果：首先，命案的懸疑得以保留。敘述者雖然對
於牛肚港芝麻蒜皮事無所不知，但身為旁觀者，他畢竟不能鑽入陳進財或
趙孝義的腦子裡去，所以他不可能知道誰是促使阿珍投崖自殺的凶手。作
者可以巧妙的安排敘事者的知與不知來決定什麼事該揭露，什麼事該隱
藏。相反的，作者滑入全知觀點後，就使得命案的懸疑不合理。基本的邏
輯問題：既然連凶手的夢魘都毫無遮隱的寫了出來，卻偏偏不提他強暴阿
珍的部分，這就顯得作者故意操縱，勉強的製造懸疑。換句話說，既然是
全知，怎麼可能在重要關鍵上就突然變成半知。

　　福克納有一個膾炙人口的短篇恐怖小說〈給艾蜜莉的玫瑰〉在這裡很
值得參考。也是個保守的小鄉鎮，有個男人失蹤了。敘事者就是個熟悉鄉
里掌故的村民，他以旁觀者的角度描述艾蜜莉——失蹤男人的情人——的
一生。到艾蜜莉死後，村人進入她深鎖的臥房，發現了塵封 40 年的男人的
骨骸。懸疑之所以存在就是因為，雖然敘述人似乎無所不知，他卻不可能
進入艾蜜莉的心裡，無法對讀者透露她就是凶手。若是換成全知觀點，讀
者隨時進出艾蜜莉的內心世界，那麼他勢必也得知道她做了什麼好事，懸

---

[11] 王拓，《牛肚港的故事》，頁 46。

疑不存在，故事就要改寫了。

　　如果處理得好，一個不現身的「講古的人」還可以有另外兩個貢獻：一方面，他本身雖然只是個敘說故事的「框框」，作者卻也可以不露痕跡的賦予他一個個性；由他不自覺間所流露的憎惡或偏見，作者也傳遞了某種訊息。另一方面，「講古」的敘述者也可以代表鄉民的集體意識。譬如，當一向為牛肚村民所敬重的趙老師突然被治安機關逮捕時，群眾的反應如何？敘述者的報導方式可以充分表現作者對「人性」的審察。

　　評論太明顯是這本小說另一個缺點。國中訓導主任安排學生監聽老師言論打小報告，趙孝義便說：「這，太可怕了……學生還這麼小就教他們做這種事，這是什麼教育？」[12]一腔熱血、滿腦子理想的趙被當成政治犯逮捕了，作者就讓同事楊美慧把主旨明明白白表達出來：

> 她突然領悟到與這個有關的整個制度的可怕與陰狠，連講幾句批評的話都有人打你的小報告，並且都會使你因為這樣而被逮捕，這是怎樣的社會和制度呢？豈不是和傳說中的、他們也時常在報紙上大力反對攻擊的、控制嚴密的專制社會一樣了嗎？[13]

　　這些都是論文式的，直接的批評與控訴；事件本身已經淺顯易懂（愛國的趙老師是好人，打小報告的訓導主任是壞人，黑白分明），再把作者意旨由書中角色演講一樣的說個一清二楚，讀者還有什麼沉思、咀嚼、恍然大悟的餘地？

　　相形之下，陳映真的〈山路〉或郭松棻的〈月印〉都比較深沉婉轉。三本小說，有一個共同的題材：熱血的理想主義青年如何陷入政治迫害的陷阱以及他無可奈何的愛情。〈山路〉與〈月印〉好在不露痕跡，只是著意寫愛情的人性溫暖，對政治迫害的恐怖不加批判，但是藉著愛情的溫柔與迫害的

---

[12]王拓，《牛肚港的故事》，頁39。
[13]王拓，《牛肚港的故事》，頁338～339。

殘酷之間的對比，批判自然存在，而且形之無言，震撼力更強。《牛肚港》壞在話說得太多、太白，和張系國的《昨日之怒》犯了同樣的毛病。

　　故事中有些安排似乎是作者有意的布署，但我看不出目的來。譬如趙孝義從第五章就開始生病、發昏、流冷汗，不是什麼大病，而且從小就有躺躺就好。他這個病從第 5 章一直生到最後的第 32 章，而且不斷的受到強調。在表達什麼？找不到答案。此外，楊美慧似乎是個多餘的角色，但著墨甚多。作者以她來對事情發表批判的言論，但是我們已經有一個李娟，凡是美慧說的話，都可以由李娟來說。更何況，因為楊的著墨甚濃，李娟的個性就顯得蒼白，分量不足。作者還讓趙李的愛情糊裡糊塗的加上楊，發展成一點模糊的三角戀，讀者所賦予獄中男主角的同情相對的就減輕了，削弱了作者所希求的效果。

政治小說的手鐐足銬

　　《牛肚港》是個相當傳真動人的鄉土素描，作為政治小說，卻很失敗。失敗的原因，一方面固然是因為作者技巧上的不夠圓熟——譬如前面所提到主旨之過於淺白直接，另一方面，卻是因為作者執筆的右手綁著鐐鎖，他不可能盡情的放手去寫，也就不可能寫好。後者，我相信，是個決定性的因素。

　　作者花了極大的篇幅來寫阿珍的命案。警察偵察問案的過程也寫得生動緊湊，但是主角趙孝義與命案的關係其實非常薄弱；他只不過是個常借書給阿珍的好老師罷了。他的涉案也其實不嚴重。把整個命案的篇幅（幾近全書三分之一以上）刪去，趙的政治歷程不會受到絲毫影響，於是問題來了，為什麼作者把命案當作一個大主題來處理？

　　王拓在〈序〉中說：

　　……為了逃避監獄官的檢查，我只能寫成現在這個樣子。出獄後，有些地方本來想重寫，但是重讀以後，卻覺得還是保持原狀比較好。細心的

　　讀者也許能從這個命案故事裡發現一些別的東西吧？

　　這「別的東西」或許才是作者希望探討、應該探討的主體，但是因為手上鎖著鐐銬，不得不大篇幅的去寫與這主體並不十分相關的命案故事。另一個可能，作者或許也想藉命案中那個「莫須有」的口訊方式來暗示政治偵訊的不合理，因為他不能、不敢直接的把治安當局偵訊政治犯的過程暴露出來。不管是哪一種情況，可以肯定的是，這本政治小說裡有太多該處理而未處理的東西，也有太多不該處理卻處理了的材料。趙李之間的愛情風波是另一個例子。從 20 章到 29 章，又是全書三分之一的篇幅，作者描寫趙李之間幾天的感情誤會——浪費極了！而趙入獄之後的心情，整整六個月冤獄的心情——他的理想的幻滅、痛苦的體認、自覺的過程等等一一在最後一章中以半章的篇幅一筆滑過！這本小說的現有結構顯得作者毫無比例觀念，完全抓不住重點，但真正的原因，很可能是作者的不得已。

　　這份「不得已」當然嚴重破壞了作品的藝術性。全書最後半章是趙孝義的內省與覺悟。充滿理想奉獻精神的人如今受到莫須有政治迫害，他反省思索的內容應該是一個政治與人權的問題。令人意外的，32 章他全部的思緒內容居然都是他的感情問題——他如何對不起李娟。核心的政治人權問題作者連碰都沒有碰。然後趙孝義突然想通了，覺悟了；他覺悟的是什麼呢？

> ……人性原就充滿了各式各樣的缺陷和弱點。那麼，只要他努力，他就一定能夠或多或少地減輕人們的痛苦……只要他能幫助一個人減輕一分痛苦，人世間就能多出一分幸福……[14]

　　沒有做錯什麼事的他很可能要被關個十年——他為什麼受罰，正義的本質是什麼，他從前所抱的理想現在如何解釋，愛國與叛國的分野在哪

---

[14] 王拓，《牛肚港的故事》，頁 364。

裡，政治制度與人性的關係怎麼樣，世界上究竟有沒有所謂公理——這些該有的問題連影子都沒有，趙孝義這個「苦難者」卻在談如何「減輕人們的痛苦」！這個結論不但是沒有意義的辭彙，不著邊際的高調，而且與他所受的遭遇牛頭不對馬嘴！

我又迷惑起來：是作者功力不夠，不能控制他的材料呢？還是他的手鐐腳鐐迫使他迂迴的，躲躲藏藏的，不得不把主題寫成那一點點「別的東西」？

結論：跛腳的藝術

在臺灣寫政治小說就像一個跛腳的人參加健康人的賽跑一樣，不能放手盡情的去寫，不能撒腿盡情的去跑。張系國對《昨日之怒》不滿意，因為其中有一章照藝術需要，應該討論保釣運動的本質，他卻「不得已」改寫一個老教授的愛情故事。陳若曦的《二胡》裡有些部分刻意的介紹臺灣各種社會自覺運動，讀起來像報紙社論，似乎也是為了臺灣的「安全」尺度而寫。王拓或許是被蛇咬了怕見繩子，《牛肚港的故事》帶著鐐銬賽跑，根本就在跑道上摔了個失去方向。

這樣的政治小說有意義嗎？跛腳的藝術是藝術嗎？臺灣的藝術仍舊看政治的臉色過活，仍舊在脖子上繫著政治的韁繩。這樣的環境之下，怎麼會有出類拔萃的藝術？每年的諾貝爾文學獎揭曉，就有愛國文人大聲抱怨：怎麼就輪不到中國人？卻少有人問：我們有什麼登峰造極的藝術可以任人去選？跛腳的運動員跑不快，鎖著手鐐的作家寫不好，這難道是個稀奇的道理？

我相信如果丟掉王拓手上那個鐐鎖，《牛肚港的故事》不會是現在這個樣子，只能更好。

——選自《自立晚報》，1985 年 11 月 19 日，10 版

《牛肚港的故事》藝術結構管見

◎許建生[*]

　　王拓是位社會意識強烈的臺灣作家。他 1986 年出版的第一部長篇小說《牛肚港的故事》[1]（以下簡稱《牛》）的藝術結構有所創新，打破他過去慣用的單線結構形式，而採用雙條線索交融互合謀篇布局，顯示了作者的藝術技巧日臻成熟。

　　《牛》主要記敘了青年教師趙孝義深入民間施展為民的理想而遭到迫害的坎坷經歷，表現了作者對人性和社會現狀的洞察與關切。處在小說結構中心的，是臺灣北部的偏僻漁村牛肚港。作者的這個選擇頗有匠心。作品藝術結構中心的確定，不只是一個單純的藝術手法或技巧問題，它關係到作者創作方法的把握，以及對所描寫的那段生活的深度和廣度的認識。王拓生長在一個貧困的漁家，對漁民的境遇非常熟悉。這種得天獨厚的素材積累和生活體驗，決定了他要以此作為故事發生的地點和選材的最佳角度。在這個經過藝術典型化了的牛肚港裡，生息著祖祖輩輩以捕魚為生的漁民，古樸的民俗，傳統的文化，以及外來政治的衝擊和影響，伴隨著小說中人物的坎坷命運，升沉起伏，鳴響著當今臺灣漁村社會裡低緩沉重的時代音曲。

　　小說的主線索是圍繞發生在漁村中的一宗命案展開的，它一開始就把令人震驚而又充滿懸念的場面展現在讀者面前：村裡 16 歲的少女阿珍從山崖上摔死了。第一個出現在現場的是沒爹沒娘的四海，他沒隨大夥出

[*]發表文章時為廈門大學圖書館副研究員，現已退休。
[1]編按：《牛肚港的故事》為王拓所寫的第一部長篇小說，但其所著第二部長篇小說《台北，台北！》的出版時間為 1985 年，稍早於《牛肚港的故事》。

海，卻一人醉醺醺從出事地點慌裡慌張跑下山。阿珍的死是自殺還是他殺？四海是凶手嗎？正當讀者疑惑未解之際，又看到媽祖廟的廟祝陳進財因兒子被雷擊死後心靈扭曲。他聽到阿珍的死訊時，馬上「露出無限驚恐的神色」。他為何驚恐？阿珍的死是他造成的嗎？這又是一個懸念；接著，在牛肚國中任教的趙孝義、李娟等人散步到牛頭山現場，看見阿珍的屍首，趙孝義驚叫起來，「臉色霎時變得好白好白」。我們不禁掩卷思索，死者與趙孝義有何關係？

開篇交錯出現的這一連串懸念，把我們一下子引入牛肚港這個獨特的天地。我們期待著發現這個命案的隱祕，看到眾多人物在命案風波中的各自表現。作者沒有使我們失望。他在小說中巧妙地鋪設了一條懸念叢生的命案線索，並且在事件的衝突中逐步展示人物性格。環繞命案的發生，作者寫出了四海、陳進財、趙孝義等人不同的身世和經歷。四海的游民習氣，陳進財的老謀詭祕，趙孝義的感傷多慮等，都給我們留下了深刻的印象。作者布設這條線索的手法是多樣化的，除開篇細緻入微地刻畫人物在案件偵訊過程中的反常舉動，以引起讀者對事態發展的猜測外，還通過景色的移情描繪暗示案情的多歧性。如專案人員在陳進財家搜查，發現案情發生變化時，作者寫道：「厚厚的雲層從遠處漸漸湧向西邊的山頭，白色的、灰色的層層重疊著，越接近太陽，就變成淡紫、淡紅、橙黃、金黃和各種難於仔細分辨的顏色，使漸近黃昏的牛肚港增添了無限詭魅、神祕和變幻莫測的色調，其中又似乎隱藏著一種說不出的憂鬱和悲哀的氣氛。」這類景色氣氛的渲染在作品中多處出現，給小說的情節罩上濃厚的神祕氛圍。特別是作者善於從專案人員的敘述角度多層次地鋪設懸念，線索發展跌宕多姿。在派出所裡，邱主管和專案組長分析案情，懷疑肇事者是四海，因為出事時他出現在現場，又不肯講出在場的原因。也懷疑陳進財，因為他兒子死後神態反常，可能有過分行為。另外也可能死者因感情自殺。這些推理似乎都排除了趙孝義，偵察範圍明顯縮小了。然而，天有不測風雲，隨著偵訊的深入，案情急轉直下，四海交代他參與走私，那天去

現場是從山洞裡取酒喝的事實，更排除了嫌疑；而陳進財則被傳訊後行動更加可疑。與此同時，檢察官帶人從阿珍臥室搜出趙孝義送給她的筆記本和書，阿珍在日記上表達對趙孝義的無限崇敬。究竟她和趙孝義是正常的師生關係、還是彼此之間有感情上的瓜葛？另外，命案發生後趙孝義送錢給阿珍母親，是純粹幫助她，還是有意收買她？還有，陳進財當著辦案人員的面，把趙孝義有次來他家看阿珍的時間說錯了，是記錯還是有意弄錯？目的何在？這一切，都使案情變得越來越神祕複雜。我們不禁為作者熟練的懸念技巧叫絕。

在王拓的〈金水嬸〉、〈望君早歸〉、〈妹妹你在哪裡？〉諸作中，我們很難看到懸念交錯的情節線索。上述作品裡，作者追求的是一種徹底的樸素性，按照故事發展的自然順序如實地再現生活的本來面目。雖然，我們不能脫離作者的創作意圖和作品的特定內容評定某一種藝術手段的高低，但是，在《牛》中，作者根據情節發展的需要設置各種懸念，並使之交叉展開，顯然已經突破了他過去慣用的表現方法，向新的藝術領域邁出了可喜的一步。王拓是深知藝術辨證法的靈活運用的。他讓不同的懸念交叉展開，最終是為了集中解決懸念。經過周折再三，懸念終於凝聚，向著直接關係到主要人物的命運和作品主題思想的方向發展。辦案人員通過學校訓導主任林錫河到處散布趙孝義是凶手的流言，很快把趙孝義定為涉嫌重點。在人性與邪惡的搏鬥中，我們的目光自然被吸引到趙孝義身上。這位從小生長在鄉村的青年教師，把臺灣這塊浸透了祖輩血汗的土地當成養育自己的母親，是一個對社會充滿強烈責任感，關心民眾疾苦的青年。他從臺灣師範大學畢業後，捨棄都市優裕的物質生活，來到偏僻貧困的牛肚國中任教，受到鄉親們的敬重。他看到金鳳的女兒阿珍聰慧好學，因家貧失學，便經常從各方面關心她。正因如此，阿珍死後他便招來橫禍，被當成命案的重大嫌犯，儘管最後查出真正的罪犯是陳進財，然而，趙孝義也因關心社會和民眾的行為被扣上莫須有的罪名而鋃鐺入獄。《牛》正是通過懸念疊迭的命案線索告訴我們，像趙孝義這樣關心社會，深入漁村施展抱

負的青年，在現實中不但得不到支持，反而屢遭誤解，受到不公正的待遇。他和純潔無辜的阿珍毀於罪犯之手一樣，在邪惡勢力面前，其命運悲劇是不可避免的。

　　當然，如果單憑阿珍之死的線索結構全篇，小說內容勢必單薄，人物性格也很難充分展現，因此，作者在小說格局中還插進另一條線索，即趙孝義和李娟的戀愛過程。他們相識於臺灣師範大學念書期間，雖為一見鍾情，但更多的是思想上的默契交流。當大學教授在講壇上為自由社會「大吃小」、「強吞弱」的現象滔滔雄辯之時，趙孝義卻看到了「經濟起飛」的背後是鄉親們「越過越壞」的生活。他終於領悟到受苦人命運的悲苦並非由於懶惰和愚笨，而是社會的不平等造成的。他經常對社會弊端提出批評，並因此受到校方的告誡。而趙孝義的這種舉動卻深深地感動了從越南回臺灣念書的僑生李娟。她喜歡他，願意與他在一起。大學畢業後，她衝破家庭阻力，跟著趙孝義到牛肚港教書。作者對這條愛情線索的處理不是依據時空順序進行，而是橫向切入，在篇首敘述阿珍命案發生的背景時，就開門見山把趙孝義和李娟的戀愛關係和盤托出，使之與阿珍命案的線索交融互合。作者在描寫這一對情侶在命案及惡勢力干擾下的愛情波折時，借用了電影時空交叉手法，時而穿插昔日大學生活，時而描寫眼前現實，使他們的愛情生活在歷史與現實的交融中顯出縱深感，也增強了作品的時代意識。可以說，這條線索在《牛》中的穿插運用是成功的，儘管後半部分某些章節顯得較為累贅，但它還是有助於對趙孝義內心世界的揭示，真切地表現了他所具有的和常人一般的喜怒哀怨，特別是他那脆弱的感情。像這樣情感脆弱的青年教師最終不可避免地要遭到無情的逮捕，他的未婚妻也因此受株連遭到迫害。對此，人們不能不為之感慨嘆惜，同時引起對作品的豐厚含義的深沉思考。而這，正充分體現了作者在構築曲折的命案線索時，巧妙穿入主人公愛情線索的用心所在。它猶如高明的建築大師在構建大廈過程中，總是著眼於整體感的把握，考慮形式外觀美與內在機制的和諧統一。

　　對長篇小說而言，結構是一個難點，也是衡量作者的創作是否成熟的重要標誌。通過上述分析，我們認為，《牛》的創作是成功的，因為小說不僅內容真實可信，以譴責邪惡的道德力量強烈震撼人心，而且以獨到的布局較好地表現了思想內容。王拓在《牛》中的藝術實踐，富有說服力地表明他是一個具有社會意識與正義感，並且潛心於鑽研藝術技巧的作家。

——選自《臺灣研究集刊》1987 年第 4 期，1987 年 12 月

以血以淚編織的文學
王拓與《牛肚港的故事》

◎王震亞[*]

> 《牛肚港的故事》是我在坐牢期間所寫的第一個長篇，也是我一生中的
> 第一個長篇⋯⋯我在牢裡寫這個長篇時，最關心的是人性和政治的問
> 題。
>
> ——王拓〈我們的苦難是有價值的！〉

生平逸事

王拓（1944～2016），原名王紘久，生於臺灣省基隆市郊八斗子漁村。父親早逝，靠母親為人幫傭、賣雜貨養家。故家境困苦。常常靠炒鹽巴喝稀飯過日子；每當颱風天氣，破屋漏雨，衣被全濕，一家無棲身之地。少年王拓不得不到附近工廠去撿破爛，以換取幾個錢貼補家用。「貧窮的生活經驗與因為貧窮而被歧視的經驗」，使他「對貧窮的人產生更強烈的認同」，並幫助他「找到人生奮鬥的目標與方向」。

他一邊擔任家教，一邊在臺灣師範大學學習。畢業後又到政治大學中文研究所學習，獲碩士學位。隨之，任教於政治大學中文系。

1979 年 12 月 10 日，高雄市三千人集會遊行，呼出「打倒特務政治！」「反對國民黨專政！」的口號，並與軍警發生衝突。三天後，王拓被調查局以涉嫌叛亂的罪名逮捕。在獄中關押了 4 年 8 個月又 23 天，才於

---

*發表文章時為首都師範大學文學院副教授，現已退休。

1984 年 9 月 5 日釋放。

王拓的處女作〈吊人樹〉發表於 1970 年 9 月。至入獄前，已先後結集出版了兩本小說集《金水嬸》（1976）和《望君早歸》（1977）。這些作品反映了普通人「的哀樂、的愛恨、的辛酸、的期望、的奮鬥、的掙扎」（王拓〈擁抱健康的大地〉），是作者現實主義理論主張的具體體現。

入獄後，雖黑牢鐵窗卻鎖不住他那顆嚮往自由的心。在每天做完監獄所分配的苦役之後，他仍創作不輟，除了撰寫兒童故事外，又完成了兩部長篇小說：《牛肚港的故事》和《台北，台北！》，分別於 1986 年和 1987 年出版。

王拓是小說家，也是評論家，出版有文學評論集《街巷鼓聲》、《張愛玲與宋江》；還是政論家，出版了政論文集《民眾的眼睛》、《黨外的聲音》。

力作縮寫（《牛肚港的故事》）

星期五，最先發現山腳下徐淑珍屍體的人是林四海。他全身都是酒味，臉上現出驚慌恐懼的表情，半天才迸出一句：「我看到鬼啦！」

徐淑珍的繼父陳進財是媽祖廟的廟祝。自從去年七月他那剛滿七歲的兒子被雷電擊死之後，就一改以往勤奮、和善的本性，每天若不是癡癡呆呆坐著，一碗一碗將米酒往肚子裡灌，就是破口大罵天地眾神。聽到徐淑珍的死訊，他的臉色霎時變得白淒淒的，像出殯時的白帆布一樣；兩眼充滿血絲，流露出無限驚怖、恐懼的神色。

深夜，派出所的主管邱正德陷入了沉思：是他殺還是自殺呢？如果是自殺，又是為的什麼原因呢？徐淑珍的媽媽徐金鳳說，阿珍仔是因為家裡無錢供她繼續讀書才自殺的。可是屍體解剖表明，16 歲的少女卻已有了四個月的身孕。這使案情更趨複雜。

本來，林四海的嫌疑最大——昨天，他原應下海捕魚的，偏偏出現在死屍現場。箇中原因，他又不肯說清。可是今天下午，林四海在逼問下終於吐口了。原來，他在山腳下岩洞裡藏了兩箱洋酒，是他幫人搬運私貨得

的報酬。昨天，就是因為喝多了酒，在山腳的岩壁下睡過了頭，才來不及出海捕魚的……

　　如果，林四海的口供屬實，那麼他的嫌疑程度就要輕得多。邱主管一遍遍地翻看著徐淑珍遺物中的日記，希望從中能發現一些佐證。然而日記裡根本沒有「林四海」三個字，反而是牛肚國中那個年輕的趙孝義老師常常在日記裡出現：

　　「今天趙大哥送了這本漂亮的日記簿給我。我好高興好高興哦！……他是在鼓勵我繼續升學啊！……趙大哥還送我兩本小說，一本是張愛玲寫的《半生緣》，一本是黃春明的《莎喲娜啦・再見》。」

　　「媽媽說，李老師是趙大哥的未婚妻，但是，趙大哥為什麼從來都沒有對我說呢？」

　　「……媽媽不准我去做女工。他就安慰我說，沒關係，先在家溫習功課好了……他願意幫助我。我覺得，他真是全世界最好的人！」

　　「趙大哥講的話使我好入迷，我不是在聽音樂，我是在聽他演講。我好喜歡趙大哥！」

　　……

　　闔上日記，邱主管想：到底趙孝義和徐淑珍之間是什麼樣的關係呢？他們之間有沒有更進一步的感情瓜葛呢？會不會是趙孝義以關心為手段騙取她的感情，甚至和她發生關係後再將她遺棄呢？……

　　星期天上午，邱主管去國中找訓導主任林錫河，向他了解趙孝義的情況。

　　趙孝義是在臺灣鄉下長大的孩子。1971 年，以大學生為主體的「保衛釣魚臺運動」發生時，他恰好在師範大學讀書。這個運動不但治癒了他畏縮、孤僻的性格，而且還引發了他蘊積了二十幾年的生命熱情來關心國家和社會。在大學生參與社會服務的風潮影響與指導下，他主動要求到這個偏僻的牛肚港來教書。同學李娟因愛他而跟了來，同在一校當老師。

　　在徐淑珍自殺的當天晚上，趙孝義病倒了。第二天，他掙扎起床，與

李娟及另一個女教師楊美慧一起去慰問徐淑珍的父母。回來的路上，迎面碰上牛肚港的里長。里長正有事要請趙孝義幫忙。原來，近一兩個月來，釣魚臺附近突然出現了日本海上自衛隊的巡邏艇，公然宣稱釣魚臺群島是日本領土，禁止臺灣漁船前去捕魚。漁民代表雖然報告了省政府漁業局，卻全無效用。所以想請趙孝義寫一篇文章，登在報紙上，以引起中央政府的注意。趙孝義爽快地答應了。當天夜裡，他就不顧病體沉重，揮筆疾書：「……政府如果不能保護人民的生命財產和領土主權的完整，人民還擁護它做什麼？這是政府責無旁貸的神聖使命，必須全力以赴才行！……」

6 月 18 日，也就是徐淑珍命案發生第四天的一大早，趙孝義的文章在《中國時報》上登出來了。隨之，《聯合報》記者前來採訪。借此機會，邱主管向記者宣布，命案死者是被強姦後懷孕，因羞憤而自殺的；強姦者是誰，已在死者日記中有所透露，是和死者關係很親密的人。

19 日，《聯合報》在同一版面上刊登了關於趙孝義的個人專訪和關於徐淑珍命案的報導。幾位老師半玩笑半認真地恭維趙孝義。同時，也有流言傳出，說趙孝義與命案有關，校內校外議論紛紛。

恰在此時，李娟的母親來到學校。見到母親，李娟自然高興。但也不能不有點擔心。因為父母是反對她和趙孝義結婚的。果然，母親對趙孝義十分冷淡，力勸李娟與從小就熟識的表哥相好，並回新加坡繼承父母公司裡的業務。

因為流言，因為李娟也問他「你到底和徐淑珍有什麼關係」，趙孝義在激憤中與李娟發生了爭吵。又因為李娟陪同母親住到市區的飯店裡，與他遠離，所以兩人間的誤會更為加深。

為減輕痛苦，趙孝義狂飲求醉，在迷亂中撲向楊美慧尋求安慰。過後又愧悔萬分，在多重刺激下再次病倒。

仍然深愛著他的李娟匆匆趕來探望。不料××局的車子已停在門口，不僅逮捕了趙孝義，也把李娟帶去訊問。

顯然，這與命案無關。因為徐金鳳在家中廚房堆放木柴的角落裡找到

了一包阿珍生前穿的衣服，包括一件被撕破的衛生衣、內衣和一條粉紅色的三角褲，以及沾著污穢痕跡的裙子。隨之，陳進財畏罪自殺。

那麼，趙孝義的被捕與什麼有關係呢？

一個辦案人員對他講的話說明了一切：「單憑你所寫的那些文章，以及你在記者訪問時講的那些話，就已經對國家、對政府造成很大的傷害了……」「你想想看，看到你寫的那些批評政府的文章，敵人會不會利用它來打擊我們的政府呢？你這樣不就是用文字、圖書做有利於叛徒之宣傳嗎？」

五個月過去了，他被關在地下囚室裡，受到日以繼夜的審訊，被逼寫了無數的自白書，回答了無數個連作夢都沒想到過的質問。

至於今後，也許，會因還不完全明白的理由被關在牢裡十年；也許，不久就放他出去。他無法預測，也無能為力。

創作特色

《牛肚港的故事》是王拓坐牢期間所寫的第一個長篇，也是他一生中的第一個長篇。它標誌著王拓小說創作進入了一個新的發展階段。

一、偵破小說的結構

《牛肚港的故事》是政治小說，但其結構卻有一般推理、偵破小說的特點。

（一）設置懸念

作品第一章就寫山腳下發現了一具女屍，從而設置了多個懸念：是自殺還是他殺？是自殺，則原因為何？若他殺，則兇犯是誰？無疑，這是偵破小說慣用的開頭，意在引起讀者的注意。

（二）故布疑陣

作品在設置懸念後陸續推出了幾個人物。

首先是報案者林四海。作者有意寫他年輕、好酒；在本該出海捕魚的時候，卻出現在命案現場，偏又不肯說出理由。嫌疑最大。

其次是死者的繼父陳進財。作者主要寫他聽到死訊後的神態:「臉色,霎時變得白淒淒的,像出殯時的白帆布一樣;兩眼充滿血絲,流露出無限驚怖、恐懼的神色」。好像也不正常。

再次是死者的老師趙孝義。先從容插敘他以往的經歷與為人,然後才寫他見死屍後:臉「蒼白」,手冰涼,「頭痛」「嘔吐」「滿頭的汗」。當時同行的有李娟和楊美慧,但唯獨他反應如此強烈,令人奇怪。

(三)引導推斷

一般而言,讀偵破小說的興味在於不斷地推理、判斷,並求得印證。無論正誤,都是一種心理享受。作者深悟此道,塑造了派出所主管邱正德這一人物。在小說中,邱正德先是懷疑林四海。在其說清為什麼出現在命案現場後,又轉為懷疑趙孝義,因為徐淑珍在日記中多次提到他。與此同時,陳進財對日記內容的格外關注也令邱正德起疑。這裡,邱正德的反覆推斷與印證,不僅推動了小說情節的發展;實際上也在暗中引導讀者去推斷、印證,從而獲取閱讀的快感。

二、愛情小說的筆觸

《牛肚港的故事》雖以刑事案件開始,以政治冤案告結,形成偵破小說的框架,但通篇貫穿了趙孝義與李娟、楊美慧的感情糾葛,行文委婉細膩。就此而言,又有愛情小說的特徵。

比如,一般愛情小說中都有三角關係,《牛肚港的故事》也不例外:趙孝義與李娟相愛,但趙孝義又對楊美慧有好感;楊美慧與李娟是親密好友,但楊美慧的心裡也喜歡著趙孝義。只是在這部作品中,作者不是為了情節富於戲劇性而故意寫「三角」的,因而,三位主人公之間的關係與一般小說中的三角關係不同。

先拿趙孝義來說,他深愛李娟。但李娟是海外華僑的女兒,有可能再回海外僑居地;而且李娟的父母又一直反對女兒的愛情選擇。因此,趙孝義對他與李娟的愛情缺乏信心。加之,他從小就形成了孤僻、畏縮、多疑的性格,所以更加重了不安全感。對於這種狀態下的心理活動,小說中有

比較充分的描寫：

> 他和李娟在一起雖然已經有好幾年了，卻仍然無法完全克服潛存在心裡的那份不安全感。他總擔心，有一天她會突然離他而去。
>
> 但是，他是否對李娟的愛情完全沒有信心呢？事實又並非如此。有時，他不但對愛情充滿信心，甚至對生命中一切可喜的、光明的理想都懷著無限的信心。但是，這大部分要看她所表現的和他親密的程度——也就是要以他所感受的，她愛他的程度來決定。如果她肯不拘形跡地和他表現得親熱，他的心情就會變得篤定而自信。

正因為他始終有這樣一種不安全感，同時，性格又多疑，所以當李娟的母親謊說李娟將與表哥結婚時，他就輕信了。又因為他愛得深，一旦覺得失去了李娟的愛，精神上便大受刺激。於是，原本潛藏在意識深處對楊美慧的好感迅速外化。小說兩次寫他在痛苦中想起「楊美慧開朗的笑聲，果決的聲調，頗富見解的言談，以及她那蘋果般圓潤鮮紅的臉頰，和嬌小玲瓏充滿活力的身體」；寫他在酒醉後的狂亂中強把楊美慧摟進自己的懷裡，進而把手「伸進她的衣服裡」……

那麼楊美慧呢？她與李娟是親密好友，當李娟與趙孝義發生誤解時，她一直在做勸解工作。一方面，她希望李娟與趙孝義言歸於好。但另一面，在她這樣做的時候，內心深處又「感到一種淡淡的苦澀和悵惘」，因為她也喜歡趙孝義。所以，當趙孝義把她摟進懷裡時，小說是這樣寫的：

> 「啊！」她輕叫了一聲，雙手抵在他胸前，心裡感到羞澀、驚慌和微微的恐懼，全身忍不住哆嗦了起來，又輕輕推了他一下。
>
> 他那火熱的、男性的嘴唇突印到她臉上，她本能地把臉避開，心臟「狂痛！狂痛」地撞擊著胸膛，使她微微地感到一種暈眩，全身像被野火燒著了似地騷動了、震撼了，一種從未有過的、混雜著幾分恐懼的興奮，

竟使她欲罷不能地把避開的臉又主動地迎向他那火熱的狂野的嘴唇。她
雙手抓住他的背，全身不停地微微抖顫著，整個人溶在一種暈眩的、興
奮的悸動裡。

這裡，特定時刻中人性的種種微妙處得到了充分的展示。理智上，她
知道趙孝義仍愛的是李娟，感情上，她也不能接受粗暴、無禮的舉動；但
被點燃的慾火又使她不忍峻拒，甚至迎合。但是，當趙孝義愈發狂野，竟
然撕破她的睡衣時，她驚覺了，悲憤和羞怒「激起了她從未有過的潛力，
狠命地揚手向他臉上摑了過去。」而趙孝義也因此「好像突然從惡夢中醒
來。」

貌似「三角」，卻終於未構成通常習見的「三角」。酒醒後，趙孝義痛
悔萬分。楊美慧則原諒了趙孝義，仍關心著他與李娟的未來。

顯然，作者之所以這樣寫，其目的主要是想把人物置於比較複雜的矛
盾衝突中去刻畫彼時彼刻人物的心理活動，進而表現人性的缺陷和弱點。

三、政治小說的底蘊

一般而言，那些直接、間接、正面、側面反映政治生活、政治鬥爭、政
治事件，並在一定程度上觸及政府當局政策影響的小說，即可稱為政治小
說。初讀《牛肚港的故事》，易為它的結構、筆觸所迷惑，誤為偵破小說、
愛情小說。但細讀便可明瞭，本質上，它是一部風格特異的政治小說。

（一）觸及保釣運動

釣魚臺（島）自古是中國的領土。可是因為在它附近的海底蘊藏著豐富
的石油，於是日本便與美國勾結，在 1970 年宣布：釣魚臺是琉球群島的一
部分，應和第二次世界大戰以後由美國占領的琉球群島一起交還日本。早在
當年九月，海外的中國留學生與華僑社會就發起保釣運動，對美日表示強烈
的抗議。由於臺灣當局仰人鼻息，唯恐觸怒美日，所以封鎖消息。但一年
後，在臺灣也掀起了以大學生為主體的保衛釣魚臺運動。一時示威遊行，絕
食抗議，包圍美日使館，遞交抗議書，召開各種討論會，不絕如縷。

對此，小說雖沒有具體描寫，但作品中的主要人物卻與這運動息息相關。

對於趙孝義來說，這個運動「不但治癒了他畏縮、孤僻的性格，而且還引發了他蘊積了二十幾年的生命熱情來關心國家和社會，使他一生的思想和人格得到空前未有的突破和發展。」因此，他在大學畢業後，主動要求到偏僻的牛肚港來教書，「把所學的知識向社會回饋」。

對於邱正德來說，這個運動則影響了他的前程。當時，他正是警官學校四年級的高材生。出於熱情和正義，為了國家和民族的尊嚴，他私自以警官學校學生代表的身分，在一份致日本大使館的抗議書裡簽了名。結果，情治單位根據那個簽名找到學校，使他受到了記大過的處分，並因此在畢業時被發配到這偏僻的鄉下派出所當主管。

儘管書中的這些記敘，只是作為人物的背景材料出現的。但已然對保釣運動的規模、性質和影響有了相當程度的反映。這無疑是可貴的。它為小說增添了政治色彩。

（二）進行社會批評

車爾尼雪夫斯基曾說過，文藝創作是「人的一種道德活動，作者在人物身上總是傾注了自己的美學思想，表明了自己的道德觀念。」王拓是作家，同時也是一位熱心於革新政治的社會活動家。因此，他筆下的人物往往也有革新意識與批判精神。

比如，徐淑珍的死訊傳出後，作品寫「趙孝義突然激動起來，好像在和誰生氣似的，大聲說：『這完全是貧窮的罪惡！如果她去年不輟學，絕不會有這樣的事。因為貧窮而輟學，因為貧窮而自殺，這是我們社會的恥辱！』」

又如，當記者來採訪時，作品寫趙孝義慷慨陳詞：「政府如果不能保護人民的生命財產和領土主權的完整，人民還擁護它做什麼呢？這是政府責無旁貸的神聖使命，必須全力以赴才行！」「每一個人都會說，我愛這個國家，我愛這塊土地，但是，為什麼大家都只往繁華的、富庶的、機會多、出路好的地方鑽呢？……難道鄉下地方不要建設嗎？……不錯，我願意承

認，我是一個浪漫的理想主義者。我們這個社會的病就是太沒有理想，太不浪漫！每個人都太聰明，太精，太會計算了！」

再如，社會上有人說：「在所謂自由的社會裡，一個人的生活過得好，或過得不好，完全要由人們自己來負全責的。因為自由社會的可貴，就在於互相競爭⋯⋯」作品寫趙孝義對這樣的論調十分反感。他認為：「這種競爭雖然是自由的，但，卻是不平等的⋯⋯在不平等的情況下講自由，結果只是大吃小，強吞弱而已。」

儘管這些議論分散在情節發展的個別環節上，但是它們的批判鋒芒已使小說的政治色彩更趨濃重。

（三）揭露專制統治

在臺灣，專制統治幾十年，《牛肚港的故事》所能反映的僅是九牛一毛。但其嚴酷、卑劣已夠令人不寒而慄了。

其一，實行檢舉密報制度。

小說中，牛肚國中的訓導主任林錫河「常常喜歡站在教室外面偷聽老師講課⋯⋯在有些班上還安排了學生，把老師們上課講的一些話記錄下來。」因為他「負責給老師們作思想考核」，必要時就向調查局告密。作品裡，趙孝義這樣的熱血青年之所以被捕入獄，就是這位訓導主任告密所致。那麼，像林錫河這樣的人是否只是個特例呢？作者借李娟、楊美慧之口指出：「每一個學校都有這樣的人」，「各機關團體都有，聽說叫什麼安全人員」。

顯然，這已是一種制度。對於這種制度的揭露，使作品有了相當的深度。

其二，羅織罪名，壓制批評。

小說中，調查局抓趙孝義的原因歸納起來有兩條。一是「大學時代曾參加保衛釣魚臺學生運動，有記錄在案」。所以，「他自動申請到鄉下教書」的用心值得懷疑——懷疑他「幕後有祕密組織在指揮操縱」，「有製造不安、擴大矛盾的意圖」。這裡，愛國反而有罪，為社會服務反遭懷疑，簡直到了黑白不分的地步。二是「常常在上課時批評政府和社會，顯然意圖

向學生灌輸反政府和反社會的思想。」「常常假藉家庭訪問接近民眾，又對礦災海難等社會問題的資料，刻意蒐集以著成文字，有惡意醜化政府形象，破壞人民對政府的向心力的嫌疑。」這又是欲加之罪，何患無詞。其實，視批評如洪水猛獸，從而千方百計羅織罪名，以堵天下人之口，恰是自身極度虛弱的表現。

其三，隨意抓人，持續逼供。

小說中，趙孝義是被人密報後逮去的。那麼，逮捕時是否已有罪證了呢？沒有。用林錫河的話來說：「沒有經過偵訊、審問，證據怎會跑出來呢？」於是先抓了再說。

至於審問，小說中是這樣寫的：「剛來的時候，他們一直都是連續幾天幾夜，把他關在一個密閉的偵訊室裡，和他不停地長談，逼他寫了無數的自白書，回答了無數個連作夢都沒想到過的質問。他的神經被搞得混亂了，身體也支撐不住而簌簌地顫抖起來，有幾次甚至都昏迷了。只有在這種情形下，他們才會讓他到地底下的囚室睡覺，但是，通常也只讓他睡個兩三小時，就把他從睡夢中叫醒了，半夜裡把他押回偵訊室，又繼續幾天幾夜的疲勞審訊。」

以作者親身遭受凌虐、侮辱、脅迫、刑求的體驗，關於獄中生活，本可以寫得更詳細些。但作品寫於獄中，「為了逃避監獄官的檢查，我只能寫成現在這個樣子」——作者在〈我們的苦難是有價值的！〉一文中作了解釋。也許，基於同樣的原因，小說結尾部分雖然對人性的某些陰暗東西有所思考和領悟：

> 是的，我必須為了對小娟和美慧所犯的罪受到懲罰！我必須贖罪！以寂寞和孤獨的苦行來為自己贖罪！甚至必須用自己的血才能洗滌自己的罪惡。
>
> 真正的贖罪絕不能只求個人的心安而已，而是必須努力去減少人間的苦難。
>
> 只要有人的地方就會有痛苦和不幸，因為人性原就充滿了各式各樣的缺

陷和弱點。那麼，只要他努力，他就一定能或多或少地減輕人們的痛苦。不論那痛苦是誰的，只要他能幫助一個人減輕一分痛苦，人世間就能多出一分幸福，那麼，他的罪行就可以減少一分了。

但是，對他最關心的政治與人權問題的思考和領悟，作品卻迴避了。這不能不是一個缺憾——尤其是對於一部政治小說來講。

然而，就是現在的這個本子，仍因國民黨文工會的壓力而未能在《聯合文學》月刊上連載。如此，我們又怎能苛責作者呢？

縱橫比較

一

早在《牛肚港的故事》之前，王拓已是個有影響的作家了。只是那時，他多寫短篇小說。這些作品就題材和內容而言，大致可分為三類。

其一，是有關青年婚戀問題與知識分子問題的作品，如〈一個年輕的鄉下醫生〉。主人公叫陳義雄，醫科大學畢業後主動放棄赴美留學的機會，謝絕臺北某大醫院的高薪聘請，自願回到故鄉，要為缺醫少藥的鄉親們服務。但重利薄情的商業化社會現實侵蝕了他的靈魂，使其漸改初衷，對窮苦鄉親冷漠起來，對在臺北開醫院賺大錢的同學羨慕不已，直至消沉淪落。

其二，是以家鄉八斗子村為背景。描寫臺灣農村生活的作品，如〈金水嬸〉。主人公金水嬸是漁村裡賣雜貨的小販。她含辛茹苦三十年，終於把六個兒子拉扯大了。但各有所成的兒子們卻都接受了商業化社會的價值觀念，全無反哺之心。不僅氣死了金水，而且還逼得已然衰老的金水嬸遠走他鄉去給人幫傭。

其三，是寫於 1970 年代後半期，表現城市工人和資產階級生活的作品，如〈獎金二〇〇〇元〉。在這篇小說中，主人公陳漢德勇於為因公負傷的工友打抱不平。他怒斥老闆，並把自己一個月的工資送給受傷工友的妻

子，然後毅然離開公司以示抗議。作品不僅塑造了陳漢德這樣敢於同資本家當面鬥爭的工人形象，而且提出了「臺灣勞工鬥爭怎樣才能避免失敗贏得勝利」的問題。

縱覽這些作品，可以清楚地看出，王拓原本就是一位現實感、社會性十分突出的作家。因此，也就不難理解，身陷囹圄而仍頑強執筆寫下的第一部長篇小說《牛肚港的故事》何以有那樣濃重的政治色彩。

二

由於歷史的特殊性，現當代臺灣作家具有親身坐牢經驗者不乏其人。因而，作為政治小說的一個類別，牢獄小說的產生也就有了可能。當然，可能遠不是現實。牢獄小說必然要觸及敏感的政治禁區。因而，它還需要有相應的政治環境容其產生。

1979 年 1 月 1 日，中美兩國正式建交。當天，全國人民代表大會常務委員會發表《告臺灣同胞書》，呼籲共同努力，實現祖國統一。同年 12 月 10 日，臺灣高雄市舉行了「世界人權紀念日」集會遊行（即高雄事件）。這一切，都深刻地影響了臺灣的政局、民心和文壇。在國際壓力與日益高漲的人民民主運動面前，臺灣當局不得不提出若干開明性、進步性的改革措施，直至 1987 年 7 月宣布解除實行了 38 年之久的《戒嚴法》。基於這樣的背景，牢獄小說終於在 1980 年代得以興起與發展。

先是施明正接連於 1981 年、1983 年發表〈渴死者〉與〈喝尿者〉兩篇小說，率先揚起牢獄小說的大旗。隨之，王拓的《牛肚港的故事》又以二十多萬字的篇幅壯大了牢獄小說的聲勢。在他們的帶動下。呂秀蓮的《這三個女人》，楊青矗的《心標》、《連雲夢》，陳映真的〈趙南棟〉等小說相繼問世。這些小說與同一時期出版的《綠島家書》（楊逵）、《坐牢家爸爸給女兒的八十封信》（李敖）、《柏楊在火燒島》（柏楊）等作品共同匯集成了牢獄文學的洪流。

所謂牢獄小說，其含義是寬泛的。大體可分為兩種。一種，如〈渴死者〉，專寫獄中生活，稱牢獄小說名正言順。另一種，如《這三個女人》，

其內容與牢獄無關，但它是作者在獄中創作的，所以在臺灣也歸入了牢獄
小說的範疇。

　　《牛肚港的故事》是王拓在獄中三易其稿寫就的小說。雖然全書的絕
大部分都寫的是獄外生活，但結尾處也涉及到了主人公在獄中的遭遇。因
此，無論從哪個角度講，《牛肚港的故事》都是一部典型的牢獄小說。

　　臺灣文學史家應鳳凰曾指出：「文學出版現象，是由文學作品歸納累積
而來。這些現象又展示了文學作品與整個社會，與時間、空間的密切關
係。這麼說來，必是先有牢獄而後有牢獄文學。」（《牢獄文學在臺灣》）據
此，王拓的《牛肚港的故事》乃至整個牢獄文學的社會現實意義都是不應
低估的。

研讀參考

作品目錄

・王拓，《海葬》，南寧：廣西人民出版社，1983 年 10 月。

・王拓，《台北，台北！》，北京：中國友誼出版公司，1987 年 5 月。

・王拓，《牛肚港的故事》，北京：中國文聯出版公司，1987 年 9 月。

評論索引

・劉蔚文，〈臺灣鄉土作家王拓〉，《福建文學》1982 年第 4 期。

・楊建國，〈臺灣當代文壇的一隻春燕——試論王拓的小說創作〉，《蒲峪學刊（克
　山師專學報）》1987 年第 3 期。

——選自王震亞《臺灣小說二十家》

北京：北京出版社，1993 年 12 月

淺論《台北，台北！》

◎叢甦[*]

　　朋友寄來王拓的新書《台北，台北！》，並附信說要推銷它。我喜悅地看了，心想，如有機會，即使無人推銷，王拓的書我也是樂意去看的。

　　這五十萬字的長篇是王拓因高雄事件入牢五年中完成的第二部小說。小說的主題是 1970 年代早期在臺北的一群知識分子及年輕工人們在保釣運動及臺灣被迫退出聯合國後的衝激中的悲喜、愛恨、苦悶與掙扎。

　　「保釣運動」，對中國人來說，是 1970 年代裡的大事。西太平洋中一群荒瘠小島在海內外華人心中激起了無比的民族意識與愛國情操。任何群眾運動的動力總有尋覓象徵的趨勢。那串荒蕪不毛的島嶼在 1970 年代裡就成為眾多年輕中國人對祖國與領土熱切關心的有力象徵。發展的結果往往是運動超越象徵，最後甚至於完全脫離象徵本身。這象徵最初激起的是原始的愛國愛土情感，但是由於錯綜複雜權力派系的滲入，最終竟成為眾多中國知識分子在政治歸向與取捨上做決然抉擇的催生，因之也隨而產生了不少龐大的個人悲劇與時代醜劇。

　　1970 年代，在國際上，是一個風雲變幻波浪洶湧的年代，也是一個青年運動勃發衝刺的年代。以反越戰為名，西方世界，以美、法、西、德及北歐的青年為主，如風暴中的潮浪般地將運動衝出教室，帶向街頭。「保釣運動」在中國青年人中就激發了「反越戰運動」的同樣熱烈與衝刺。《台北，台北！》的故事就是環繞著一些在臺北就讀的大學生與年輕工人，如

[*]本名叢掖滋。作家、小說家。曾任職於美國紐約洛克斐勒辦公室圖書館，現定居美國紐約，專事寫作。

高立民、孫志豪、張廣華、吳永光、杜武志等實有其人的角色，在這段風暴中的追尋與自覺而發展。

　　以高立民、孫志豪等所代表的知識青年自覺救國運動可以說是自光復以來臺灣學生運動的首創，也突破了多年來青年人對政治的「冷漠」與卑視。臺灣知識分子，由於響應海外及港澳青年發動的「保釣運動」——抗議美國政府對日本在釣魚臺群島的主權認同——而發動了三十多年來的首次學生愛國涉身運動。但是由於執政當局過去在大陸對「學潮」與「學運」的過敏過慮與嚴重的「懼共症」，而對參與分子橫加壓力箝制。緊接而來的臺灣被迫退出聯合國更激發了知識青年對「國是」與「臺灣將何去何從」的探索與討論。襯托其間的是臺灣在出口經濟與市場經濟擴張轉變期間勞資糾紛，所引發的種種徵狀與暗流。這些「真人真事」，經過小說技巧的藝術化而生動逼真地呈現在《台北，台北！》中。

　　以孫志豪為代表的青年理想主義不可避免地與當權短視的現實主義與鴕鳥政策發生矛盾與衝突。而在政治實力的壓制下，理想主義有時也難免瀕近破幻與退縮。但是正如古今中外不朽功業與理想所堅持與最後依賴是人的不可摧毀的精神（海明威所謂的「人可以被毀滅，但不能被擊敗」或奧維爾在《一九八四》中所謂的「人的精神」），孫志豪相信「……我們要愛惜自己，要看重自己，只要我們的理想不死，不退縮、不沮喪，我們可以做很多事情，我是很有用的，也是很有力的，不要害怕，那些邪惡勢力，雖然能夠殺死身體，卻殺不死靈魂！」也是憑著這點信念，這批青年人，在極度艱困的狀況下，召開座談會，研討國是，辦雜誌，上書當局，被捕入獄，被刑求，被搜家，封殺，騷擾與恐嚇，但也能最終堅持那不渝的「愛人，愛社會」的愛心。

　　就技巧而言，這書或許可以說是屬於「觀念小說」（Novel of Ideas）類的。中國現代小說（大陸地區除外）是以一種我稱為「感性的寫實主義」為主流。這種寫實主義，以工筆素描刻繪出人物、情節，呈現出一種情緒（mood），描繪出一樁事件（Incident）或一個人物（Character），而不加入

任何觀念或論點，但是這種技巧的毛病是作者往往走火入魔地鑽入寫實主義的死角，大力去描繪書中人物的外型衣著、住處，而不能鑽入人物的心中腦中探索觀念、思想，於是只塑造了一批只會感覺不會思考的動物；雖然極盡「細膩」「精緻」之功，但畢竟患著「思想的貧乏」。王拓在《台北，台北！》中所塑造的角色卻個個侃侃而談，有如屠格涅夫的《羅亭》中的主角，或許所談的超於行動，但是這也是特別政治現實下的無力與無奈而已。書中主角如高立民、孫志豪、張廣華等，如同杜斯妥也夫斯基筆下的人物，特別如柔斯可尼可夫（《罪與罰》）與《卡列馬札夫兄弟們》的伊凡一樣，一開口就一瀉千里，現實中的片斷衝激都能引發他們對理想與現實間的矛盾的反省與探討。幾年以前那以寫《羅莉塔》一書成名的納比可夫曾批評大師杜斯妥也夫斯基在小說技巧上「粗枝大葉」：「人們不知道他的人物穿著什麼！」

當然這是無稽之談，任何有頭腦的讀者會希望知道小說中人物在「想」些什麼，而不在「穿」些什麼。《台北》一書，與「工筆細描」的小說相較，或許會顯得「粗枝大葉」。但是這「毛病」也是紀德稱為的「人類有史以來的最偉大的小說家」杜氏有的！

而書中所塑造的一個年輕工人杜武志，一個高大茁壯，木訥憨直，但又懷真摯情感與愛心的人，可能是中國現代小說史上一個較為突出又令人難忘的人物。這個粗壯如小山，但又略顯魯鈍的人是 D. H.勞倫斯所謂的「高尚的野人」（Noble Savage），是海明威與傑克倫敦小說中常見的人物。他在臺北與三重的茫茫囂塵中追尋那他不曾有記憶的母親也象徵著近代人在一個支離破碎、人慾縱橫的物質社會中去追尋那失落的母體根源，可能是「司蒂芬・戴德利斯」在文學大師喬艾斯巨著《優利息斯》中追尋父親形象以來最突出有力的象徵。

據說這是一部三部曲的首部，果真如此，我們將拭目以待，尤其希望能見「杜武志」的繼續刻畫。無論在人物造型、心理探索、或故事結構上，作者都顯示了不淺的功力。雖然讀後，我們不會深記書中人物都「穿戴」些什

麼或「吃」些什麼食物，或家中擺些什麼家具。那些是納比可夫輩所關懷
的，不是我們的關懷。我們關懷的是在一個風濤波蕩的時代裡，一批湧著熱
血的年輕人，在一個分裂的中國的窘迫的政治現實下，「想」著什麼，「做」
著什麼，又「希冀渴求」著什麼。那些，在中國未來前途的探索上，象徵地
顯示了中國知識分子在憂患年代裡無盡的悲愴、徬徨與掙扎！

——選自《自立晚報》，1986 年 1 月 11 日，10 版

《台北，台北！》作品評析

◎黃重添*

　　王拓的創作，多數蘊含著強烈的社會政治意識。相對於文學創作，他似乎對社會政治表現出更大的熱情。《台北，台北！》便是一部思想意識有濃烈傾向的政治小說。它以 1971 年發生的「釣魚臺事件」為背景，真實地再現 1970 年代初臺灣社會的動盪，表現臺灣人民，尤其青年知識分子在「保釣」運動中所激盪的思想與行動，反映臺灣青年一代的徬徨、覺醒及其對祖國統一的認識。

　　這部小說表現出對人性的深刻反省。在臺灣當代的文學中，能注意揭示人性美的是黃春明的小說創作。在《台北，台北！》中，我們高興王拓在頌揚人性美方面所作的可喜努力。陳富來、杜武志從鄉下來到臺北，高立民、孫志豪給予他們的友情與幫助是何等的炙人心腑！作品中還用了不少筆墨描寫了杜武志對母親的拳拳母子之情，以及多次路見不平，為他人解圍脫難，都是對美好人性的張揚。

　　在人物塑造上，這部小說也顯示出與作者以前創作不同的藝術風姿。例如，對作品中的主要人物孫志豪、高立民、邱安妮和朱念秋等人，著重於對他們性格的複雜性及其心理變化，作了深層次的開掘。通過寫他們不同心理的並存、對立與衝突，美妙的嚮往與理性的思辨的同時出現，使之成為豐富而又獨特的藝術典型。他們都是有才華、有抱負的熱血青年，但往往一陣狂熱過後，又變得優柔寡斷，在決定某一行動前陷入激情與理智的漩渦裡。這種狂熱性與軟弱性集聚於一身的雙重性格正是臺灣那些要求

*黃重添（1941～1992），福建南安人。發表文章時為廈門大學臺灣研究所副教授。

民主自由的青年知識分子心態的真實寫照，具有典型意義。

　　當然，《台北，台北！》也存在較明顯的缺陷。主要是作品內容出現了明顯的理念化傾向，含有作者主觀意念的明顯印痕，有些內容甚至游離主題思想。在一定程度上削弱了其藝術感染力。

——選自廈門大學臺灣研究所編《臺灣百部小說大展》

福州：海峽文藝出版社，1990 年 7 月

美麗島事件政治犯的監獄書寫：
王拓

◎黃文成[*]

　　王拓，原名王紘久，基隆人，1944 年生。臺灣師範大學畢業，政治大學中文系研究所碩士。1970 年發表處女作〈吊人樹〉。1973 年後在政治大學中文系任教，1975 年發表其重要文學代表作品——〈金水嬸〉，曾任中華民國民進黨籍立法委員。

　　1970 年代，臺灣在整個國際局勢及國內政經社會，出現極大動盪與不安。在國際外交上，中華民國政府在聯合國的席位被中國人民共和國給取代，聯合國代表席次的挫敗，讓青年學子面對臺灣於國際社會處境的問題，其中又以當時臺日之間所發生的「釣魚臺事件」國際性議題，造成臺灣社會運動極大的衝擊與捍衛臺灣在國際地位的實際行動。王拓的大學生涯，正值這樣風雲際會的年代，入獄之後的王拓，將臺灣那段的命運及其個人參與和見證的歷史，化成小說的時空背景。

　　一來這樣的寫作題材，即使被查到，也不妨礙國家安全及涉及國家叛亂罪，二來也可藉由臺灣與國際觀點的辯證，為臺灣的歷史留下屬於王拓自己的評述。

　　我們由此也可發現王拓獄中小說與呂秀蓮獄中小說，事實上是同一類型，一則是小說的自傳性色彩極為濃厚；二則兩人的獄中小說，都鎖定在自己曾經輝煌的年代，抑或是他們本身生命底層最重要的時刻。且都以生命的輝煌對抗生命的黑暗時光，這是他們在獄中以書寫來進行精神上的治

[*]發表文章時為靜宜大學臺灣文學系助理教授，現為靜宜大學臺灣文學系副教授。

療；小說中特定的時空感，可以將寫作當下現實的痛苦感與壓迫感降至最低的程度。王拓兩部獄中小說《牛肚港的故事》與《台北，台北！》的時空背景，顯然是刻意地鎖定在王拓自身生命歷程中，重要的時刻。

另外，王拓在獄中亦有兩部童書的書寫，《咕咕精與小老頭》及《小豆子歷險記》雖然王拓自言是寫給家中一對小兒女閱讀的，然而這兩部童書，亦是王拓童年的再現，無論是寫作的時空、特定地域及其書中人物主角，皆是以王拓童年為底本所開展的故事情節。

以下，我們先分析王拓兩部獄中小說及獄中童話的形式與內容，再來探討作者與文本之間交互牽引出的精神層面內容及幾個面向的問題。

一、個人生命史／國族生命史追尋

近百年來的臺灣，歷經幾個極為重要的政治事件，而這些事件也在時間的沉積之下，成為臺灣全體百姓的集體記憶。王拓年少時代歷經臺灣白色恐怖時期，大學時代則是參與了釣魚臺事件，爾後參與了臺灣黨外活動，至美麗島事件後，被判入獄。王拓可以說是既身為歷史的見證者，又是歷史的參與者。

或許這些事件，也許是屬於王拓個人親身的經歷，但在精神層面上，卻是臺灣這塊土地的共同記憶。如他著力於對釣魚臺事件的描述、臺大學生發起的保釣運動、學運世代、白色恐怖年代的記述，全成為他小說的場景。

無論是個人抑或是屬於群體記憶，這些歷史的發生及成生，無非是在對整個臺灣進行一種存在性的辯論與行為，這種政治事件，最後終究成為文化的一部分，換句話說，政治事件的影響力最後成為文化思維的一種建構的力量。王拓的獄中小說，完全體現了這種以政治建構而成的文化思維辯證觀。

我們首先來看王拓在監獄中的第一部小說《牛肚港的故事》。小說內容，是以白色恐怖時期為時代背景，場景設在八斗子漁港。整個八斗子，事實上就是臺灣的縮影，知識分子言論被監控，精神也曾經被緊繃到崩潰邊緣：

「是了，一定是這個人！」她突然領悟到與這個有關的整個制度的可怕與陰狠，連講幾句批評的話都有人打你的小報告，並且都會使你因為這樣而被逮捕，這是怎樣的社會和制度呢？豈不是和傳說中的、他們也時常在報紙上大力反對攻擊的、控制嚴密的專制社會一樣了嗎？[1]

《牛肚港的故事》中的趙孝義，是個有理想有行動力的年輕人，可以說是臺灣在那個年代的一種精神典範，只是這樣的典範，卻一再地生病、消瘦。趙孝義的角色，剛好是反映了當時的知識分子在整個大環境之下的有志難伸的處境。

黑暗的政治力量就像細菌般，不斷地吞噬著這塊土地的百姓，尤其是對於批判國家的年輕知識分子，更是嚴厲地入侵與破壞。《牛肚港的故事》中對於趙孝義構陷的罪名，其實就是當局對當時知識分子冠上的罪名：

1. 趙老師常常在上課時間批評政府和社會，顯然意圖向學生灌輸反政府和反社會的思想。

2. 趙老師常常假藉家庭訪問接近民眾，又對礦災海難等社會問題的資料，刻意蒐集以著成文字，有惡意醜化政府形象，破壞人民對政府的向心力的嫌疑。

3. 趙老師在大學時代曾經參加保衛釣魚臺學生運動，有紀錄在案。他自動申請到鄉下教書，用心何在？根據他平時的言行，是否幕後有祕密組織在指揮操縱？值得深入調查。

4. 共匪對我方基地的滲透顛覆不遺餘力，學生運動和群眾運動是其破壞社會安定、擴大社會矛盾伎倆，趙老師既有參與學生運動的紀錄，到牛肚港後是否有製造不安、擴大矛盾的意圖？值得深入調查。

5. 近年來，共匪根據馬克斯思想的「革命輸出」理論，以迂迴方式收買或

---

[1] 王拓，《牛肚港的故事》（臺北：草根出版公司，1998 年），頁 360。

偽裝海外歸國的僑商或僑生回到自由基地。祕密進行其滲透毒化的陰
謀。李老師係越南僑生，而越南共黨的活動又甚為活躍，目前越戰且如
火如荼在擴大深入。她在僑居地與共黨組織或左派人士是否有過接觸？
其思想內容如何？趙老師思想是否受她影響？都值得深入研究調查。[2]

以上五點，關於批評時局、批判政府、保釣運動、學運、左派思想等
等，本就是政府逮捕知識分子的罪名。

但趙孝義／王拓入獄之後，還是對自我做了堅強的心理建設：

幾十年的苦難，他都能熬過去，我為什麼不能呢？在時間的大河裡，再
深的痛苦、再大的不幸都會不留痕跡地過去。人的精神力量是堅韌的，
偉大的！我為什麼要頹喪呢？為什麼絕望呢？把這個苦難當成命運加給
我的一種磨練吧！[3]

這群為臺灣言論自由、新聞自由、爭取社會運動權的知識分子，紛紛
被捕入獄，無疑地是會在臺灣政治發展史上，留下他們奮鬥過的掌聲。

二、人性與理性思辨與追尋

（一）理想人格／真實人性

王拓與呂秀蓮的獄中小說有一共通特性，就是小說主角都存在著作者
的影子。從《牛肚港的故事》中的趙孝義及《台北，台北！》裡的孫志豪
角色，來論其年紀、思想、故事，可窺探出，這兩個小說主角，在某個程
度上是王拓自我情感上的投射。換句話說，王拓是藉小說主角來為自己陳
述身為「思想犯」這一汙名化的回擊與辯證。所以小說中的主角對於人性
常會出現自我剖析與辯證，其實同時就是作者自身在行自我辯證。如孫志

---

[2]王拓，《牛肚港的故事》，頁338～339。
[3]王拓，《牛肚港的故事》，頁380。

豪自言自己是：

> 現在，當他回想起這件事情的始末時，他就更加赤裸裸地看清了自己的自
> 私的、骯髒的、卑鄙的人性了。而像他這樣的人，竟然還時常以文字或語
> 言發表了許多義正詞嚴的，關於真理、正義和善良人性的主張，這不禁使
> 他更加感到自己的虛偽墮落，幾乎已到了完全不可救藥的地步了。[4]

「真理、正義、善良人性」是完美人格境地，是孫志豪一心想達成
的，而趙孝義則是從現實生活學習地走向神聖之路，兩個年輕人同時懷抱
著「理想」，且積極地參與社會運動。

根植於王拓思想上的「理想」，無疑地就是知識分子救國的邏輯不斷衝
擊著他的人生觀與社會觀。於是趙孝義，從保釣運動的學運分子，回歸到
臺灣基層地方上，到牛肚港執教鞭，為這塊土地奉獻一己之力。孫志豪則
是無悔地為爭取臺灣言論自由、新聞自由，進而衝撞封閉的政府體系：

> 本來為了釣魚臺的事，他已經有坐牢的心理準備和決心了。他認為，這是他
> 拯救自己墮落的靈魂，重新肯定生命的意義所必要的、也是最後的手段。[5]

只是兩人在實踐理想過程中，皆遭逢生平以來無法預知的黑暗時光，
兩人同時入獄。這樣的歷經與王拓現實人生，實無兩樣。

（二）同情社會主義與自由主義的年代

> 人往往可以用死來表示他的自由意志，要在什麼時候死，要用什麼方式
> 死，人是可以自由選擇的。尤其是在一個政治酷虐的時代，一個有良
> 知、有正義感的知識分子，至少是可以用死來表達他的莊嚴的抗議，而

---

[4] 王拓，《台北，台北！》（臺北：自印，1985 年），頁 74。
[5] 王拓，《台北，台北！》，頁 510。

替歷史留下一個偉大的見證。[6]

　　王拓藉由青年學子對大時代與個人生命意義間的討論、相互地辯證，說明他自己的生命價值：

真理和正義是必須靠生命來維護，沒有生命就沒有一切了！我是希望每一個人都應該為了使真理和正義實現，而忍受一切痛苦和黑暗！這才是人成為偉大的理由。為理想而受苦難，為等待光明而忍受黑暗，這才是最偉大最可敬的事！[7]

番薯的生命也很強韌，常常被太陽曬得乾癟癟地垂到地上，好像已經要乾死枯死了，但是，只要晚上再沾到一點露水，立刻又會活過來。隨便什麼樣的土地，即便是最貧瘠最粗糙的狗屎地，番薯也一樣能夠到處生長，到處蔓延……[8]

我們都是中國人，當然要保護中國的領土。我還聽他們喊，一寸山河一寸血！打倒美日帝國主義！血債血還！還有去包圍日本領事館和銀行。[9]

　　身為當時知識分子翹首的胡適，王拓認為胡適失去了當知識分子的風骨，對於胡適的批判，也不假辭色地給予嚴厲抨擊：

胡先生在國際上被稱為自由中國境內自由的象徵，但是，以他在自由中國知識界和思想界所具有的領導地位來說，他所做的貢獻和努力是極為蒼白和貧血的……尤其是胡適之先生，貴為自由中國學術界最高研究機構的中央研究院的負責人，他為自由中國的民主運動奉獻過什麼心血？做過什麼努力呢？他是自由中國雜誌社的發行人，但是，當自由中國雜誌社的社長

---

[6]王拓，《台北，台北！》，頁134。
[7]王拓，《台北，台北！》，頁135。
[8]王拓，《台北，台北！》，頁154。
[9]王拓，《台北，台北！》，頁161。

雷震先生，以及許多為我們所知道或不知道的民主鬥士們，為了臺灣的民主運動而被判刑坐牢，甚至被槍斃時，我們的知識分子到哪裡去了呢？……不！中國知識分子在臺灣已經死了！沒有死的也被閹割了！[10]

對胡適至美國後，對於雷震及《自由中國》深陷政治漩渦之間，沒有適時伸出援手，這一點在臺灣當時青年知識分子裡，引發一股反胡勢力。顯然，王拓也是其中一員。

在入獄之前便是小說創作者的王拓，在其獄中作品中，陳述了屬於他「左派」的文藝觀點，他說：

所謂文學的美，絕不應該只限於風花雪月。人為了追求幸福的生活而掙扎奮鬥，為了克服人性的弱點而努力向上，為了愛而犧牲奉獻，為了理想而受痛苦受迫害，這些題材都應該引起文學家更大的關切和興趣，都可以成為文學偉大的主題，這不僅是一種文學的美，也是一種人性的美。[11]

而本土傳統歌謠，一方面引出臺灣這塊土地的精神，另一方面也深深安慰著臺灣百姓靈魂：

思想起──
恆春大路啊通溫泉
燈塔對面是馬鞍山噯唷喂……[12]

除此，在小說其他的情節處，也提及他認為的音樂與文學該是何種樣貌：

---

[10] 王拓，《台北，台北！》，頁210。
[11] 王拓，《台北，台北！》，頁158。
[12] 王拓，《台北，台北！》，頁185。

音樂和文學一樣，在一定的程度內都是社會生活和民族精神的反映，沒有那樣的社會背景和客觀條件當然就不會產生那樣的音樂，所以，我們還是要從激勵社會風氣開始做起，要提倡陽剛豪壯，踔厲奮發的精神！[13]

上述的藝文觀，其實是屬於社會主義／左派主義的藝文觀。不論是社會主義抑或是左派主義下的藝文觀，它們皆強調民族性、勞動性、及有關於能鼓動人心的音樂性。由此，我們也許可以臆測出王拓個人的政治立場，大抵是較傾向於社會主義，而在情感上也支持自由主義。

（三）生命母親的追尋與重塑

尋找母親的歷程，成了無論是知識分子或是中下底層人民的共同願景。杜武志從鄉下來到繁華的都市，目的不在於賺大錢，而是對於尋找自己親生母親，懷有一絲的希望。孫志豪及高立民為杜武志寫了尋母的篇章：

孫志豪根據杜武志的故事寫了一篇〈母親，您在哪裡？〉終於在母親節前夕登在《中國時報》的人間副刊……在同一天的副刊的邊欄還有高立民寫的一篇文章〈番薯仔尋母的啟示〉，是根據孫志豪所寫的那篇報導加以引申發揮的一篇思想性的文章，大意是說，番薯仔尋母的故事是一件極具有啟發性的事，「母親」用另一個名詞來說，就是「生命的根源」。高立民用「生命的根源」這個觀念來說明社會上大多數的人，尤其是年輕一代，何以會普遍存在著虛無思想與失落感的原因。他認為，這是由於整個社會忘記了他們肉體和精神的「生命的根源」的緣故。[14]

上述文字表面上是為杜武志尋母而寫，但實際上是王拓藉由此故事，來講述臺灣「生命的母體何在？」的命題。

---

[13] 王拓，《台北，台北！》，頁230。
[14] 王拓，《台北，台北！》，頁333。

生命在母體裡的時候是最滿足、最安全的，人離開母體後，仍然時常有重回母體的願望。這個母體，從社會學的觀點來說，就是我們所生活的社會，也就是我們所賴以生存的這塊土地，以及和我們共同在這塊土地上互相依賴地生活著的人。而這種重新回到母體的願望表現在社會上，便是一種回饋社會的意願，這個意願若得不到滿足，就會覺得生命失去意義，因此便容易產生虛無思想和失落感。[15]

　　找尋母親這一主題，突顯的是 1970、1980 年代的整個臺灣面對聯合國席次被中國代表取代後，又面對中美斷交等國際問題，而島內本身湧現找尋「鄉土」、找尋自我定位時，因國際地位的失落、鄉土文化的失根所帶來虛無感，王拓以「杜武志尋母」的情節，來顯示當時對於臺灣所面臨的內外議題。

　　不過，對於「母體」為何的辯證，在王拓的脈絡裡，似乎存在著「大中國思想」的可能性。如孫志豪在《台北，台北！》中是被塑造成一種在理想與現實取得平衡的角色，孫志豪／王拓對於自己血液裡的「祖國」，存在著「大中國」的可能性：

你說我不肯承認自己是個臺灣人，這是不對的！其實，我心裡一直認為我是個臺灣人，不只因為我母親是個臺灣人，更重要的是，因為我一直生在這裡，長在這裡。我只是在承認自己是個臺灣人之外，也承認自己是個中國人。我覺得，我們不能畫地自限。而且，我身為一個中國人也不影響我對臺灣這個母鄉的感情和為她犧牲奮鬥的決心。[16]

　　「我是臺灣人與我是中國人」，在孫志豪／王拓的觀念裡，並沒存在著認知上的衝突處。他甚至是認為，這兩個地方百姓的命運，早就是共同體

---

[15] 王拓，《台北，台北！》，頁 133。
[16] 王拓，《台北，台北！》，頁 228。

而不可割離：

> 如果要從歷史來看，以近百年來，我的祖先在中國大陸的經驗和你的祖
> 先在臺灣的經驗來比較，我認為，當時在臺灣的人的生活絕對比在中國
> 大陸大多數人的生活，無論在精神上和物質上都要好得多。當時的臺灣
> 雖然受到日本帝國主義者的迫害壓榨，但是，那時在中國大陸的人也受
> 到國內軍閥和西方帝國主義的欺負和壓迫，而且，由於年年內戰，使中
> 國大陸缺乏像臺灣當時那種穩定發展的環境。所以，所謂被欺侮、被壓
> 迫，生活痛苦、苦悶等等，並不是臺灣人的特殊經驗，而是絕大多數中
> 國人民共同的經驗。[17]

依孫志豪／王拓的說法，他是真的比較傾向於臺灣與中國命運是一個
共同體，而非兩個早已獨立的實體。又如：

> 像番薯那樣的命運並不是只限於我們臺灣人，絕大多數的中國人都具有
> 這種像番薯一樣的命運和特性，他們在惡劣的、貧困的環境下都可以生
> 長繁殖，他們都是不容易被消滅的！[18]

由這一點，可推測出王拓在學生時代、入獄之時關於國家的立場為何。

三、生命原鄉的追尋

在王拓的創作中，「八斗子」幾乎成為他書寫的歷史時空。如早期的作
品《金水嬸》、獄中小說《牛肚港的故事》以及兩部獄中童書《咕咕精與小
老頭》及《小豆子歷險記》，都是如此。小說與故事之間，彷彿因時空的連
結，作者以寫實的手法，遊走在其不同年齡層／時代間，寫下他對生命故

---

[17] 王拓，《台北，台北！》，頁 228～229。
[18] 王拓，《台北，台北！》，頁 155。

土的一片情感，顯然地，生命的原鄉對於獄中囚犯而言，是一個純淨且無法被汙染的烏托邦，這種生命原鄉的烏托邦，在某個時候是明確的地域，有時則是生命裡某個曾經的段落。

而獄中的兩部童書，便是王拓童幼時期的回溯，裡頭充滿成長的痕跡，寫作動機除了作者自言的是寫給子女，事實上更傾向於寫給童年的自己。

身為父親的王拓因在獄中，對於無法陪伴一對兒女成長，是種精神上的煎熬，王拓則以童書的書寫，來代替父親對子女的關愛。於是王拓焉然寫下《咕咕精與小老頭》、《小豆子歷險記》兩部獄中童書。

兩部童書，可以說是王拓「童年」時光的回溯；雖然王拓明白地說這兩部書是寫給他的子女，但我們可以看見王拓以書寫「童年」美好時光來對抗監獄黑暗時光，以純真的「童年」對抗黑暗的年代，才是作者創作時的真正動機。

對於子女而言，身為入獄的父親，深怕子女的不諒解，於是童書中王立的父親亦是個入獄的父親，以書中的父親來自喻現實的作者，並期望子女能理解父親對他們的愛，是不因入獄與否而有改變。

另外，沒有父親的家庭，是否還能稱之為「家」？王拓在書裡，也不斷強調「家」的概念，「家鄉」與「故土」兩個概念在書中，有一場辯論，這一辯論立場可以說是王拓當時的鄉土文學論戰的立場，《小》書中主角王立能吹得一口好口琴，他吹奏〈甜蜜的家庭〉時的情緒是：

> 大地靜悄悄的，萬物都像是屏氣凝神地在傾聽這動人的琴聲，沉醉在它優美的旋律裡。演奏的人好像也陶醉了，一遍又一遍地吹奏著。而鳥和狗也一直靜靜地聽著，直到琴聲在最後一次的最後一個音符停止時，牠們才熱烈地叫起來，像是在向吹奏的人鼓掌歡呼一般。[19]

---

[19] 王拓，《小豆子歷險記》（臺北：人本教育文教基金會出版部，1998 年），頁 1。

　　王立以自己對家的情感融入於〈甜蜜的家庭〉，可以完全感受到音符裡對於生命喜悅的律動，然而王立在面對學校老師要求吹奏起他陌生的〈我的家在大陸上〉之類曲目時，王立則無法體會到音符裡的情感；若是有，也僅是離鄉遊子想念家鄉的悲傷曲調，但不是王立生命中悲傷的曲調。相對地王立在吹奏起〈臺灣好〉則又充分感受到：

> 輕快的節奏和歡樂的旋律，好像是在一個無比幸福美滿的樂園裡一樣，連掛在青草和樹葉尖端被太陽照得閃閃發亮的露珠，也都好像在這輕鬆的音樂裡快樂地顫動起來了。[20]

　　王拓在情節中，以曲目的感受，來突顯臺灣人們對於「家鄉」與外省族群的「家鄉」，在情感上，是有極大的差異性；再者，王拓也以王立的兩位老師外表，來論臺灣精神與自大陸淪陷地區來臺的政權，是兩種無法比擬的狀態，如他在描寫隨國民政府撤退來臺的五十幾歲黃錦川老師：

> 只見他的臉微微向上仰，張大的嘴巴幾乎占去了整個臉部一半的面積，兩隻眼睛半睜半閉地瞇著向前望，好像是在懷想著什麼，或是在期盼著什麼，粗糙的、凹凸不平的紅褐色的臉上，因而顯出一種發亮的光彩。[21]

　　一個人的光彩，竟是需靠著懷想、期盼而來，而這張粗糙、凹凸不平的紅褐色臉孔，指的正是當時的國民政府；相對於這樣黃錦川這一「舊派」老師，王立與其他六壯士成員，顯然是對「李愛華」老師，充滿無盡的喜愛：

> 李老師還是和以前一樣，高高瘦瘦的身材，直亭亭地站在同學面前，美麗眼睛閃耀著愉快的、溫柔的亮光，臉頰上現出淡淡的紅暈，微笑著，

---

[20] 王拓，《小豆子歷險記》，頁 2。
[21] 王拓，《小豆子歷險記》，頁 18。

只有髮型和以前不一樣，以前是短短的頭髮，顯得很有精神，現在卻是長髮披肩，使她顯得更美麗了。[22]

兩相對照，一個外省籍的老師與一位本省籍女老師，存在在孩子心目中，實是兩種完全絕然不同的情感；王拓對於「老師」的描寫，同時也投射出他對於從大陸撤退來臺的國民政府與臺灣當地百姓的兩種面貌：一個似在仰望著極大但卻已久遠老去的文化包袱；另一個，則是勇於面對未來。

「李愛華」老師溫馴的形象，也在《台北，台北！》中出現，並以「凌愛華」出現。成長來自師長關愛的溫暖，一直延續到王拓往後成長歷程，另一方面，王拓也因受了教育，讓他能從社會底層階級走入臺灣知識分子之列，開啟他求學之路，並投入往後的社會運動，於是他對於教育體制也投以特別的關懷。

王拓這兩部童話創作中偷渡了一場國族的論述及其政治立場的意識形態；《小》與《咕》可以說是《台北，台北！》的兒童版，抑或是精簡版。這兩本書其實也反映了王拓黨外活動時的心理層面，如故事中的六位主角，便是美麗島事件的童話版，小主人翁服膺於他們的「正義」概念，無論遇見任何事，誰也沒有背叛誰拋棄誰，群體活動，造就一方國土的氣概，在兩部童書中，顯露的是成人思考的世界體。

——選自黃文成《黑暗之光——美麗島事件至解嚴前的臺灣文學》
臺南：國立臺灣文學館，2012 年 10 月

---

[22]王拓，《小豆子歷險記》，頁 25。

輯五◎
研究評論資料目錄

作家生平、作品評論專書與學位論文

學位論文

1. 石淑燕　王拓及其小說研究　嘉義大學中國文學系　碩士論文　徐志平教授指導　2007 年 6 月　145 頁

本論文從情節安排、人物刻畫、語言藝術三方面探討王拓小說之社會現實、政治批判、教育陋象。全文共 5 章：1.緒論；2.王拓生平及其文學創作；3.王拓小說的主題分析；4.王拓小說之寫作藝術探究；5.結論。正文後附錄〈王拓訪問稿〉、〈王拓寫作年表〉。

2. 林肇豊　王拓的文學與思想研究（1970—1988）　臺灣師範大學臺灣文化及語言文學研究所　碩士論文　許俊雅教授指導　2007 年 6 月　266 頁

本論文探討「保釣運動」、「回歸現實」風潮及「美麗島事件」對王拓在文學創作上的影響，並總結其政治思想以「臺灣優先」而未曾轉向。全文共 5 章：1.緒論；2.從文學到政治——王拓七〇年代的文學與思想析論；3.迂迴前進的務實派——王拓八〇年代的文學與思想析論；4.由「統」到「獨」？——論王拓的「轉向」問題；5.結論。正文後附錄〈王拓寫作年表〉、〈訪談王拓〉、〈敘事焦點的變遷——七〇年代鄉土文學論戰的十週年與二十週年〉。

3. 何志宏　王拓作品研究　文化大學中國文學系　碩士論文　嚴紀華教授指導　2012 年　210 頁

本論文綜論王拓的小說與兒童文學。全文共 5 章：1.緒論；2.王拓生平及其創作背景、歷程；3.王拓的小說研究；4.王拓的兒童文學；5.結論。

作家生平資料篇目

自述

4. 王　拓　序　張愛玲與宋江　臺中　藍燈文化公司　1975 年 6 月　頁 1—3

5. 王　拓　「殖民地意願」還是「自主意願」？——孫伯東〈臺灣是殖民經濟嗎？〉讀後　中華雜誌　第 173 期　1977 年 12 月　頁 20—22

6. 王　拓　「殖民地意願」還是「自主意願」？——孫伯東〈臺灣是殖民經濟

嗎？〉讀後　鄉土文學討論集　臺北　〔自行出版〕　1978 年 4 月
頁 578—586

7. 王　拓　自序——把幸福還給勤勞的民眾　民眾的眼睛　臺北　〔自行出
版〕　1978 年 8 月　頁 1—11

8. 王　拓　團結黨內外的一切愛國力量共同奮鬥——自序　黨外的聲音　臺北
長橋出版社　1978 年 9 月　頁 13—17

9. 王　拓　王拓獄中家信選　暖流　第 2 卷第 1 期　1982 年 7 月　頁 69—73

10. 王　拓　含淚播種，必能歡呼收割——《台北，台北！》自序　台北，台
北！　臺北　〔自行出版〕　1985 年 6 月　頁 1—6

11. 王　拓　含淚播種，必能歡呼收割！——《台北，台北！》自序　台北，
台北！　北京　中國友誼出版公司　1987 年 5 月　頁 1—6

12. 王　拓　苦難、理想與文學　臺灣文藝　第 96 期　1985 年 9 月　頁 48—60

13. 王　拓　我們的苦難是有價值的　牛肚港的故事　臺北　〔自行出版〕
1985 年 11 月　頁 1—5

14. 王　拓　我們的苦難是有價值的！——為《牛肚港的故事》在《臺灣與世
界》連載而寫　牛肚港的故事　深圳　海天出版社　1987 年 8 月
頁 257—260

15. 王　拓　我們的苦難是有價值的——為《牛肚港的故事》而寫　牛肚港的
故事　北京　中國友誼出版公司　1987 年 9 月　頁 352—356

16. 王　拓　自序——我們的苦難是有價值的　牛肚港的故事　臺北　草根出
版公司　1998 年 5 月　頁 1—5

17. 王　拓　有關土地與人民的幾句話　臺灣與世界　第 34 期　1986 年 9 月
頁 31—32

18. 王　拓　從 90 看 70——從文學到政治——鄉土文學的年代　中國時報
1993 年 7 月 27 日　27 版

19. 王　拓　自序——苦難與愛　咕咕精與小老頭　臺北　人本教育基金會
1998 年 2 月　〔2〕頁

20. 王　拓　　自序——苦難與愛　小豆子歷險記　臺北　人本教育基金會　1998
　　　　　　　年3月　〔2〕頁

21. 王　拓　　補幾句感謝的話　咕咕精與小老頭　臺北　人本教育基金會　1998
　　　　　　　年2月　頁167

22. 王　拓　　補幾句感謝的話　小豆子歷險記　臺北　人本教育基金會　1998
　　　　　　　年3月　〔1〕頁

23. 王　拓　　我的人生，我的夢　中國時報　2001年4月26日　23版

24. 王　拓　　我的人生，我的夢《金水嬸》、《望君早歸》換新裝，重現江湖
　　　　　　　九歌雜誌　第242期　2001年5月　4版

25. 王　拓　　我的人生，我的夢（新版自序）　金水嬸　臺北　九歌出版社
　　　　　　　2001年5月　頁5—12

26. 王　拓　　我的人生，我的夢（新版自序）　望君早歸　臺北　九歌出版社
　　　　　　　2001年5月　頁5—12

27. 王　拓　　我的人生・我的夢（新版自序）　金水嬸　臺北　九歌出版社
　　　　　　　2005年9月　頁5—12

28. 王　拓　　生命，那無可脫逃的沉重（新版後記）　金水嬸　臺北　九歌出
　　　　　　　版社　2001年5月　頁259—261

29. 王　拓　　生命，那無可脫逃的沉重（新版後記）　金水嬸　臺北　九歌出
　　　　　　　版社　2005年9月　頁259—261

30. 王　拓　　從鄉土文學到美麗島——一個臺灣作家的文學實踐與政治參與
　　　　　　　烈焰・玫瑰——人權文學・苦難見證　新北　國家人權博物館
　　　　　　　籌備處　2013年12月　頁212—225

他述

31. 甫　　　　王拓寧當作家不當立委　臺灣新聞報　1971年6月8日　20版

32. 余登發　　喜見長江後浪推前浪——序王拓君《黨外的聲音》　黨外的聲音
　　　　　　　臺北　長橋出版社　1978年9月　頁1—5

33. 古　丁　　吹氣泡學鳥叫的詩人作家〔王拓部分〕　秋水詩刊　第26期

　　　　　　　　　　1980 年 4 月　頁 5—7

34. 陳若曦　　獄中人安好——探望王拓和楊青矗　〔美國〕新土　第 36 期
　　　　　　　1982 年 5 月　頁 58—59

35. 王晉民，鄺白曼　　王拓　臺灣與海外華人作家小傳　福州　福建人民出版社
　　　　　　　1983 年 9 月　頁 53—55

36. 陳鼓應講；何愛慈記　　懷念我獄中的幾位朋友（下）——王拓：參與社會運
　　　　　　　動的鄉土作家　臺灣與世界　第 8 期　1984 年 2 月　頁 42—43

37. 齊邦媛　　江河匯集成海的六十年代小說〔王拓部分〕　文訊雜誌　第 13 期
　　　　　　　1984 年 8 月　頁 61

38. 齊邦媛　　江河匯集成海的六〇年代小說〔王拓部分〕　霧漸漸散的時候　臺
　　　　　　　北　九歌出版社　1998 年 10 月　頁 78—79

39. 陳若曦　　楊青矗王拓獄中安好——返臺雜感之三　無聊才讀書　香港　天地
　　　　　　　圖書公司　1985 年 6 月　頁 199—203

40. 武治純　　臺灣鄉土文學的源流梗概〔王拓部分〕　壓不扁的玫瑰花——臺
　　　　　　　灣鄉土文學初探　北京　中國廣播電視出版社　1985 年 7 月　頁
　　　　　　　18—19

41.〔編輯部〕　　作者簡介　彩鳳的心願（臺灣現代小說選）　臺北　名流出版
　　　　　　　社　1986 年 8 月　頁 151

42.〔編輯部〕　　出版說明　台北，台北！　北京　中國友誼出版公司　1987 年
　　　　　　　5 月　〔1〕頁

43. 何聖芬　　生命理想的再出發，王拓擔任「夏潮聯誼會會長」　自立晚報
　　　　　　　1987 年 6 月 30 日　10 版

44. 鍾　木　　王拓紐約演講會記　臺灣文藝　第 105 期　1987 年 6 月　頁 141
　　　　　　　—144

45. 艾火〔潘耀明〕　　保持人性的光輝　焦點文人　香港　明窗出版社　1988 年
　　　　　　　10 月　頁 143—144

46. 艾火〔潘耀明〕　　為民立命的人　焦點文人　香港　明窗出版社　1988 年

　　　　　　　10 月　頁 145—146

47.〔郭楓等編[1]〕　　作者簡介　臺灣當代小說精選 1（一九四五——一九八八）
　　　　　　　臺北　新地文學出版社　1989 年 1 月　〔1〕頁

48. 林雙不　　臺灣的本土小說——金水嬸的兒子——王拓　大聲講出愛臺灣　臺
　　　　　　　北　前衛出版社　1989 年 2 月　頁 124—126

49.〔明清，秦人主編〕　　王拓　臺港小說鑑賞辭典　北京　中央民族學院出版
　　　　　　　社　1994 年 1 月　頁 552—553

50. 于國華　　問政不忘文化責任，王拓要辦文化活動　民生報　1997 年 2 月 21
　　　　　　　日　19 版

51. 江中明　　王拓童言童語會小朋友　聯合報　1998 年 4 月 26 日　18 版

52. 賴素鈴　　王拓獄中寫給兒女故事　民生報　1998 年 4 月 26 日　19 版

53. 張　殿　　作家為孩子寫書，以童稚般的信念　聯合報　1998 年 6 月 29 日
　　　　　　　41 版

54. 宋　剛　　王拓　中國文學通典・小說通典　北京　解放軍文藝出版社　1999
　　　　　　　年 1 月　頁 1128

55. 陳水旺　　文學創作，王拓最佳保健秘訣　自立晚報　2000 年 4 月 2 日　7 版

56. 王育德　　在恐懼與希望的夾縫間——以王拓和楊青矗為中心——法庭上的鬥
　　　　　　　爭〔王拓部分〕　臺灣海峽　臺北　前衛出版社　2000 年 4 月
　　　　　　　頁 90—100

57. 賴素鈴　　王文興、王拓透露創作大計　民生報　2000 年 9 月 20 日　A6 版

58. 徐淑卿　　作家王拓重出江湖　中國時報　2001 年 5 月 21 日　13 版

59. 林政華　　臺灣本土小說名家與名作——王拓　臺灣文學汲探　臺北　文史哲
　　　　　　　出版社　2002 年 3 月　頁 128—155

60. 陳芳明　　歷史的歧見與回歸的歧路——鄉土文學的意義與反思——彭歌、余
　　　　　　　光中與王拓、陳映真的論辯　後殖民臺灣：文學史論及週邊　臺北
　　　　　　　麥田出版公司　2002 年 4 月　頁 101—103

---

[1]合編者：郭楓、鄭清文、李喬、許達然、吳晟、呂正惠。

61. 陳芳明　歷史的歧見與回歸的歧路──鄉土文學的意義與反思──彭歌、余光中與王拓、陳映真的論辯　後殖民臺灣：文學史論及週邊　臺北　麥田出版公司　2007 年 6 月　頁 101─103

62. 林政華　受時勢逼迫從政的漁村小說家──王拓　臺灣新聞報　2002 年 12 月 15 日　17 版

63. 林政華　受時勢逼迫從政的漁村小說家──王拓　臺灣古今文學名家　桃園　開南管理學院通識教育中心　2003 年 3 月　頁 83

64. 陳青松　本市第一位鄉土小說家──王拓　基隆第一：人物篇　基隆　基隆市立文化中心　2004 年 6 月　頁 52─57

65. 〔彭瑞金編選〕　作者　國民文選・小說卷 4　臺北　玉山社出版公司　2004 年 7 月　頁 20

66. 丁文玲　熟人作家，重新出航──季季、陳雨航、王拓久違了　中國時報　2005 年 8 月 21 日　B1 版

67. 〔封德屏主編〕　王拓　2007 臺灣作家作品目錄　臺南　國立臺灣文學館　2008 年 7 月　頁 75

68. 藍建春主編　燃燒理想的年代──七十年代與鄉土文學──七十年代鄉土文學作家、作品〔王拓部分〕　親近臺灣文學──歷史、作家、故事　臺中　耕書園出版公司　2009 年 2 月　頁 328─329

69. 悟　廣　王拓訪問吳晟後到彰化演講　文訊雜誌　第 332 期　2013 年 6 月　頁 134─135

70. 楊　翠　破冰年代的衝浪者　烈焰・玫瑰──人權文學・苦難見證　臺北　國家人權博物館籌備處　2013 年 12 月　頁 196─211

71. 古遠清　臺灣文壇六十年來文學事件掠影──王拓因美麗島事件被捕　新地文學　第 28 期　2014 年 6 月　頁 185

72. 丘彥明　王拓回到文學的天地　人情之美　臺北　允晨文化公司　2015 年 4 月　頁 416─425

73. 楊　渡　百劫回歸的作家──王拓　中國時報　2016 年 8 月 17 日　A10 版

74. 李敏勇　追憶一個時代——紀念王拓　自由時報　2016 年 8 月 22 日　D7 版

75. 吳　晟　俠者，王拓　自由時報　2016 年 9 月 6 日　D7 版

76. 陳文彬　如父如兄・如沐春風　自由時報　2016 年 9 月 6 日　D7 版

77. 晏山農　四十年的文學政治鄉土路——悼小說家王拓　文訊雜誌　第 371 期　2016 年 9 月　頁 22—24

78. 林文義　那年在基隆港岸　文訊雜誌　第 371 期　2016 年 9 月　頁 54—55

79. 向　陽　總是和「鄉土文學」連結在一起的記憶——追思王拓兄　文訊雜誌　第 371 期　2016 年 9 月　頁 56—60

80. 陳素芳　王拓：爬格子的感覺回來真好　文訊雜誌　第 371 期　2016 年 9 月　頁 61—62

81. 王醒之　我之所以為我，因為有你　文訊雜誌　第 371 期　2016 年 9 月　頁 63—64

82. 趙天儀　天佑臺灣——憶「美麗島」作家王拓與楊青矗　文學臺灣　第 100 期　2016 年 10 月　頁 53—54

83. 鄭邦鎮　憶王拓二三事　文學臺灣　第 100 期　2016 年 10 月　頁 197—204

84. 吳　晟　王拓與我——追憶我們的時代　聯合報　2016 年 11 月 15—17 日　D3 版

85. 廖為民　《黨外的聲音》　臺灣禁書的故事　臺北　允晨文化公司　2017 年 3 月　頁 136—146

86. 齊益壽、林淇瀁、李瑞騰　文季經典作家回顧：子于、王禎和、陳映真、王拓、七等生　《文學季刊》五十周年回顧研討會　臺北　政治大學中國文學系　2017 年 5 月 4 日

訪談、對談

87. 鍾言新　「拜物和拜金主義……是一種猥褻、一種醜陋……」——訪問王拓　夏潮　第 2 卷第 1 期　1977 年 1 月　頁 29—36

88. 鍾言新　訪問王拓　街巷鼓聲　臺北　遠景出版公司　1977 年 9 月　頁 197—222

89. 〔自立晚報〕　　第二次文藝大會場外的回聲：訪問小說家王拓　自立晚報
　　　1977 年 9 月 4 日　3 版

90. 〔自立晚報〕　　第二次文藝大會場外的回聲：訪問小說家王拓　鄉土文學討
　　　論集　臺北　〔自行出版〕　1978 年 4 月　頁 423—430

91. 〔夏潮雜誌社〕　　鄉土文學與現實主義　夏潮　第 3 卷第 2 期　1977 年 8 月
　　　頁 8—10

92. 〔夏潮雜誌社〕　　鄉土文學與現實主義　鄉土文學討論集　臺北　〔自行出
　　　版〕　1978 年 4 月　頁 300—305

93. 〔編輯部〕　　文學與社會正義　中國現代文學的回顧　臺北　龍田出版社
　　　1978 年 12 月　頁 240—258

94. 丘彥明　　王拓回到文學天地　聯合報　1984 年 9 月 13 日　8 版

95. 丘彥明　　王拓回到文學園地　人情之美　臺北　允晨文化公司　1989 年 1 月
　　　頁 303—310

96. 王拓，王嘉驥　　鄉土——從八斗子走出來　中國時報　1984 年 6 月 2 日　39
　　　版

97. 王拓，王嘉驥　　鄉土——從八斗子走出來　縱浪談　臺北　時報文化出版公
　　　司　1996 年 11 月　頁 361—373

98. 王拓等[2]　　艱難的路，咱們一路走來　清理與批判：臺灣鄉土文學・皇民文學
　　　的　臺北　人間出版社　1998 年 12 月　頁 193—215

99. 郭紀舟　　我們來辦一本社會主義雜誌——夏潮集團集結的過程〔王拓部份〕
　　　七〇年代臺灣左翼運動　臺北　海峽學術出版社　1999 年 1 月
　　　頁 66—67

100. 陳玲芳　　王拓 25 年前舊作重出江湖　臺灣日報　2001 年 6 月 4 日　14 版

101. 石淑燕　　王拓訪問稿　王拓及其小說研究　嘉義大學中國文學系　碩士論
　　　文　徐志平教授指導　2007 年 6 月　頁 124—134

102. 林肇豊　　訪談王拓　王拓的文學與思想研究（1970—1988）　臺灣師範大

---

[2] 與會者：陳映真、毛鑄倫、周玉山、高準、吳福成、施善繼、王拓、錢江潮、孫桂芝。

學臺灣文化及語言文學研究所　碩士論文　許俊雅教授指導
2007 年 6 月　〔74〕頁

103. 王拓等[3]　　我的小說創作原鄉——小說家對話（一）〔王拓部分〕　文訊雜
誌　第 309 期　2011 年 7 月　頁 96—100

104. 陳光興，林麗雲主訪；劉雅芳整理　　出身八斗子的「土左」：王拓訪談
人間思想　第 15 期　2017 年 5 月　頁 5—59

年表

105. 方美芬編；王拓增訂　　王拓生平寫作年表　王拓集（臺灣作家全集）　臺
北　前衛出版社　1992 年 4 月　頁 279—283

106. 方美芬編；王拓增訂　　王拓生平寫作年表　金水嬸　臺北　九歌出版社
2001 年 5 月　頁 269—275

107. 方美芬編；王拓增訂　　王拓生平寫作年表　望君早歸　臺北　九歌出版社
2001 年 5 月　頁 251—257

108. 方美芬編；王拓增訂　　王拓生平寫作年表　金水嬸　臺北　九歌出版社
2005 年 9 月　頁 269—275

109. 石淑燕　　王拓寫作年表　王拓及其小說研究　嘉義大學中國文學系　碩士
論文　徐志平教授指導　2007 年 6 月　頁 140—143

110. 林肇豊　　王拓寫作年表　王拓的文學與思想研究（1970—1988）　臺灣師
範大學臺灣文化及語言文學研究所　碩士論文　許俊雅教授指導
2007 年 6 月　〔6〕頁

其他

111. 艾火〔潘耀明〕　　王拓・大陸探親　焦點文人　香港　明窗出版社　1988
年 10 月　頁 141—142

112. 陳文芬　　王禎和、黃春明、王拓、宋澤萊短篇小說合輯日語本明年出版
中國時報　2000 年 8 月 23 日　11 版

---

[3]主持人：蘇偉貞；與會者：王拓、陳若曦、阿來、林文義；紀錄：高鈺昌。

作品評論篇目

綜論

---

[4]本文藉由分析楊青矗、王拓二人的作品，主張作家應有背負社會使命的責任。

出版社　1985 年 5 月　頁 133—142

124. 林梵〔林瑞明〕　　從迷惘到自主——第一代到第四代的文學旅程〔王拓部
　　　　　　　　　分〕　臺灣文藝　第 83 期　1983 年 7 月　頁 54

125. 林　梵　　從迷惘到自主——第一代到第四代的文學旅程〔王拓部分〕　臺
　　　　　　　灣文學的過去與未來　臺北　臺灣文藝雜誌社　1985 年 3 月
　　　　　　　頁 76—77

126. 林瑞明　　從迷惘到自主——第一代到第四代的文學旅程〔王拓部分〕　臺
　　　　　　　灣文學的本土觀察　臺北　允晨文化公司　1996 年 7 月　頁 83

127. 王晉民，鄺白曼　　王拓小說的思想和藝術特色　海葬　南寧　廣西人民出
　　　　　　　版社　1983 年 10 月　頁 1—12

128. 封祖盛　　近二十多年來鄉土小說的發展——黃春明、王禎和、陳映真、王
　　　　　　　拓、楊青矗等的創作　臺灣小說主要流派初探　福州　福建人民
　　　　　　　出版社　1983 年 10 月　頁 131—145

129. 葉石濤　　臺灣文學史大綱（後篇）——七十年代的臺灣文學：人性乎？鄉
　　　　　　　土乎？〔王拓部分〕　文學界　第 15 期　1985 年 8 月　頁 190
　　　　　　　—191

130. 葉石濤　　七〇年代的臺灣文學——鄉土乎？人性乎？〔王拓部分〕　臺灣
　　　　　　　文學史綱　高雄　文學界雜誌社　1991 年 1 月　頁 156

131. 葉石濤　　七〇年代的臺灣文學——鄉土乎？人性乎？〔王拓部分〕　葉石
　　　　　　　濤全集・評論卷五　臺南，高雄　國立臺灣文學館，高雄市文化
　　　　　　　局　2008 年 3 月　頁 174

132. 黃重添　　臺灣當代鄉土小說發展縱橫觀〔王拓部分〕　臺灣香港文學論文
　　　　　　　選　福州　海峽文藝出版社　1985 年 9 月　頁 36

133. 葉石濤　　走過紛爭歲月・邁向多元年代——臺灣文學的回顧與前瞻（上、
　　　　　　　中、下）〔王拓部分〕　自立晚報　1985 年 10 月 29—31 日
　　　　　　　10 版

134. 葉石濤　　走過紛爭歲月，邁向多元世代——臺灣文學的回顧與前瞻〔王拓

部分〕　葉石濤全集・評論卷三　臺南，高雄　國立臺灣文學館，高雄市文化局　2008 年 3 月　頁 302—303

135. 王晉民　王拓的小說　臺灣當代文學　南寧　廣西人民出版社　1986 年 9 月　頁 291—312

136. 宋田水　要死不活的臺灣文學——透視臺灣作家的良心——王拓、張系國　臺灣新文化　第 14 期　1987 年 11 月　頁 45

137. 黃重添　關注社會人生的知識份子形象〔王拓部分〕　臺灣當代小說藝術采光　廈門　鷺江出版社　1987 年 11 月　頁 121—124

138. 古繼堂　臺灣漁民的代言人王拓　臺灣小說發展史　臺北　文史哲出版社　1989 年 7 月　頁 544—554

139. 彭瑞金　本土化的實踐與演變（一九八〇—）——臺灣結與中國結〔王拓部分〕　臺灣新文學運動 40 年　臺北　自立晚報社　1991 年 3 月　頁 207

140. 徐　學　政治小說〔王拓部分〕　臺灣新文學概觀（下）　廈門　鷺江出版社　1991 年 6 月　頁 271

141. 山田敬三著；涂翠花譯　作家王拓——當代臺灣文學管見　臺灣文藝　第 129 期　1992 年 2 月　頁 16—35

142. 山田敬三著；涂翠花譯　作家王拓——當代臺灣文學管見　王拓集（臺灣作家全集）　臺北　前衛出版社　1992 年 4 月　頁 253—274

143. 山田敬三著；涂翠花譯　作家王拓——當代臺灣文學管見　臺灣文學研究在日本　臺北　前衛出版社　1994 年 12 月　頁 239—262

144. 高天生　新社會的旗手——《王拓集》序　王拓集（臺灣作家全集）　臺北　前衛出版社　1992 年 4 月　頁 9—11

145. 高天生　新社會的旗手——《王拓集》　短篇小說卷別冊（臺灣作家全集）　臺北　前衛出版社　1994 年 3 月　頁 187—189

146. 周永芳　七十年代臺灣鄉土文學作家介紹——王拓與楊青矗　七十年代臺灣鄉土文學研究　中國文化大學中國文學系　碩士論文　尉天驄

　　　　　教授指導　1992 年 6 月　頁 112—115

147. 趙　朕　藝術形象：多維流動的系統〔王拓部分〕　臺灣與大陸小說比較
　　　　　論　福州　海峽文藝出版社　1992 年 9 月　頁 121—124

148. 黃重添　王禎和、王拓、楊青矗的小說創作　臺灣文學史（下）　福州
　　　　　海峽文藝出版社　1993 年 1 月　頁 333—338

149. 王景山　魯迅和臺灣新文學〔王拓部分〕　臺灣香港澳門暨海外華文文學
　　　　　論文選（五）　福州　海峽文藝出版社　1993 年 3 月　頁 107

150. 陸士清　臺灣鄉土作家王拓的小說創作　臺灣文學新論　上海　復旦大學
　　　　　出版社　1993 年 6 月　頁 296—303

151. 張超主編　　王拓　臺港澳及海外華人作家辭典　江蘇　南京大學出版社
　　　　　1994 年 12 月　頁 742—747

152. 徐國倫　王拓的小說　二十世紀中國兩岸文學史　瀋陽　遼寧大學出版社
　　　　　1994 年　頁 247—251

153. 李豐楙　臺灣鄉土小說中的社會變遷意識——60、70 年代鄉土小說的主
　　　　　題：貧窮、命運和人性〔王拓部分〕　臺灣的社會與文學　臺北
　　　　　東大圖書公司　1995 年 11 月　頁 180—181

154. 李豐楙　命與罪：六十年代臺灣小說中的宗教意識〔王拓部分〕　臺灣文
　　　　　學中的社會：五十年來臺灣文學研討會論文集（一）　臺北　行
　　　　　政院文建會　1996 年 6 月　頁 250—275

155. 李豐楙　命與罪：六十年代臺灣小說中的宗教意識〔王拓部分〕　認同、
　　　　　情慾與語言　臺北　中研院文哲所　2004 年 12 月　頁 87—121

156. 古繼堂　臺灣當代小說創作——臺灣七十年代鄉土小說的崛起〔王拓部
　　　　　分〕　中華文學通史‧當代文學編（9）　北京　華藝出版社
　　　　　1997 年 9 月　頁 477—478

157. 皮述民　多元的當代小說〔王拓部分〕　二十世紀中國新文學史　臺北
　　　　　駱駝出版社　1997 年 10 月　頁 453—454

158. 計璧瑞　臺灣文學——寫實主義小說潮流及代表作家〔王拓部分〕　20 世

紀中國文學史（下卷）　廣州　中山大學出版社　1998 年 8 月
頁 389—390

159. 陳正醍著；陳炳崑譯　　臺灣的鄉土文學論戰（一九七七—一九七八年）：
「鄉土文學」觀的分歧〔王拓部分〕　清理與批判：臺灣鄉土文
學．皇民文學的　臺北　人間出版社　1998 年 12 月　頁 148—
150，158—159

160. 王育德　在恐懼與希望的夾縫間——多才而古道熱腸的人　臺灣海峽　臺
北　前衛出版社　2000 年 4 月　頁 57—67

161. 彭燕彬　臺灣鄉土文學的崛起——王拓與楊青矗　簡明臺灣文學史　北京
時事出版社　2002 年 6 月　頁 422—431

162. 周慶塘　作家前後期作品的差異〔王拓部分〕　80 年代臺灣政治小說研究
臺灣大學中國文學系　博士論文　吳宏一教授指導　2003 年 6 月
頁 200—203

163. 古遠清　王拓　分裂的臺灣文學　臺北　海峽學術出版社　2005 年 7 月
頁 135—136

164. 陳雨航　森恩．王拓．海葬　金水嬸　臺北　九歌出版社　2005 年 9 月
頁 1—4

165. 吳韶純　海洋小說——王拓　臺灣現代海洋文學研究　高雄師範大學國文
學系國文教學碩士班　碩士論文　杜明德教授指導　2005 年 12
月　頁 115—119

166. 冷芸樺　海洋小說家——王拓、杜披雲、東年　戰後基隆文學發展之研究
淡江大學中國文學系碩士在職專班　碩士論文　殷善培，翁聖峰
教授指導　2005 年　頁 134—149

167. 中央社　王拓——寫小說，與政治保持距離　臺灣時報　2006 年 7 月 30
日　4 版

168. 黃文成　「美麗島事件」至解嚴以後（1979—2005）——楊青矗與王拓　受
刑與書寫——臺灣監獄文學考察（1895—2005）　中國文化大學

中國文學系　博士論文　康來新教授指導　2006 年　頁 295—318

169. 黃文成　「美麗島事件」至解嚴以後（1979—2005）——楊青矗與王拓　關
不住的繆思——臺灣監獄文學縱橫論　臺北　秀威資訊科技公司
2008 年 4 月　359—375

170. 周芬伶　滑稽與諷刺——鄉土小說的道德兩難——王拓的鄉土文學理論
聖與魔——臺灣戰後小說的心靈圖象（1945—2006）　臺北
印刻出版公司　2007 年 3 月　頁 114—116

171. 黃秋玉　七〇年代臺灣鄉土文學作家及其作品特質——代表作家——王拓
七〇年代臺灣鄉土文學及其教學研究——以高中教材為例　彰化
師範大學國文學系　碩士論文　蔣美華教授指導　2007 年　頁
60—62

172. 葉石濤　七〇年代臺灣文學的回顧〔王拓部分〕　葉石濤全集・隨筆卷二
臺南，高雄　國立臺灣文學館，高雄市文化局　2008 年 3 月　頁
51—52，57—58

173. 阮溫凌　車站之旅：娜拉出走的回歸路——王拓小說的心理反應　名作欣
賞　2008 年第 7 期　2008 年 4 月　頁 141—144

174. 詹閔旭　王拓：緊扣臺灣時代脈動與社會議題　文訊雜誌　第 307 期
2011 年 5 月　頁 44

175. 李友煌　臺灣主體性的再出發：海洋的現代抒情與鄉土寫實（1960—70 年
代）——海洋性鄉土文學：黃春明與王拓之海　主體浮現：臺灣
現代海洋文學的發展　成功大學臺灣文學系　博士論文　呂興昌
教授指導　2011 年 6 月　頁 205—237

176. 陳芳明　一九七〇年代臺灣文學的延伸與轉化——戰後世代本地作家的本
土書寫〔王拓部分〕　臺灣新文學史　臺北　聯經出版公司
2011 年 10 月　頁 566—567

177. 黃文成　美麗島事件政治犯的監獄書寫（下）——王拓　黑暗之光——美
麗島事件至解嚴前的臺灣文學　臺南　國立臺灣文學館　2012

年 10 月　頁 103—118

178. 戴華萱　回歸鄉土與寫實的文學論戰——鄉土文學論戰——前期：現實
　　　　　　主義文學的三種路線——社會改革派的現實主義文學論　鄉土
　　　　　　的回歸——六、七○年代臺灣文學走向　臺南　國立臺灣文學
　　　　　　館　2012 年 11 月　頁 81—83

179. 戴華萱　進入鄉土的寫實小說——「工農漁」文學——漁民生活的見證：
　　　　　　王拓　鄉土的回歸——六、七○年代臺灣文學走向　臺南　國立
　　　　　　臺灣文學館　2012 年 11 月　頁 206—215

180. 蔡明諺　鄉土為名——聯經集團〔王拓部分〕　燃燒的年代：七○年代臺
　　　　　　灣文學論爭史略　臺南　國立臺灣文學館　2012 年 11 月　頁 269
　　　　　　—270

181. 蕭阿勤　戰後語言問題與文學發展——鄉土文學論戰——鄉土文學與論
　　　　　　戰：反帝、左傾與地方色彩〔王拓部分〕　重構臺灣：當代民
　　　　　　族主義的文化政治　臺北　聯經出版公司　2012 年 12 月　頁
　　　　　　149—153

182. 馬　森　臺灣現代小說的眾聲喧嘩〔王拓部分〕　世界華文新文學史——
　　　　　　中國現代文學的兩度西潮（下編）‧分流後的再生：第二度西潮
　　　　　　與現代／後現代主義　臺北　印刻文學生活雜誌出版公司　2015
　　　　　　年 2 月　頁 1057—1058

分論

◆單行本作品

論述

《張愛玲與宋江》

183. 應鳳凰　作家第一本書的故事——之三：王拓與張愛玲　鹽分地帶文學
　　　　　　第 46 期　2013 年 6 月　頁 85—86

184. 應鳳凰　王拓《張愛玲與宋江》——「文學評論」作為一種訓練　文學起
　　　　　　步 101——101 位作家的第一本書　新北　印刻文學出版公司

2016 年 12 月　頁 172—173

《民眾的眼睛》

185. 黃信介　無慾則剛——序王拓君《民眾的眼睛》　民眾的眼睛　臺北
〔自行出版〕　1978 年 8 月　〔3〕頁

186.〔夏潮〕　《民眾的眼睛》　夏潮　第 5 卷第 3 期　1978 年 9 月　頁 58

187. 林漢中　《民眾的眼睛》　出版與研究　第 35 期　1978 年 12 月　頁 21—
22

《黨外的聲音》

188. 黃順興　根植在土地上的人——序王拓君《黨外的聲音》　黨外的聲音
臺北　長橋出版社　1978 年 9 月　頁 7—10

189. 康寧祥　為社會樹立公理和正義——序王拓君《黨外的聲音》　黨外的聲
音　臺北　長橋出版社　1978 年 9 月　頁 11—12

小說

《金水嬸》

190. 心　吾　談王拓的《金水嬸》　臺灣日報　1976 年 12 月 1，8 日　9 版

191. 武治純　臺灣鄉土文學的現實主義研究〔《金水嬸》部分〕　壓不扁的玫
瑰花——臺灣鄉土文學初探　北京　中國廣播電視出版社　1985
年 7 月　頁 100—101

192. 徐淑真　「臺灣農村作品簡介」系列——《金水嬸》　自立晚報　1988 年 6
月 5 日　10 版

193. 周昭翡　素樸的寫實風格——《金水嬸》　文訊雜誌　第 221 期　2004 年
3 月　頁 65

《望君早歸》

194. 蔣　勳　臺灣寫實文學中新起的道德力量——序王拓《望君早歸》　望君
早歸　臺北　遠景出版公司　1977 年 9 月　頁 1—13

195. 蔣　勳　寫實文學中新起的道德力量——序王拓《望君早歸》　仙人掌雜
誌　第 2 卷第 1 期　1977 年 10 月　頁 263—272

196. 蔣　勳　臺灣寫實文學中新起的道德力量──序王拓《望君早歸》　鄉土
文學討論集　臺北　〔自行出版〕　1978 年 4 月　頁 471—481

197. 蔣　勳　蔣勳評《望君早歸》　九歌雜誌　第 242 期　2001 年 5 月　2 版

198. 蔣　勳　臺灣寫實文學中新起的道德力量──序王拓《望君早歸》　望君
早歸　臺北　九歌出版社　2001 年 5 月　頁 13—23

199. 李漢呈　評王拓《望君早歸》　臺灣時報　1978 年 1 月 30 日　12 版

200. 董保中　我們當前的一些文藝問題〔《望君早歸》部分〕　聯合報　1978
年 2 月 2 日　12 版

201. 董保中　我們當前的一些文藝問題〔《望君早歸》部分〕　鄉土文學討論
集　臺北　遠景出版公司　1980 年 10 月　頁 547—549

202. 董保中　我們當前的一些文藝問題〔《望君早歸》部分〕　文學論評（聯
副三十年文學大系・評論卷 5）　臺北　聯合報社　1981 年 12 月
頁 169—171

203. 李　凡　王拓的代表作──《望君早歸》　讀書　1980 年第 6 期　1980 年
6 月　頁 112—116

204. 林雨澄　《望君早歸》　改變中學生的書　臺北　前衛出版社　1984 年 10
月　頁 107—113

《台北，台北！》

205. 叢　甦　淺論《台北，台北！》　自立晚報　1986 年 1 月 11 日　10 版

206. 黃重添　《台北，台北！》作品評析　臺灣百部小說大展　福州　海峽文
藝出版社　1990 年 7 月　頁 30—31

207. 周慶塘　反映臺灣現實的政治小說〔《台北，台北！》部分〕　80 年代臺
灣政治小說研究　臺灣大學中國文學系　博士論文　吳宏一教授
指導　2003 年 6 月　頁 137—139

《牛肚港的故事》

208. 龍應台　政治小說？唉！評王拓《牛肚港的故事》　自立晚報　1985 年 11
月 19 日　10 版

209. 高天生　詛咒與夢魘——臺灣小說中的告密者（上、下）〔《牛肚港的故事》部分〕　自立晚報　1987 年 9 月 1—2 日　10 版

210. 許建生　《牛肚港的故事》藝術結構管見　臺灣研究集刊　1987 年第 4 期　1987 年 12 月　頁 86—88

211. 許建生　《牛肚港的故事》作品評析　臺灣百部小說大展　福州　海峽文藝出版社　1990 年 7 月　頁 25—26

212. 王震亞　以血以淚編織的文學——王拓與《牛肚港的故事》　臺灣小說二十家　北京　北京出版社　1993 年 12 月　頁 307—323

213. 周慶塘　涉及臺灣政治事件的政治小說〔《牛肚港的故事》部分〕　80 年代臺灣政治小說研究　臺灣大學中國文學系　博士論文　吳宏一教授指導　2003 年 6 月　頁 130—131

《王拓小說台譯》

214. 張春凰　還原 hit 個散赤年代 e 文學資產：序《王拓小說台譯》　王拓小說台譯　新竹　時行臺語文會　2006 年 2 月　頁 1—7

215. 呂美親　將「家己 e 慣勢」找轉來：序《王拓小說台譯》　王拓小說台譯　新竹　時行臺語文會　2006 年 2 月　頁 9—18

《王拓集》

216. 彭瑞金　評介《王拓集》　臺灣時報　2007 年 3 月 19 日　15 版

217. 彭瑞金　為鄉土文學辯護——《王拓集》評介　孕育臺灣人文意識——50 好書　臺北　前衛出版社　2007 年 9 月　頁 177—182

兒童文學

《咕咕精與小老頭》

218. 朱台翔　不是序　咕咕精與小老頭　臺北　人本教育基金會　1998 年 2 月　〔2〕頁

219. 倪　端　告訴他，我愛他——評王拓《咕咕精與小老頭》　聯合報　1998 年 6 月 29 日　41 版

《小豆子歷險記》

220. 史　英　　序　小豆子歷險記　臺北　人本教育基金會　1998 年 3 月
〔2〕頁

◆多部作品

《金水嬸》、《望君早歸》

221. 李令儀　　王拓坦言對寫作感心虛〔《金水嬸》、《望君早歸》〕　聯合報
2001 年 5 月 18 日　14 版

222. 中央社　　重拾創作靈感〔《金水嬸》、《望君早歸》〕　中華日報　2001
年 5 月 18 日　22 版

223. 于國華　　王拓，爬格子的感覺又回來了〔《金水嬸》、《望君早歸》〕
民生報　2001 年 5 月 22 日　A6 版

224. 于國華　　王拓的文學力量再度燃起——《金水嬸》、《望君早歸》再出發
九歌雜誌　第 243 期　2001 年 6 月 10 日　2 版

225. 陳思和　　蜘蛛網緊緊籠罩著主人公〔《金水嬸》、《望君早歸》〕　中央
日報　2001 年 6 月 25 日　19 版

226. 黃雅慧　　王拓短篇小說主題結構之探析——以《金水嬸》《望君早歸》
為中心　屏東師範學院語文教育學系學生專題研究論文彙編 10
屏東　屏東師範學院　2002 年 5 月　頁 179—204

單篇作品

227. 鍾鐵民　　推薦〈徬徨少年時〉〔〈海葬〉部分〕　臺灣文藝　第 34 期
1972 年 1 月　頁 7—8

228. 鍾鐵民　　推薦〈徬徨少年時〉〔〈海葬〉部分〕（第三屆吳濁流文學獎評
語）　鍾鐵民全集・散文卷 3　高雄　高雄市文化局，國立臺灣
文學館，高雄市客家委員會　2013 年 1 月　頁 291

229. 白　冷　　王拓的〈海葬〉　青溪　第 57 期　1972 年 3 月　頁 63—69

230. 許南村〔陳映真〕　　試評〈金水嬸〉[5]　中外文學　第 4 卷第 10 期　1976

[5] 本文評論〈金水嬸〉的社會、人、意念。全文共 3 小節：1.〈金水嬸〉的社會；2.〈金水嬸〉中的

年 3 月　頁 60—75

231. 許南村　〈金水嬸〉讀後　中華日報　1976 年 9 月 9 日　9 版

232. 陳映真　試評〈金水嬸〉　知識人的偏執　臺北　遠行出版社　1976 年 12 月　頁 19—35

233. 許南村　試評〈金水嬸〉　金水嬸　臺北　香草山出版公司　1979 年 3 月　頁 1—15

234. 陳映真　試評〈金水嬸〉　孤兒的歷史・歷史的孤兒　臺北　遠景出版公司　1984 年 9 月　頁 145—156

235. 許南村　試評〈金水嬸〉　金水嬸　臺北　人間出版社　1987 年 7 月　頁 1—15

236. 陳映真　試評〈金水嬸〉——序王拓《金水嬸》　陳映真作品集・走出國境內的異國（序文卷）　臺北　人間出版社　1988 年 4 月　頁 1—12

237. 許南村　許南村評〈金水嬸〉　九歌雜誌　第 242 期　2001 年 5 月　2 版

238. 許南村　試評〈金水嬸〉　金水嬸　臺北　九歌出版社　2001 年 5 月　頁 13—25

239. 胡坤仲　再談王拓的〈金水嬸〉　臺灣日報　1976 年 12 月 22 日　9 版

240. 方健祥　由〈金水嬸〉看文學如何反映現實　臺灣時報　1977 年 8 月 9 日　12 版

241. 董保中　〈金水嬸〉與〈金水嬸〉批評　聯合報　1977 年 10 月 4 日　12 版

242. 董保中　〈金水嬸〉與〈金水嬸〉批評　文學・政治・自由　臺北　爾雅出版社　1981 年 10 月　頁 155—164

243. 黃重添　絢麗多姿的藝術探微〔〈金水嬸〉部分〕　臺灣當代小說藝術采光　廈門　鷺江出版社　1987 年 11 月　頁 44—45

244. 王淑秧　彩貝與山花——關於〈金水嬸〉與〈種包穀的老人〉　海峽兩岸小說評論　北京　中國人民大學出版社　1992 年 4 月　頁 32—35

人：3.〈金水嬸〉中的意念。

245. 王淑秧　七十年代臺灣小說三題〔〈金水嬸〉部分〕　海峽兩岸小說評論　北京　中國人民大學出版社　1992 年 4 月　頁 174—175

246. 李漢偉　臺灣小說的「女性之悲」模式探索——農業社會女性的悲劇探索〔《金水嬸》部分〕　臺灣小說的三種悲情　臺南　供學出版社　1982 年 4 月　頁 73—75

247. 李漢偉　從〈山女〉到〈金水嬸〉——農業社會的女性悲劇探索　民眾日報　1992 年 10 月 9 日　23 版

248. 李漢偉　臺灣小說的「女性之悲」模式探索——農業社會女性的悲劇探索〔《金水嬸》部分〕　臺灣小說的三種悲情　臺南　臺南市文化中心　1996 年 5 月　頁 91—93

249. 李漢偉　臺灣小說的「女性之悲」模式探索——農業社會女性的悲劇探索〔〈金水嬸〉部分〕　臺灣小說的三種悲情　臺北　駱駝出版社　1997 年 10 月　頁 90—93

250. 王宗法　母性光輝暖人間——讀〈金水嬸〉　臺港文學觀察　合肥　安徽教育出版社　2000 年 8 月　頁 175—184

251. 王宗法　王拓的〈金水嬸〉　20 世紀中國文學通史　上海　東方出版中心　2003 年 9 月　頁 615—617

252. 〔彭瑞金編選〕　〈金水嬸〉賞析　國民文選・小說卷 4　臺北　玉山社出版公司　2004 年 7 月　頁 86—87

253. 彭瑞金　〈金水嬸〉導讀　二十世紀臺灣文學金典：小說卷（戰後時期・第二部）　臺北　聯合文學出版社　2006 年 1 月　頁 91—92

254. 楊　翠　〈金水嬸〉作品賞析　閱讀文學地景・小說卷（上）　臺北　行政院文建會　2008 年 4 月　頁 58—60

255. 徐正雄　金水嬸的故鄉——八斗子　更生日報　2009 年 7 月 24 日　18 版

256. 陳儒修　《金水嬸》——底層社會景觀　穿越幽暗鏡界：臺灣電影百年思考　臺北　書林出版公司　2013 年 4 月　頁 175—183

257. 徐禎苓　神聖與淫邪——靈／慾媽祖的形構——聖／母行傳——七〇年代

鄉土文學中的理想女性〔〈金水嬸〉部分〕　現代臺灣文學媽祖的編寫與解讀　臺北　大安出版社　2013 年 12 月　頁 194—197，208—213

258. 銀正雄　墳地裡哪來鐘聲？〔〈墳地鐘聲〉〕　仙人掌雜誌　第 1 卷第 2 期　1977 年 4 月　頁 131—140

259. 銀正雄　墳地裡哪來鐘聲？〔〈墳地鐘聲〉〕　鄉土文學討論集　臺北〔自行出版〕　1978 年 4 月　頁 193—203

260. 銀正雄　墳地裡哪來鐘聲？〔〈墳地鐘聲〉〕　民族文學的再出發　臺北故鄉文化出版公司　1979 年 3 月　頁 97—106

261. 孫伯東　臺灣是殖民經濟嗎？——王拓先生〈擁抱健康的大地〉讀後　聯合報　1977 年 10 月 30 日　12 版

262. 孫伯東　臺灣是殖民經濟嗎？——王拓先生〈擁抱健康的大地〉讀後　中國論壇　第 5 卷第 2 期　1977 年 10 月　頁 9—11

263. 孫伯東　臺灣是殖民經濟嗎？王拓先生〈擁抱健康的大地〉讀後　鄉土文學討論集　臺北　〔自行出版〕　1978 年 4 月　頁 501—507

264. 孫伯東　臺灣是殖民經濟嗎？——王拓先生〈擁抱健康的大地〉讀後　民眾的眼睛　臺北　長橋出版社　1978 年 8 月　頁 294—301

265. 孫伯東　臺灣是殖民經濟嗎？——王拓先生〈擁抱健康的大地〉讀後　文學論評（聯副三十年文學大系・評論卷 5）　臺北　聯合報社　1981 年 12 月　頁 103—109

266. 方健祥　讀王拓的〈街巷鼓聲〉　臺灣時報　1978 年 2 月 11 日　8 版

267. 隱　地　〈吊人樹〉附註　五十九年短篇小說選　臺北　爾雅出版社　1981 年 7 月　頁 130—132

268. 徐禎苓　理性與感性——漢人社會的診斷——政治諷諭——官方威權的怨刺——地域鄉情，省籍隱喻：王拓〈吊人樹〉　現代臺灣文學媽祖的編寫與解讀　臺北　大安出版社　2013 年 12 月　頁 140—148

269. 范亮石　臺灣文學作品中醫師的形象〔〈一個年輕的鄉下醫生〉部分〕

　　　　　　臺灣文藝　第 102 期　1986 年 9 月　頁 116—121

270. 綠　風　〈一個年輕的鄉下醫生〉作品鑑賞　臺港小說鑑賞辭典　北京　中
　　　　　　央民族學院出版社　1994 年 1 月　頁 565—566

271. 莊漢新　〈一個年輕的鄉下醫生〉——冷峻目光審視下的頹敗鄉土　中國二
　　　　　　十世紀鄉土小說評論　北京　學苑出版社　1997 年 10 月　頁 561
　　　　　　—564

272. 許達然　六〇—七〇年代臺灣社會與文學〔〈一個年輕的鄉下醫生〉部
　　　　　　分〕　苦悶與蛻變——60、70 年代臺灣文學與社會國際學術研
　　　　　　討會　臺中　東海大學中文系主辦　2006 年 11 月　頁 42—44

273. 吳　晟　簡樸生活‧素樸小說〔〈一個年輕的鄉下醫生〉部分〕　聯合報
　　　　　　2016 年 4 月 16 日　D3 版

274. 黃重添　向現實的廣度與深度開掘〔〈妹妹，你在哪裡？〉〕　臺灣當代
　　　　　　小說藝術采光　廈門　鷺江出版社　1987 年 11 月　頁 8

275. 綠　風　〈炸〉作品鑑賞　臺港小說鑑賞辭典　北京　中央民族學院出版社
　　　　　　1994 年 1 月　頁 578—579

276. 石家駒〔陳映真〕　一時代思想的倒退與反動——從王拓〈鄉土文學論戰
　　　　　　與臺灣本土化運動〉的批判展開　清理與批判：臺灣鄉土文學‧
　　　　　　皇民文學的　臺北　人間出版社　1998 年 12 月　頁 255—279

277. 郭誌光　他人注目下的卑俗遊魂：失業者的尊嚴〔〈車站〉部分〕　戰後臺
　　　　　　灣勞工題材小說的異化主題（1945—2005）　清華大學臺灣文學研
　　　　　　究所　碩士論文　陳萬益教授指導　2006 年 8 月　頁 152—154

278. 邱貴芬　翻譯驅動力下的臺灣文學生產——1960—1980 現代派與鄉土文學
　　　　　　的辯證——「鄉土」的定義〔〈是「現實主義」文學，不是「鄉
　　　　　　土文學」〉部分〕　臺灣小說史論　臺北　麥田出版公司　2007
　　　　　　年 3 月　頁 243—244

279. 古繼堂　臺灣小說理論批評的歷史演變〔〈是「現實主義」文學，不是
　　　　　　「鄉土文學」〉部分〕　臺灣新文學理論批評史　臺北　秀威

資訊科技公司　2009 年 3 月　頁 254—255

多篇作品

280. 陳　肯　　王拓的寫實小說——析論〈金水嬸〉與〈望君早歸〉　自立晚報
　　　1979 年 8 月 19 日　3 版

281. 陳信元　　一九七〇年代臺灣的鄉土文學論戰〔〈不談人性，何有文學〉、
　　　〈二十世紀臺灣文學發展的動向〉部分〕　臺灣新文學發展重大事
　　　件論文集　臺南　國家臺灣文學館　2004 年 12 月　頁 141—142

282. 顏元叔　　我國當前的社會寫實主義小說〔〈獎金二〇〇〇元〉、〈望君早
　　　歸〉、〈一個年輕的中學教員〉部分〕　中華文化復興月刊　第
　　　10 卷第 9 期　1977 年 9 月　頁 10—22

283. 顏元叔　　我國當前的社會寫實主義小說〔〈獎金二〇〇〇元〉、〈望君早
　　　歸〉、〈一個年輕的中學教員〉部分〕　社會寫實文學及其他
　　　臺北　巨流圖書公司　1978 年 8 月　頁 99—102

284. 景　娟　　鄉下人進城——以六七十年代臺灣文學為中心〔〈海葬〉、
　　　〈炸〉、〈妹妹，你在哪裡〉、〈金水嬸〉部分〕　華文文學
　　　2015 年第 1 期　2015 年 2 月　頁 105—109

作品評論目錄、索引

285. 許素蘭編　　王拓小說評論引得　王拓集（臺灣作家全集）　臺北　前衛出
　　　版社　1992 年 4 月　頁 275—278

286. 〔編輯部〕　　王拓作品評論資料彙編　金水嬸　臺北　九歌出版社　2001
　　　年 5 月　頁 263—268

287. 〔編輯部〕　　王拓作品評論資料彙編　望君早歸　臺北　九歌出版社
　　　2001 年 5 月　頁 245—250

288. 〔編輯部〕　　王拓作品評論資料彙編　金水嬸　臺北　九歌出版社　2005
　　　年 9 月　頁 263—267

289. 〔封德屏主編〕　　王拓　臺灣現當代作家評論資料目錄（一）　臺南　國
　　　立臺灣文學館　2010 年 11 月　頁 200—211

國家圖書館出版品預行編目資料

臺灣現當代作家研究資料彙編. 100, 王拓/李進益編選. -
- 初版. -- 臺南市：臺灣文學館, 2017.12
　面；　公分
ISBN 978-986-05-3733-8 (平裝)

1.王拓　2.傳記　3.文學評論

863.4　　　　　　　　　　　　　　106018024

【臺灣現當代作家研究資料彙編】100

王　拓

發 行 人　廖振富
指導單位　文化部
出版單位　國立臺灣文學館
　　　　　地　　　址／70041 臺南市中西區中正路 1 號
　　　　　電　　　話／06-2217201　　　　　傳　　　真／06-2218952
　　　　　網　　　址／www.nmtl.gov.tw　　　　電子信箱／pba@nmtl.gov.tw

總 策 畫　封德屏
顧　　問　林淇瀁　張恆豪　許俊雅　陳義芝　須文蔚　應鳳凰
工作小組　王則翔　沈孟儒　林暄燁　黃子恩　陳映潔
編　　選　李進益
責任編輯　陳映潔
校　　對　白心瀞　呂欣茹　林暄燁　陳映潔
計畫團隊　財團法人台灣文學發展基金會
美術設計　翁國鈞・不倒翁視覺創意
印　　刷　松霖彩色印刷事業有限公司

著作財產權人　國立臺灣文學館
　　　　　本書保留所有權利。欲利用本書全部或部分內容者，須徵求著作財產權人
　　　　　同意或書面授權。請洽國立臺灣文學館研究典藏組（電話：06-2217201）

經銷展售　國家書店松江門市（02-25180207）
　　　　　國立臺灣文學館藝文商店（06-2217201#2960）
　　　　　一德洋樓羅布森冊惦（04-22333739）
　　　　　三民書局（02-23617511、02-2500-6600）
　　　　　台灣的店（02-23625799）　　　　府城舊冊店（06-2763093）
　　　　　南天書局（02-23620190）　　　　唐山出版社（02-23633072）
　　　　　後驛冊店（04-22211900）　　　　五南文化廣場（04-22260330）

初版一刷　2017 年 12 月
定　　價　新臺幣 330 元整
　　　　　第一階段 15 冊新臺幣 5500 元整　　第二階段 12 冊新臺幣 4500 元整
　　　　　第三階段 23 冊新臺幣 8500 元整　　第四階段 14 冊新臺幣 5000 元整
　　　　　第五階段 16 冊新臺幣 6000 元整　　第六階段 10 冊新臺幣 3800 元整
　　　　　第七階段 10 冊新臺幣 3200 元整　　全套 100 冊新臺幣 30000 元整

GPN　1010601829（單本）　　ISBN　978-986-05-3733-8（單本）
　　　1010000407（套）　　　　　　　978-986-02-7266-6（套）